AF534803

Ryvie Fux wurde 1993 in Bayern geboren und ist eine Träumerin, die ihre Freizeit am liebsten in Büchern und Wäldern verbringt. Bereits als zwölfjähriges Mädchen schrieb sie stundenlang Geschichten und musste regelrecht von Stift und Papier weggerissen werden. Ryvie liegt vor allem das Thema Mental Health am Herzen, weswegen jede ihrer fantastischen Geschichten auch immer einen nicht im Vordergrund stehenden Aspekt enthält, der dafür sensibilisieren soll.

RYVIE FUX

Erstausgabe Juni 2024

Dragons Curse

ISBN: 978-3-98998-247-5
E-Book-ISBN: 978-3-98998-262-8

Covergestaltung: Dream Design – Cover and Art
Umschlaggestaltung: ArtC.ore Design
Unter Verwendung von Abbildungen von
stock.adobe.com: © taffpixture, © tsuneomp, © max79im,
© Torkhov, © d1sk, @ HarutoTanaka88
shutterstock.com: © KAZUSAN, © YUSHENG HSU, © Triff,
© ABContent Creator, © Ann in the uk, © mahiman, © youmepix
depositphotos.com: © Efetoya
Lektorat: Eileen Blappert
Satz: dp DIGITAL PUBLISHERS GmbH
Druck und Bindung: Books on Demand GmbH, Norderstedt

„Ein Drache, dessen Herz in den Abgründen eines verfluchten Sees festgehalten wurde. Verbannt und vergessen.

Bis zu dem Tag, an dem ein Opfer das Schicksal eines ganzen Volkes verändern sollte."

Auszug aus den Chroniken von Layowin

1

Meine Lippen zitterten, während ich vor dem Bett meines verstorbenen Vaters kniete. Sein blasses, vom Alter gekennzeichnetes Gesicht lag bewegungslos auf einem edel bestickten Kissen, welches das Wappen unseres Volkes trug.

Einen Drachen.

Die schweren, roten Vorhänge des Himmelbettes versperrten den im Raum stehenden Dienern die Sicht. *Zum Glück*, dachte ich und schluckte den beklemmenden Kloß in meinem Hals hinunter.

Der sanfte Druck einer Hand auf meiner Schulter sorgte dafür, dass ich mich umdrehte.

»Prinzessin, es ist so weit«, sagte Magister Sortex. In seinem Blick lagen Ungeduld und etwas Anderes, das ich nicht zuordnen konnte.

Ich nickte zögerlich. Ich war noch nicht bereit, mich von meinem Vater zu trennen, doch er musste für die Aufbahrung vorbereitet werden. Schließlich wollte sich das Volk von seinem langjährigen Herrscher gebührend verabschieden.

Als ich mich erhob, trat mir sofort Tala, eine der Kammerzofen, zur Seite und half mir auf die Beine. In diesem Schloss wurden alle meine Bewegungen entweder penibel kommentiert, unterstützt oder in gewünschte

Richtungen umgelenkt. An den meisten Tagen störte mich diese Einschränkung meiner Freiheit. Aber heute? Heute war ich froh, dass ich Zofen wie Tala und Minerva hatte.

Ich trat hinter den Stoffbahnen hervor und seufzte. Die wenigen Fackeln ließen den Raum im Halbdunkel, doch ich war froh darüber. Alles, was die Unsicherheit auf meinem Gesicht verbarg, war willkommen.

Ich strich mein dunkles Gewand glatt und atmete einmal tief ein. Eine dunkelbraune Haarsträhne hatte sich aus meinem sorgfältig geflochtenen Zopf gelöst und fiel mir ins Gesicht. Mit einer fahrigen Bewegung streifte ich sie mir hinter das Ohr. Dabei bemerkte ich, wie meine Finger zitterten. *Hoffentlich sieht das niemand,* dachte ich angespannt.

Alle Augen waren auf mich gerichtet. Die der Bediensteten, die bis vor wenigen Augenblicken damit beschäftigt gewesen waren, die Stirn meines Vaters mit nassen Lappen zu kühlen. Der des herbeigerufenen Hofarztes, der seine Tasche zusammenpackte. Und auch die erwartungsvollen Augen des Magisters, des höchsten Beraters meines Vaters.

»Prinzessin Ella.« Sortex verbeugte sich leicht und machte eine ausladende Handbewegung. Ich wusste, dass ich den Raum verlassen sollte, gleichwohl meine Beine mir nicht gehorchen wollten.

»Bringt die Prinzessin hier raus, ihr seht doch, dass sie völlig verstört ist!«, blaffte der Magister meine zwei Kammerzofen an.

Minerva machte einen Knicks und griff mir sofort unter den Arm. Sie blickte Tala unentschlossen an, doch diese nickte ihr aufmunternd zu. Die robuste Rothaarige war schon immer die Mutige von uns dreien gewesen.

Meine Hände wollten nicht aufhören zu zittern, doch gemeinsam schafften wir es, meinen vor Anspannung bebenden Körper aus dem Raum heraus zu manövrieren.

Als endlich die schwere hölzerne Tür ins Schloss fiel, stöhnte ich und stolperte beinahe über meine eigenen Füße.

»Eure Hoheit!«, rief Minerva erschrocken und fing mich mit einer geschickten Bewegung rechtzeitig auf.

Es fiel mir merklich schwerer, die gelernte Maske der starken Königstochter aufrecht zu erhalten. Schlimm genug, dass Sortex bemerkt hatte, dass ich schwächelte. Ich mahlte mit den Zähnen. *Reiß dich zusammen, Ella!*, mahnte ich mich. *Denk an die Lektionen, die dir der Magister all die Jahre beigebracht hat.*

Einen Moment lang schloss ich die Augen und atmete dreimal kurz ein und lange aus, genau wie ich es mit Sortex unzählige Male geübt hatte.

Mit einem falschen Lächeln auf den Lippen versuchte ich sie zu beruhigen. »A-alles in Ordnung«, log ich und blickte den langen, steinernen Flur entlang.

Dicke, teilweise heruntergebrannte Kerzen standen in fein gearbeiteten, eisernen Haltern und hingen rechts und links an den Wänden. Hier im Schloss war es meist düster, egal ob draußen Tag oder Nacht herrschte.

»Bringt mich in mein Schlafgemach«, verlangte ich, während ich krampfhaft versuchte, nicht in Tränen auszubrechen. Tränen gehörten in Gegenwart Anderer nicht auf das Gesicht einer Prinzessin. Und schon gar nicht auf das einer zukünftigen Königin.

Oft genug hatte ich dies von meinem Vater eingetrichtert bekommen. *Eine Prinzessin darf keine Schwäche zeigen*, erinnerte ich mich an seine Worte. Bisher hatte ich mich stets daran gehalten. Doch heute fiel es mir bedeutend schwerer, die Maske der selbstbewussten Thronerbin aufrecht zu erhalten.

Ich schüttelte leicht den Kopf. Ich hatte mich viel zu schwächlich gezeigt.

Zeit, sich zusammenzureißen.

Doch so leicht, wie ich mir das vorgestellt hatte, war es nicht.

Mein Körper war der felsenfesten Überzeugung, dass er mir heute nicht gehorchen musste und so war das Einzige, dass ich tun konnte, gute Miene zum bösen Spiel zu machen.

»Es lag sicher an der furchtbaren Luft dort drinnen.« Ein Versucht, mein zerbrechliches Nervenkostüm vor den Kammerzofen zu verstecken. »Kein Wunder, dass mein Vater dort nicht gesund wurde. Dabei hatte ich doch angeordnet, dass für ausreichend frische Luft zu sorgen ist.« Ich seufzte gespielt. »Garantiert versagt mir deshalb mein Kreislauf den Dienst.«

»Aber natürlich, Eure Hoheit«, bestätigten Tala und Minerva sogleich.

Ich konnte nicht sagen, ob sie mir glaubten oder mir nur zustimmten, weil es ihre Pflicht war. Aber das tat im Augenblick nichts zur Sache.

Mir fiel ein Stein vom Herzen, als wir endlich mein Schlafgemach erreicht hatten und die Zeit abzusehen war, in der ich den Tränen freien Lauf lassen konnte.

Der bekannte Duft von Lavendel wehte mir entgegen, als Minerva die Zimmertür hinter uns schloss. Da ich die vergangenen Tage kaum in den Schlaf gefunden hatte, hingen überall im Raum getrocknete Lavendelbündel. Leider hatten sie nicht den gewünschten Effekt auf mich.

Vermutlich könnte ich in einem Meer aus Lavendel baden und wäre noch immer aufgekratzt.

Durch die gläsernen, bunten Fenster drangen die letzten Sonnenstrahlen des späten Herbsttages.

Ich ging ein paar Schritte auf mein großes Himmelbett zu.

Wie gerne würde ich mich jetzt hineinfallen lassen.

Dann aber entschied ich mich dazu, auf dem aufwendig verzierten Stuhl an meinem Tisch Platz zu nehmen.

Nur ein wenig durchhalten, sprach ich mir selbst Mut zu.

Tala eilte sogleich zum leeren Krug, um ihn mit klarem Wasser zu füllen, da begann Minerva damit, mein Kleid zurechtzuzupfen.

»Ich danke euch, ihr beiden«, sagte ich mit einem krampfhaften lächeln. »Bitte lasst mich alleine.«

Blitzschnell beendeten meine Zofen ihre Handlung, verbeugten sich tief und eilten mit gesenktem Blick aus meinem Zimmer.

Mit dem lauten Klicken der Zimmertür, die ins Schloss fiel, sank ich in mich zusammen.

Erst als die Tropfen auf mein Kleid fielen, bemerkte ich, dass ich weinte. Ich presste die Augen so fest zusammen, dass es schmerzte und legte dann meine Hände schützend auf das Gesicht. So durfte mich niemals jemand sehen.

So verletzlich. Schwach.

Mit wackeligen Beinen streifte ich mir die ledernen Schuhe von den Füßen und ließ mich bäuchlings aufs Bett fallen. Der Duft von sauberer Bettwäsche umfing meine Nase und ich weinte leise in den frischen Bezug hinein. Wie sollte ich das alles schaffen?

Ich drehte meinen Kopf zur Seite und atmete einmal tief ein.

Nachdenklich berührte ich die goldene, lange Halskette, welche ich von meiner Mutter vererbt bekommen hatte. Seit ihrem Ableben hatte ich sie nicht einmal abgenommen.

Der rote, glänzende Rubin lag angenehm schwer in meiner Hand. In Momenten wie diesen vermisste ich Mutter am meisten.

Vater hatte nie gerne darüber gesprochen, was nach seinem Ableben sein würde und ich hatte es nie gewagt, direkt nachzufragen. Das Einzige, dass er mal zu mir gesagt hatte, war, dass ich mich stets auf meine Berater verlassen sollte. Sie wüssten schon, was zu tun ist.

Meine trüben Gedanken wanderten zu Magister Sortex. Er diente Vater seit Jahrzehnten und soweit ich sagen konnte, war der König mit seinen Diensten stets zufrieden gewesen.

Morgen würde ich zu ihm gehen und einen Rat über das weitere Vorgehen erbitten.

Traurig rollte ich mich auf die Seite und fischte mit meiner Hand unter dem Bett nach einer Box.

Als ich das hölzerne Schächtelchen ertastete, entspannten sich meine Gesichtszüge.

Mit einer geschickten Bewegung holte ich es hervor und brachte mich in eine aufrechte Position.

Ein zartes Lächeln stahl sich auf mein verweintes Gesicht und ich streifte mir eine lose Strähne des rotbraunen Haares hinter die Ohren.

Vorsichtig fuhr ich mit meinen Fingern über das Wappen, das in den Deckel der Schatulle eingraviert war. Das Ebenholz, aus dem das Kästchen bestand, war glatt und feine Schnörkel schlängelten sich um jede der vier Außenseiten.

»Ach Mutter, du fehlst mir so«, flüsterte ich und drückte das Schächtelchen fest an mich.

Obwohl es schon einige Jahre her war, dass sie uns verlassen hatte, fühlte es sich heute wieder so an, als wäre sie erst gestern verstorben. Vielleicht war es der Tod meines Vaters, der diese trüben Erinnerungen auslöste. Vielleicht lag es aber auch daran, dass ich endgültig ohne Familie dastand.

Ich hoffe, dass der silberne Drache gut über eure Seelen wacht.

Vorsichtig drehte ich an dem kleinen Rädchen, das an der Hinterseite der Schatulle befestigt war und öffnete den Deckel.

Mit noch immer tränenden Augen lauschte ich der vertrauten, rhythmischen Melodie, die aus dem Inneren der Spieluhr drang. Es war ein altes layowinisches Kinderlied. Eines, dass mir meine Mutter damals immer vorgesungen hatte, wenn ich mal wieder nicht schlafen konnte.

Seufzend ließ ich mich auf den Rücken fallen und starrte an die hölzerne Decke meines Bettes.

Mit dem nächsten Aufziehen der Spieluhr begann ich leise zu singen.

„Komm, kleines Kindchen, gib fein Acht,
die Mutter hat ein Geschenk dir gebracht.
Leg dich ins Bettchen und komm zur Ruh',
dann fallen dir bald auch die Äuglein zu.

Hör', kleines Kindchen, hör' gut zu,
bald kommt der Schlaf, er holt dich im nu.
Hab' keine Angst, es ist schon vollbracht,
wo Sterne erwachen, herrscht ewige Nacht.“

Und als das letzte Wort der zweiten Strophe meine Lippen verlassen hatte, fiel ich in einen tiefen, traumlosen Schlaf.

***

»Das Essen ist vorbereitet, Eure Hoheit!« Die freundlichen Worte meiner Zofe weckten mich.

Blinzelnd rieb ich mir die Augen und blickte an das Bettende, an dem Tala mit einem großen Tablett voller Köstlichkeiten stand.

Mein Magen gab ein verräterisches Knurren von sich, als ich die tropfenförmigen, frischen Brötchen entdeckte.

In kürzester Zeit füllte ihr würzig-herber Duft mein Zimmer. Auch zwei kleine, layowinische Küchlein lagen daneben. Tala wusste, dass ich normalerweise nichts lieber aß. Für mich wurde der weiche Hefeteig, aus dem sie bestanden, mit Seebeeren gefüllt. Sie wuchsen, wie der Name es schon vermuten ließ, am Rand des Sees und waren so selten, dass es jedes Mal an ein Wunder grenzte, wenn die Diener welche fanden.

Doch trotz meines Hungers hatte ich heute keinen Appetit. *Wie lange hatte ich geschlafen?*

Ich setzte mich auf und hätte mich mit der Hand beinahe auf die Spieluhr gelehnt. Vorsichtig legte ich das Kästchen zur Seite und zwang mich zu einem Lächeln.

»Vielen Dank. Stell es auf das Bett, ja?«

Die rothaarige Zofe nickte und machte einen flüchtigen Knicks, doch ihr Blick blieb misstrauisch. Tala war nicht nur die Mutigste von uns dreien, sie bemerkte auch stets, wenn etwas mit mir nicht stimmte.

»Ihr wisst, Ihr könnt euch mir jederzeit anvertrauen, Eure Hoheit?«

Jetzt nicht schwach werden. Wieder flackerten Erinnerungen an damals auf. An Phasen, in denen wir zu dritt auf meinem Bett herumgetobt hatten und uns mit königlichen Kissen beworfen hatten. Eine Zeit, in der ich ihr tatsächlich alles hatte anvertrauen können.

»Es ist in Ordnung«, versicherte ich stattdessen.

Sie biss sich auf die Unterlippe und überlegte einen Moment. Dann nickte sie.

»Verzeiht, eure Hoheit, aber Magister Sortex erwartet euch nach dem Frühstück im Bärenzimmer.« Tala wusste, dass mich diese Nachricht nicht fröhlich stimmen würde. Sie hielt den Blick gesenkt und wartete darauf, dass ich sie entließ.

Es fiel mir schwer, die nötige Distanz zwischen mir und meinen Zofen einzuhalten. Früher, als ich kleiner gewesen war, gelang mir das überhaupt nicht, doch mein Vater hatte mir in den letzten Jahren immer wieder unmissverständlich zu verstehen gegeben, dass unsere Diener keine Freunde waren. Und so hatten auch

Tala und Minerva unter meiner distanzierten Art zu leiden.

Ich atmete tief ein.

»Alles klar«, erwiderte ich noch immer lächelnd. »Sag ihm, dass ich mich spute.«

»Jawohl, Eure Hoheit.«

»Du darfst gehen.«

»Bitte entschuldigt, Prinzessin Ella, aber Eure Kleidung?« Sie deutete auf das neue Gewand, dass sie zuvor sorgfältig auf den Stuhl gelegt hatte.

»Sorge dich nicht, ich schaffe das alleine«, erwiderte ich.

Ein weiterer Knicks, dann drehte sich Tala um und eilte aus meinem Schlafgemach. Ich wollte nicht so kalt sein. Ich wollte nicht, dass diese dicke Kluft zwischen meinen damaligen Freundinnen und mir herrschte.

Doch für meine eigenen Wünsche und Hoffnungen war im Augenblick wenig Platz. Ich musste mich auf das, was mein Vater mir gesagt hatte, verlassen.

Mein Vater. Kaum war sein Körper erkaltet, da kreisten die Edelleute wie die Geier um seinen Nachlass.

Ich schnaubte.

Es würde schwer werden, sich als einzige Frau gegen die Überzahl der Männer durchzusetzen. Mir war klar, dass eine falsche Entscheidung mich schnell meine Position kosten konnte. Selbst als rechtmäßige Thronerbin. Denn auch wenn Sortex bisher immer auf der Seite meiner Familie und stets loyal uns gegenüber gewesen war, so gab es doch genug Adlige, die mich liebend gern vom Thron stoßen würden.

Mit einer flinken Bewegung hievte ich mich aus dem Bett und verstaute die Spieluhr wieder behutsam darunter. Ich hatte noch immer keinen Appetit, also ließ ich das Frühstück links liegen und schlüpfte aus dem zerknitterten Schlafgewand.

Tala hatte mir ein schwarzes Kleid mit passendem Schleier herausgelegt. Es war schlicht und für meine Verhältnisse schmucklos. Einzig ein kleiner, mit goldenem Faden aufgestickter Drache thronte auf dem Saum des bodenlangen Gewandes.

Schnell die Haare kämmen und zu einem einfachen Dutt drehen, dann konnte ich mein erschöpftes Gesicht endlich hinter dem Schutz des halbdurchsichtigen Schleiers verstecken.

Zufrieden begutachtete ich mich vor dem Spiegel, der auf der Kommode neben dem großen, bunten Fenster stand. »Du schaffst das«, sprach ich mir selbst Mut zu und strich noch einmal über den samtigen Stoff. Dann lief ich aus der Tür und machte mich auf den Weg zum Bärenzimmer.

Der Flur war mit einem typisch roten Teppich ausgelegt, sodass ich mit meinen dünnen Lederschuhen niemals auf dem kalten, steinernen Boden laufen musste. Ich lief an einigen Bediensteten vorbei, welche stets innehielten und sich verbeugten, sobald sie mich entdeckten. Obwohl sie mich nur flüchtig begrüßten, sah ich die Leere in ihren Augen. Die Unsicherheit. Es herrschte eine kalte, trostlose Stimmung und das lag nicht nur daran, dass mein Vater gestern verstorben war. Ich hatte noch nicht herausgefunden wieso, aber bereits seit mehreren Mondphasen wirkten die sonst so lebensfrohen Bediensteten bedrückt. Als ich Vater darauf angesprochen hatte, hatte er es bloß abgewiegelt.

Doch ich würde dem noch nachgehen, gleich, nachdem ich die Thronfolge gesichert hatte.

Das Bärenzimmer war einer der großen Räume, in denen mein Vater immer seine Besprechungen abgehalten hatte. Zwei Wachen standen vor der schweren, hölzernen Tür und verfielen in eine Starre, als sie mich sahen.

Ich war heilfroh, dass der Schleier das Zittern meines Kiefers verbarg. Der kalte, eiserne Türknauf hatte die Form eines brüllenden Bären und schien mich verachtend anzustarren. Als wollte er mir sagen, dass ich als Frau hier nichts zu suchen hatte. Solche Sätze wurden nur allzu oft hinter vorgehaltener Hand geflüstert. Mehr als einmal hatte ich diese und ähnliche Aussagen der Lords von Layowin durch Zufall aus Gesprächen der Diener erfahren.

Ein letzter, tiefer Atemzug, dann öffnete ich die quietschende Tür und betrat den Raum. Er war bereits mit allen möglichen, wichtigen Männern gefüllt. Bis eben hatten sie sich angeregt unterhalten, doch sobald sie mich erblickten, verstummte das Gemurmel.

Sie verbeugten sich knapp.

Alle, bis auf Magister Sortex. Der senkte nur leicht seinen Kopf.

Unschlüssig und etwas verloren stand ich in der Tür und bedankte mich lächelnd bei der Wache, die diese von innen wieder schloss.

»Eure Hoheit, da seid Ihr ja. Wir haben Euch erwartet«, sagte der Magister und deutete mit der Hand zu dem großen, goldenen Stuhl, der an einem noch größeren Tisch stand. Es war der Platz meines Vaters.

Zögerlich legte ich meine Hände aufeinander und lief auf den mit rotem, seidenem Stoff bestickten Stuhl zu. Erst als ich mich dort niedergelassen hatte, setzten sich die restlichen Männer des Raumes.

Ein kalter Schauer lief mir über den Rücken, als ich von den Blicken der Adelsleute förmlich durchbohrt wurde.

Vor lauter Anspannung hielt ich den Atem an. *Und nun?* Hilfesuchend blickte ich zu Sortex. Es waren Momente wie diese, in denen ich meinen Vater dafür verfluchte, dass er mir nicht mehr über die Tätigkeiten einer zukünftigen Königin beigebracht hatte.

Schon wollten mir wieder die Tränen in die Augen treten, da nahm der Magister das Wort an sich.

Erleichtert atmete ich aus.

»Wir sind alle hier, um über die Zukunft unseres Landes und die unseres Volkes zu entscheiden«, begann Sortex und legte seine Hände dabei flach auf den Tisch. »Wie wir alle wissen, ist unser geliebter König gestern von uns gegangen. Der silberne Drache sei seiner Seele gnädig.«

»Der silberne Drache sei ihm gnädig«, wiederholten die Edelleute im Chor.

Sortex nickte andächtig. »Doch auch wenn – oder gerade weil – wir ohne rechtmäßigen Nachfolger dastehen, müssen wir uns so schnell wie möglich darauf einigen, wie wir weiter vorgehen.«

Wie bitte? Wenn wir keinen rechtmäßigen Nachfolger haben? Mein Magen zog sich krampfhaft zusammen. Was war denn mit mir?

Ich räusperte mich laut und blickte in die Runde. Die Adligen tuschelten miteinander.

Sortex hob beschwichtigend die Hände. »Eure Hoheit, wir alle wissen, dass Ihr die Tochter des Königs seid. Bitte verzeiht, doch wir müssen bedenken, dass es bisher keine Königin gab, die nicht hinter einem König gestanden hat.«

Mit zusammengebissenen Zähnen schluckte ich die aufkommende Wut hinunter. *Hör auf deine Berater, sie wissen, was zu tun ist*, hallten mir die Worte meines Vaters durch den Kopf. Und so nickte ich nur.

Die Gesichtszüge des Magisters entspannten sich merklich. »Niemand zweifelt Eure Thronfolge an, Eure Hoheit.«

»Gut«, entgegnete ich knapp und ohne zu viel von meinem inneren Durcheinander preiszugeben.

Mein Mundschenk füllte mir meinen Becher mit Wein auf und ich blickte wie hypnotisiert in die rote Flüssigkeit, die einige Momente lang kleine Wellen schlug.

»Seit der silberne Drache das Königreich Layowin aus dem Berg geschlagen hat, stehen wir unter seinem Schutz. Könige und Königinnen aus meiner Blutlinie wurden auserkoren, das Volk in guten wie in schlechten Zeiten zu leiten. Ich glaube nicht, dass die Drachen ein Problem damit hätten, wenn nun eine Königin den Thron alleine besteigt«, erklärte ich mit fester Stimme.

Erneut tuschelten die Lords miteinander, was mich zunehmend verärgerte.

»Die Drachen wurden schon seit vielen Jahren nicht mehr gesehen. Sie haben uns bisher beschützt, vielleicht auch verschont. Doch was, wenn diese Neuerung sie erzürnt?«, fragte ein älterer Adliger vorsichtig.

Ich holte tief Luft. »Als der silberne Drache in die Geisterwelt geglitten ist, um unsere Seelen zu beschützen, hat er meine Blutlinie auserwählt. Ich bin ein Teil davon und niemand anderes hat ein Anrecht darauf.« Langsam wurde ich wütend. Wie konnten sie es wagen, mein Recht als Königin anzuzweifeln? So viel zum Thema *Niemand zweifelt Eure Thronfolge an.*

»Prinzessin Ella könnte heiraten«, sagte einer der Edelleute und einige stimmten murmelnd zu.

»Und an wen denkt ihr da, Sir Verros?«, hakte Sortex mit hochgezogenen Augenbrauen nach.

Der gebrechlich aussehende Mann zuckte ratlos mit den Schultern. »Jemand, der der Thronfolge am nächsten steht.«

»Es gibt außer Prinzessin Ella keine lebenden Nachfahren des Königs von Layowin«, stellte der Magister trocken fest.

»Was ist mit euch, Magister Sortex?«, fragte ein anderer der Edelleute. »Ihr dient der Familie des Bergvolkes am längsten, es wäre nur fair, wenn ihr den Platz an der Seite der Prinzessin einnehmen würdet.«

Ich schluckte, doch der Kloß, der sich in meinem Hals gebildet hatte, wollte nicht verschwinden.

»Ich werde niemanden heiraten«, sagte ich mit Nachdruck und erhob mich von meinem Platz.

Im selben Moment erhoben sich auch alle Edelleute im Raum.

»Natürlich müsst Ihr das nicht, Eure Hoheit«, entgegnete Sortex beschwichtigend. »Die Prinzessin kann selbst entscheiden, wen sie heiratet«, richtete er deutlich harscher in die Richtung der Adligen.

»Ich sagte, ich werde *niemanden* heiraten«, begann ich erneut und hielt mich mit den Händen am Tisch fest, damit niemand sah, dass meine Finger fürchterlich zitterten. »Ich kann das Königreich sehr gut alleine regieren.«

Ich spürte, wie meine Sicht glasig wurde und versuchte nicht zu blinzeln. Was bildeten sich diese hochnäsigen Gestalten bloß ein? Einfach so über mein Schicksal zu entscheiden, als wäre ich nur eine unbedeutende Schachfigur? Ich presste meine Lippen zusammen.

»Gewiss, gewiss«, sagte Sortex und senkte seinen Kopf zu einer knappen Verbeugung. »Aber bitte bedenkt, dass selbst der weiseste Herrscher auf seine Berater angewiesen ist. Mit Verlaub, Eure Hoheit, sollten wir dann nicht gemeinsam entscheiden?«

Ich schob den Stuhl zurück und strich mein Gewand glatt. »Ist es nicht bereits entschieden?«, fragte ich angespannt. Mein Puls rauschte in meinen Ohren und ich würde meinen Tränen nicht mehr lange zurückhalten können.

»Nun ja.« Der Magister schob einige Blätter Pergament zusammen, die er vor sich liegen hatte. »Es gibt da schon noch etwas zu klären. Wie ihr wisst, ist da die Sache mit, na ja –«

»Meinem Geschlecht?«, beendete ich seinen Satz harsch.

Sortex nickte schnell.

»Dann werde ich eben ab sofort die erste Königin sein, die ohne König herrscht. Ihr wollt mitregieren? Dann findet eine Lösung. Dafür seid ihr doch meine Berater, oder nicht?«

»Natürlich, Eure Hoheit«, entgegnete der Magister und wirkte dabei weniger glücklich.

»Gut«, sagte ich knapp und musste mich zusammenreißen, während dem Rauslaufen nicht die Beherrschung zu verlieren und laut zu schluchzen. Erst als sich die Türe wieder hinter mir schloss, stieß ich ein lautes Seufzen aus.

Wie sollte ich das nur von jetzt an jeden verdammten Tag aushalten? Am liebsten wäre ich an der gegenüberliegenden Wand zusammengesackt.

Doch hier waren viel zu viele Bedienstete, viel zu viele Menschen, die von mir erwarteten, dass ich stark war. Und so beschloss ich, ein letztes Mal meinen aufgebahrten Vater zu besuchen.

2

Das kleine, prunkvolle Glaubenshaus, welches in der Mitte unseres Schlosshofes stand, strahlte regelrecht in der spätherbstlichen Sonne dieses Tages. Es fühlte sich an, als würden mich die freundlichen Strahlen verhöhnen. Also wäre nicht gestern erst mein Vater von uns gegangen und nun die Last des gesamten Königreiches auf meinen Schultern liegen.

Bereits heute Abend würde mein Vater in die Krypta unserer Familie überführt werden und dort endlich wieder mit meiner Mutter vereint sein. Doch obwohl dieser Gedanke tröstend war, so hatte ich noch immer nicht wirklich registriert, dass ich von nun an auf mich alleine gestellt war.

Den Wachen, die seitdem ich den Palast verlassen hatte, immer an meiner Seite klebten, bedeutete ich zurückzubleiben. Im Glaubenshaus sollte ich nichts zu befürchten haben. Zumindest keine körperlichen Angriffe.

Denn als ich durch die offenen Flügeltüren des herrschaftlichen Gebäudes schritt, steckten einige der Bewohner ihre Köpfe tuschelnd zusammen.

Natürlich wusste ich, dass ich beim Volk nicht beliebt war. Das Volk von Layowin hatte mich in den letzten Jahren nur selten zu Gesicht bekommen, deshalb konnte ich es ihnen nicht verdenken. Sie kannten mich kaum. Mein Vater hatte stets darauf geachtet, dass so wenig Informationen wie möglich nach draußen drangen. Das erweckte bei den Bewohnern den Anschein, dass ich mich nicht für sie interessierte.

Doch das stimmte nicht.

Und jetzt hatte ich endlich die Möglichkeit, über mich selbst zu bestimmen.

Meine Gedanken wanderten zu Sir Verros Vorschlag heute Morgen. Na ja, zumindest über die meisten Dinge konnte ich selbst bestimmen.

Mit einem höflichen Lächeln auf den Lippen lief ich durch den langgezogenen Gang, der abermals mit einem roten Teppich ausgekleidet war. Links und rechts davon standen einige Bänke, auf denen bis gerade eben überraschend viele Menschen gesessen hatten.

Ich hatte gar nicht gewusst, dass mein Vater so beliebt war. Oder war das eher gute Miene zum bösen Spiel? Ich hasste es, dass das Leben in Layowin größtenteils auf Lügen und vorgetäuschter Freundlichkeit stattfand. Es widerstrebte völlig meiner Natur, und doch wurde es einfach von einer Prinzessin wie mir erwartet. Wenn es nach mir ginge, dürfte jeder offen sagen, was ihn störte.

In der Mitte des hohen Raumes, dessen Decke mit kunstvollen Blumenranken verziert war, hingen goldene Kronleuchter, die mit eisernen Ketten im Stein befestigt waren.

Kurz vor dem großen steinernen Altar, auf dem der König lag, kam ich zum Stehen. Die Wachen, die davor standen, gingen mit gesenktem Haupt einen Schritt zur Seite.

Ich legte meine Hände auf den kalten Mamor und blickte auf die geschossenen Augen und entspannten Gesichtszüge meines Vaters. Ich atmete einmal tief durch.

Die Kissen, auf denen der König aufgebahrt war, waren mit ebenfalls goldenen, aufwendigen Nähten verziert und in regelmäßigen Abständen war das Wappen unseres Hauses aufgestickt.

Von überall her starrte mich der Drache an. Von den steinernen Wänden, in die die Figur der großen Kreatur hineingemeißelt war, genauso wie vom Altar und den Stoffen, die vor mir lagen. Mein Vater war ganz in Weiß und Gold gekleidet und trug noch immer die Krone unseres Hauses.

So friedlich. Ich strich ihm einmal vorsichtig über die Wange. Das war die wahrscheinlich innigste Begegnung, die jemals zwischen ihm und mir stattgefunden hatte.

Wir hatten nie das beste Verhältnis gehabt, doch obwohl er sich immer einen Sohn gewünscht hatte, hatte er mich zu einer Prinzessin herangezogen, die bereit dazu war, Königin zu werden. Und dafür würde ich ihm immer dankbar sein. Ich liebte meinen Vater, denn er war alles, was mir nach dem Tod meiner Mutter geblieben war.

Traurig senkte ich den Blick.

Ein kalter Windhauch glitt durch das Gebäude und ließ mich kurzzeitig erschaudern.

Gerade wollte ich das Glaubenshaus verlassen, da kam mir Magister Sortex aufgeregt entgegengeeilt.

Ich wollte mich bereits beschweren, da bemerkte ich, dass auch die Bewohner meines Reiches den aufgebrachten Magister begutachteten.

»Eure Hoheit, etwas Furchtbares ist passiert«, rief er mir entgegen.

Furchtbarer als der Tod meines Vaters? Ich konnte mir nichts Entsetzlicheres vorstellen.

Doch die blauen, aufgerissenen Augen des Magisters verrieten mir, dass etwas bedeutend Schlimmeres passiert war.

»Prinzessin, wir müssen Euch in Sicherheit bringen!« Er wirkte völlig fahrig und schob mich ungeduldig vor sich her.

»Immer mit der Ruhe«, versuchte ich Sortex zu beruhigen. »Ich komme ja. Aber scheucht das Volk nicht so auf.«

Wir liefen, mit meinen Wachen im Schlepptau, zurück zum Schloss und der Magister drängte darauf, mich in mein Schlafgemach zu bringen.

»Was ist denn los?«, sagte ich deutlich ungeduldiger.

Aus den Augenwinkeln nahm ich wahr, dass im Vergleich zu heute Morgen entschieden mehr Menschen im Palast umherliefen. Viele davon hatte ich nie zuvor gesehen.

Das flaue Gefühl in meiner Magengegend wurde immer stärker. Was ging hier vor?

»Magister!«, rief ich etwas zu verzweifelt und verlor damit einen Augenblick lang meine selbstbewusste Maske.

Ich blieb stehen und sah ihn fordernd an. In seinem aufgebrachten Gesicht konnte ich keine klare Emotion ausmachen.

Verdammt, wieso sagte er nicht, was los war?

»Eure Hoheit, ich erkläre es Euch später, jetzt müsst Ihr mitkommen«, bestand Sortex weiter auf sein Vorhaben. »Und bitte, seid nicht so laut«, fügt er flehend hinzu.

»Ich gehe keinen Schritt weiter, bevor ihr mir nicht gesagt habt, was hier los ist«, zischte ich etwas leiser.

»Prinzessin, jetzt seid Ihr töricht. Vertraut mir!«

Ich biss mir unschlüssig auf die Lippe, beschloss dann aber mit dem Magister weiterzugehen.

Wurden wir angegriffen? Wenn ja, von wem? Erhob jemand anders Anspruch auf meinen Thron? Die Gedanken fluteten meinen Kopf, während wir, so schnell mein Gewand es eben zuließ, durch den Flur in Richtung meines Zimmers eilten.

Kurz vor der Tür schickte der Magister die Wachen fort, was mich stutzig werden ließ.

»Wartet hier«, trug mir Sortex auf und wollte bereits verschwinden.

»Magister! Was ist hier los? Ihr seid mir eine Erklärung schuldig!«, herrschte ich ihn an.

Sortex blickte sich nach hinten um und kam dann ein Stück näher auf mich zu. Sein weißer Bart kitzelte leicht meine Wange, als er in mein Ohr flüsterte.

»Sie wollen den rechtmäßigen König erwählen lassen.«

Meine Augen weiteten sich. »Etwa vom Volk?«, fragte ich erschrocken.

Sortex schüttelte den Kopf. »Es ist eine alte Chronik aufgetaucht, fragt mich nicht woher, in der steht, dass der rechtmäßige König nur durch ein Opfer für einen Drachen erwählt werden kann.«

Mir wurde schwindlig und ich stolperte einen Schritt zurück, bis ich den Knauf meiner Zimmertür im Rücken spürte.

»Das ist Wahnsinn! Es gibt keine Drachen. Schon seit Jahrhunderten nicht mehr.« Ich schüttelte ungläubig den Kopf. Mir wurde heiß und kalt und das flaue Gefühl in meinem Magen wandelte sich zu einem festen Knoten um. Erst langsam begriff ich, was das bedeutete. Auf keinen Fall würden sie eine Frau als Herrscherin akzeptieren. Sie wollten mich tatsächlich vom Thron stoßen!

Meine Hände zitterten und blanke Furcht kroch mir den Rücken hinab.

Wie konnte eine Chronik, von der niemand zuvor wusste, mehr Herrschaftsgewalt haben als der Wunsch meines Vaters? Der silberne Drache hatte uns erwählt, das wurde mir immer wieder eingebläut. Und welcher Drache sollte nun darüber entscheiden?

Verzweifelt blickte ich zu Sortex.

Der Magister nickte gehetzt. »Wir müssen Euch verstecken, bevor es zu spät ist. Ich weiß nur noch nicht genau –«

»Da ist sie ja!«, rief Sir Verros, der uns mit einer Horde an Wachen entgegengelaufen kam.

Bevor es zu spät ist? Die Worte pulsierten in meinem Kopf. *Wollten sie mich etwa töten?*

Doch ich musste nicht lange nachdenken. Es fiel mir wie Schuppen von den Augen. Sie wollten mich opfern!

Nein, kein Papier der Welt hätte eine solche Gewalt. Oder doch? Meine Gedanken rasten. Das Volk war unzufrieden, die Zeiten unsicher, eine alleinige Königin schwach ...

Ich schüttelte langsam den Kopf. Blankes Entsetzen breitete sich in meinem Gesicht aus. Das würden sie nicht wagen.

Sortex stellte sich schützend vor mich. »Halt!«, rief er warnend. »Die Prinzessin steht unter meinem Schutz.«

Dankbar verbarg ich mich hinter dem Magister. Wenigstens er war auf meiner Seite.

Sir Verros deutete mit dem Finger in meine Richtung. »Nehmt sie mit und bereitet sie vor«, befahl er den Wachen.

Na klar, als ob sie von einem dahergelaufenem Lord Befehle entgegen nahmen.

Doch sie gehorchten.

Warum gehorchten sie?

Ich hielt den Atem an, als sich die Wachen an dem alten Magister vorbeidrückten.

»Ich befehle euch, mich sofort loszulassen!«, schrie ich sie an, doch keiner regte auch nur einen Finger.

Mein Herz schlug wild und ich strampelte so stark ich konnte. Verdammt, ich war die Thronfolgerin, wieso hörten sie nicht auf mich? Ich schnappte angestrengt nach Luft und blickte hilfesuchend zu Sortex.

Doch angesichts der bewaffneten Wachen wagte er nicht einzugreifen. Die Angst stand ihm ins Gesicht geschrieben.

Feigling.

Und so führten sie mich unter lauten Protesten meinerseits ab.

Das Zittern hatte sich mittlerweile in meinem gesamten Körper ausgebreitet. Ich konnte nicht verhindern, dass die Maske der starken Thronerbin bröckelte.

Der Knoten in meinem Inneren zog sich fester zusammen, als sie mich in einen abgelegeneren Flügel des Schlosses brachten.

In diesem Teil des Gebäudes war ich nur selten gewesen.

Ich blinzelte mehrmals und kramte hektisch in meinen Erinnerungen.

Inzwischen kamen wir vor einer kunstvoll verzierten Türe zum Stehen. In das Ebenholz waren feine Linien und Muster eingearbeitet.

Ein kalter Stich zog sich durch meinen Bauch. Es war das alte Zimmer meiner Mutter.

»Dort hinein, Eure Hoheit«, sagte eine der Wachen und öffnete die Türe.

Das *Eure Hoheit* konnten sie sich getrost sparen. Zu fliehen war zwecklos. Ich war umringt von mindestens zehn Wachmännern und der einzige freie Weg führte in das alte Schlafgemach meiner Mutter.

Lächerlich, dass sie so viele Männer brauchten, um *mich* in einem Zimmer festzuhalten. Wieso überhaupt hier?

Ich musste zweimal hinsehen, als ich sah, dass meine Zofen bereits mit gesenktem Blick bereitstanden.

Zurückhaltende Erleichterung machte sich in mir breit. Ich war froh die beiden zu sehen, auch wenn mir nicht klar war, warum die Zofen hier waren.

Waren sie Teil des Plans, in dem Magister Sortex mich aus dieser Katastrophe herausholen wollte?

Ich hoffte es inständig.

Als ich mich noch einmal zu den Wachen umdrehen wollte, fiel hinter mir schon die Tür zu. Das Klicken des Schlosses war der letzte Laut vor der Stille.

Ich war eingesperrt.

Wenige Momente später gesellte sich die Stille zu meinen rasenden Gedanken und dem pochenden Herzen.

»Tala, Minerva, was geht hier vor sich?«, fragte ich meine Zofen, ohne zu vorwurfsvoll zu klingen.

Minerva zupfte nervös an ihrer braunen Schürze und Tala konnte mir nicht in die Augen sehen.

Mein Blick glitt an den Bediensteten vorbei durch den Raum. Er wirkte überhaupt nicht verstaubt oder unbewohnt. Überall hingen bunte Blumen, das Himmelbett war frisch bezogen und auf der hölzernen Kommode, die einst den Spiegel meiner Mutter getragen hatte, lag ein weißes, dickes Kleid aus Leinen.

Ich schüttelte ungläubig den Kopf. Sogar eine große Schale mit duftendem Rosenwasser stand auf dem Tisch neben Tala und seltsamerweise konnte ich einige auserlesen Schmuckstücke ausmachen.

Es wirkte fast wie .... eine Hochzeit.

Hatte ich mich getäuscht? Wollten sie mich doch gegen meinen Willen verheiraten? Aber wozu dann das Opfer? Ich konnte nicht mehr klar denken.

Mein Blick blieb am Gemälde meiner Mutter hängen, das mittig über dem großen Bett hing. Ein Stich glitt durch meine Magengrube. Weshalb dieses Zimmer?

»Eure Hoheit«, begann Tala und legte ihre Hände an die Rosenwasserschüssel. »Verzeiht, aber wir müssen Euch fertig machen.«

Fertig machen? Zum Opfern? Mein Puls beschleunigte sich erneut.

»Magister Sortex hat euch geschickt, richtig? Bitte sagt, dass ihr mich hier rausholt!« Meine Stimme brach und ich konnte es nicht verhindern.

Die Zofen blickten mich entschuldigend an, doch keine sagte etwas.

»Richtig?«, wiederholte ich diesmal eindringlicher.

Minerva biss sich auf die Lippe und schüttelte leicht den Kopf.

»Das ist ein schlechter Traum«, sagte ich mehr zu mir selbst und sah noch einmal zum Fenster herüber. Ich überlegte fieberhaft, ob ich dort hinaus fliehen konnte. Doch wir waren im zweiten Stock, hoch oben über den Mauern des Schlosses.

Der Knoten in meinem Magen breitete sich immer weiter aus. Mit jedem Schritt, den ich auf meine Zofen zumachte, fiel es mir schwerer zu atmen. Dabei trug ich nicht einmal ein Korsett.

»Tala. Was. Passiert. Hier«, wiederholte ich und betonte dabei jedes Wort. Sie hatte sichtbar mit ihrer Loyalität zu kämpfen. Ihre grünen Augen suchten ziellos nach einem Ausweg, doch ich ließ nicht locker. »Tala!«

»Eure Hoheit, es tut mir leid«, begann sie erneut und zupfte an ihrem Kleid herum. Diese Unsicherheit ... Das war überhaupt nicht Talas Art.

Schnell schritt ich auf sie zu, packte sie an den Schultern und schüttelte sie. »Wir sind zusammen aufgewachsen, das ist nicht gerecht! Wovor hast du denn so große Angst?« Schon lange war ich nicht mehr so persönlich geworden. Doch ich wusste keinen anderen Ausweg.

»Ich ... s-sie ... sie wollen Euch opfern«, stotterte Tala und begann fürchterlich zu schluchzen. Sie legte das

Gesicht in ihre Hände und hörte gar nicht mehr auf zu weinen.

Ich ließ sie los und blickte zu Minerva, die in eine Schockstarre verfallen war.

Meine Beine gaben nach und ich spürte, dass ich mich nicht mehr lange aufrecht halten konnte.

Niemand würde mich retten kommen. Erst jetzt wurde mir diese Tatsache so richtig bewusst. Wo steckte Sortex?

Tala blickte aus ihren verheulten Augen auf, schnappte sich einen Stuhl und eilte mir gerade noch rechtzeitig entgegen, sodass ich statt auf den Boden auf das weiche Sitzkissen meiner Mutter fiel. Ohne auf irgendwelche Gepflogenheiten zu achten, riss ich mir den Schleier vom Kopf und warf ihn achtlos auf den Boden.

»Das können sie nicht machen.« Meine Stimme brach. Was für eine Art von Verschwörung ging hier vor sich? Opfern für den rechtmäßigen König? Und wo wollten sie so plötzlich einen Drachen dafür herbekommen? Das alles ergab überhaupt keinen Sinn.

Meine Gedanken wurden von dem unnachgiebigen Läuten einer Glocke unterbrochen. Ein Stechen glitt durch meine Brust.

Ruckartig sah ich zum gekippten Fenster und wartete. Ich ahnte bereits das Schlimmste, denn ich wusste, was dieses Geräusch bedeutete.

Es war das Läuten der Todesglocke.

Minerva erwachte aus ihrer Starre, rannte zum Fenster und öffnete es. Sie warf mir einen ängstlichen Blick zu und stützte sich leicht an der Wand ab.

»Hört, hört, liebes Volk!«, rief einer unserer Verkünder von draußen. »Zum zwölften Glockenschlag hat sich ein jeder am Rand des Sees der Seelen zu versammeln, sodass uns das Opfer des Drachen den rechtmäßigen König erwählen wird!«

Mich fröstelte. Gänsehaut breitete sich an meinem gesamten Körper aus, als ich die schicksalsbringenden, nächsten Worte vernahm.

»Hört, hört!«, begann der Verkünder erneut. »Es ist so Brauch im Königreich Layowin, dass bei einem weiblichen Nachkommen der Monarchenfamilie die Königstochter als würdiges Opfer dient!«

Ich hielt den Atem an. Das durfte einfach nicht wahr sein. Bis zuletzt hatte ich gehofft, dass das alles ein Missverständnis war. Doch spätestens jetzt wurde mir bewusst, dass es bitterer Ernst war.

Ich schlang meine Arme um meinen Oberkörper.

Tala begann erneut zu schluchzen. »Es tut mir so leid, Eure Hoheit«, flüsterte sie und nestelte an ihrem Gewand. »Ich schwöre euch, wir wussten bis eben nichts davon.«

»Das weiß ich doch«, entgegnete ich sanft und musste an mich halten, nicht ebenfalls in Tränen auszubrechen. Ich blickte hektisch zwischen meinen Zofen hin und her.

»Ich habe keine Ahnung, wie viel Zeit mir bleibt bis ich ...« Ich schluckte, weil ich die Worte kaum aussprechen konnte. Ich brach ab und schüttelte den Kopf. »Wir können das doch nicht einfach so hinnehmen!«, sagte ich flehend.

»Wisst Ihr etwas von diesem Brauch? Gibt es vielleicht irgendeinen anderen Ausweg?«, fragte Tala.

Ich kaute nervös auf meiner Wangeninnenseite. »Obwohl ich unsere Geschichte und Bräuche sehr gut kenne, habe ich tatsächlich noch nie von dieser *Tradition* gehört.«

Ich ging mit wackeligen Beinen zum Bett herüber und setzte mich darauf. Mein Blick glitt ins Leere.

Sterben. Ich sollte heute wirklich sterben.

Ich spürte wie sich meine Lunge allein bei dem Gedanken krampfhaft zusammenzog.

»Ich verstehe auch nicht, wieso mein Vater mich nicht über einen derart wichtigen Brauch aufgeklärt hat.«

Tala und Minerva blickten mich ängstlich an.

»Vielleicht ... können wir Euch aus den Schloss schmuggeln?«

Minervas Vorschlag war nett gemeint, aber trotz der immensen Angst, die mich in diesem Moment zu überwältigen drohte, ich konnte nicht einfach fliehen. Ich würde mein Königreich im Stich lassen und das war das Letzte, das ich wollte. Ohne mich würde unsere Blutlinie einfach verblassen. Das konnte und wollte ich meinen Eltern nicht antun.

Es musste einen anderen Weg geben.

Ich überlegte einen Moment und stand dann zögerlich auf.

»Mir bleibt nichts anderes übrig, als direkt zu meinem Volk zu sprechen.« Ich suchte den Blick meiner Zofen, die mich fragend ansahen. »Wenn ich die Bewohner auf meiner Seite habe, wird es selbst für die Edelleute schwierig, einfach die Prinzessin zu opfern.«

Es war ein naiver Gedanke, denn das Volk hatte in den letzten Jahren kaum Verbindung zu mir gehabt.

Und sie waren streng gläubig. Die Meinung des silbernen Drachen war mehr wert als mein Leben, das war mir klar. Doch ich hoffte darauf, dass sie bei einer plötzlich aufgetauchten Tradition misstrauisch wurden.

Es war mein einziger Ausweg.

»Tala, Minerva, lasst uns noch einmal zum silbernen Drachen beten«, sagte ich zu meinen Zofen und ging vor meinem Bett auf die Knie.

Vielleicht war es das letzte Gebet, dass ich jemals zu unseren Ahnen schicken würde. Doch ich hoffte inständig, dass sie Erbarmen mit mir hatten.

***

Ein heftiges Poltern riss mich aus meinem langen Gebet. Als ich meinen Kopf hob, bemerkte ich erst, dass mir meine Knie schmerzten. Ich hatte völlig die Zeit vergessen.

»Seid Ihr so weit?«, brüllte eine Stimme von draußen.

Meine Zofen und ich blickten uns gegenseitig an. Auch sie hatten sich bisher nicht von ihrem Platz gerührt.

»Muss ich erst reinkommen?«, drohte der Fremde erneut.

»W-wir brauchen noch einen Moment«, rief ich mit zitternder Stimme.

»Ihr müsst mich vorbereiten«, sagte ich schließlich zu meinen Zofen. »Es hilft nichts.«

Tala sah mich aus verquollenen Augen an.

»Wir müssen darauf vertrauen, dass mein Volk hinter mir steht«, versuchte ich sie und mich selbst zu beruhigen. »Wenn wir uns aber jetzt nicht beeilen, dann müsst ihr vielleicht für etwas büßen, dass überhaupt nicht eure Schuld ist.« Und ich würde es mir niemals verzeihen, wenn Tala und Minerva wegen mir auf den Galgen müssten. Denn das war das Schicksal, was Bedienstete erwartete, wenn sie nicht gehorchten.

Also wusch mir Minerva meine Hände und Füße, während Tala mich ankleidete und mir die Haare hochsteckte.

Ich fragte mich abermals, warum sie mich zum Vorbereiten in das Zimmer meiner Mutter geschickt hatten.

Wozu das Bett frisch beziehen und den Aufwand mit den Blumen betreiben? War das Teil dieses Brauches, den ich nicht kannte? Und wenn ja, wie viele angebliche Traditionen gab es, von denen ich nichts wusste?

Es war grausam. Die Unsicherheit und die gleichzeitige Gewissheit, dass ich nicht mehr lange leben würde, raubten mir jeglichen Atem. Ich klopfte zaghaft gegen die Holztüre, um den Wachen zu zeigen, dass wir fertig waren.

Dass ich bereit war für meinen letzten Weg.

Als ich den Schlüssel hörte und wieder vor den Wachen stand, blickte ich noch einmal zu meinen Zofen zurück. Sie hatten beide den Kopf gesenkt und die Hände sorgfältig über ihren Schürzen gefaltet.

Und obwohl ich die letzten Jahre stets so distanziert zu ihnen gewesen war, so fühlte ich mich ihnen nach dem heutigen Tag näher als je zuvor.

3

Der Weg aus dem Schloss zum See kam mir wie eine Ewigkeit vor. Mir war, als würde die Zeit stehenbleiben, während ich meinem Schicksal Stück für Stück immer näherkam.

Mein Herz schlug wie wild in meiner Brust und ich versuchte die zweifelnde Stimme, die mir sagte, dass mein Volk sich nicht auf meine Seite schlagen würde, zum Schweigen zu bringen.

Die Wachen, die mich zuvor aus dem Gemach meiner Mutter geholt hatten, eskortierten mich durch den Torbogen des Schlosses hindurch.

Ich fühlte die Blicke der Menschen auf mir. Links und rechts standen bereits einige Dorfbewohner, die ihre Köpfe zusammensteckten und tuschelten, als sie mich sahen.

Ich schnappte nach Luft, als ich bemerkte, wo mich der Weg hinführen würde.

Zum See der Seelen. Beim silbernen Drachen, verdammt. Was sollte ich dort?

Es überraschte mich, wie viele Menschentrauben sich dort versammelt hatten, aber das war die Möglichkeit für mich, noch einmal vor meinem Volk zu sprechen. Und hoffentlich Unterstützung zu erhalten.

Meine Augen suchten immer wieder nach dem Magister, doch er war wie vom Erdboden verschluckt.

Wie im Zimmer meiner Mutter war der gesamte Weg vor mir aufwendig mit Blumen und Zweigen bestreut. Wie hatten die das nur so schnell geschafft? Das konnte doch niemals kurzfristig geplant worden sein?

Ich sah in die verwunderten Augen meines Volkes, die ebenfalls auf dem Weg zum See waren.

Ich suchte nach Mitleid oder Trauer in ihren Gesichtern, doch niemand schien überrascht zu sein. Keiner schien etwas dagegen zu haben, dass ich wie ein Schaf zur Schlachtbank geführt wurde. Die Todesglocke war doch unmissverständlich.

Erneut zog sich meine Lunge krampfhaft zusammen. Was, wenn ich mir zu viel von meinem Volk erhofft hatte? Was, wenn ich doch im Schloss noch eine Möglichkeit zum Fliehen hätte suchen sollen?

Doch nun war es zu spät.

Ein unangenehmer Gedanke beschlich mich. Was wäre, wenn die Edelleute doch Recht hätten? Allein diese Überlegung in meinem Kopf zu hören, brachte mich zum Zittern.

Ich schluckte.

Was, wenn es wirklich mein Schicksal war, den Drachen zu dienen? Geopfert zu werden?

Ich biss mir auf die Lippe und hielt einen Moment inne, wurde aber sofort von den Wachen weiter nach vorne geschoben.

Hätte mir gestern jemand gesagt, dass das heute passieren würde, hätte ich gelacht. Nicht, weil es so unwahrscheinlich war. Nein, das war es nicht.

Traditionen, Intrigen, Verrat … Bereits früh wurde mir beigebracht, dass Königin zu sein keine leichte Sache ist.

Aber die Schnelligkeit, mit der gehandelt wurde, die war erschreckend.

Ich richtete meinen Blick erneut auf den See.

Die Sonne war hinter den großen Gipfeln der umliegenden Berge verschwunden und tauchte den See und die Umgebung in ein wunderschönes Abendrot. Am Ufer stand eine lange Kette an Soldaten mit Schwertern bewaffnet rings um den See herum. Das Wappen auf den Fahnen, die einige der Wachen an einer Stange emporhielten, verhöhnten mich. *Die Prinzessin, die statt Königin zu werden, geopfert wird.* Beinahe hätte ich dabei freudlos aufgelacht.

Hatten sie da die gesamte Armee von Layowin aufgerufen? Tatsächlich …

Ich schluckte, als ich endlich am See der Seelen angekommen war. Das tiefblaue Wasser waberte um meine nackten Füße und gab mir die tödliche Gewissheit, dass mein Leben bald zu Ende war.

Ich ballte meine zitternden Hände zu Fäusten.

Gänsehaut breitete sich in meinem Körper aus, je weiter ich mir den Weg ins kalte Wasser bahnte.

Aus den Augenwinkeln heraus sah ich, dass alle Edelleute ebenfalls anwesend waren. Sie standen links und rechts von mir und sagten kein Wort. Ich versuchte sie mit meinen Blicken zu strafen, doch ihre Gesichter blieben weiterhin undurchdringlich. *Solche widerlichen Ratten! Ich wünschte ihnen wirklich die Krätze an den Hals.*

Stück für Stück wurde ich von den Wachen tiefer in das undurchsichtige Nass geführt.

Als ich bis zu den Knien darin stand, drehte ich mich um und sah das Bild, das sich vor mir auftat.

Männer, Frauen, ja sogar Kinder. Alle standen am Rand des Sees versammelt. Es kamen immer wieder weitere Menschen nach, doch ich war mir sicher, dass die Mehrzahl der Bewohner des Schlosses und der anliegenden Dörfer anwesend war.

Ich presste meine Augen ein Stück weit zusammen und suchte in der Menge nach Magister Sortex.

Er war einer der Letzten, die an den Rand des Sees gelaufen kamen und mein Herzschlag wurde augenblicklich schneller.

Was machte er hier? Wieso rettete er mich nicht?

Ich sah ihn eindringlich, ja sogar flehend an, doch seine Mimik verriet mir, dass er genauso wenig freiwillig hier war, wie ich.

Er hob seine Arme und faselte irgendetwas, dass ich aus der Entfernung nicht verstehen konnte.

Für einen sonst so stillen See sorgte der aufstrebende Wind für ein ungewöhnliches Rauschen, das ich nicht zuordnen konnte.

Zog etwa ein Unwetter auf? Ich warf einen besorgten Blick zum Himmel hinauf.

Ein monotoner Gesang riss mich aus meinen Gedanken, der von Magister Sortex und den Adligen ununterbrochen wiederholt wurde.

Zwei Wachen kamen ins Wasser gelaufen und warfen irgendeine Art von Stein weit hinein. Dann standen sie einen Moment lang reglos da.

Die Kälte kroch mir langsam die Beine hinauf und obwohl es für Herbst relativ warm draußen war, fror ich doch in meinem dünnen Leinenhemd.

»Eure Hohheit, Ihr müsst weiter«, sagte eine der Wachen und deutete mit dem Finger in die Mitte des Sees.

Ich schluckte und ballte die Hände erneut zu Fäusten. Da legte die Wache ihre Hand an das Schwert.

Einen Augenblick lang wägte ich ab, ob es nicht leichter wäre durch das Schwert zu sterben. Doch welche Botschaft würde ich dann meinem Volk hinterlassen?

Nein.

Ich sah die Wache eindringlich an und räusperte mich.

»Stehen mir nicht mal mehr ein paar letzte Worte an mein Volk zu?«, rief ich so laut ich konnte. Ich wollte, dass es so viele Bewohner wie möglich hörten.

Die Wache sah hilfesuchend zum Magister.

Wieso ausgerechnet zu ihm? Er wurde doch ebenso gezwungen hier zu sein, wie ich.

Oder irrte ich mich da?

Sortex entfernte sich von seiner bewaffneten Garde und kam auf mich zu.

Verwundert verfolgte ich jeden seiner Schritte. Sah, wie sich sein Mantelsaum mit Wasser vollsog und mir entging ebenfalls nicht, dass die Wachen ihn nicht zurückhielten.

Was hatte er vor?

Die Worte, die ich mir für mein Volk zurechtgelegt hatte, lagen mir bereits auf der Zunge und ich überlegte fieberhaft, ob ich einfach beginnen sollte. Als rechtmäßige Thronfolgerin sollte ich auf keine Erlaubnis warten müssen.

Doch ich dachte zu lange nach.

Sortex kam einige Schritte von mir entfernt zum Stehen und erwiderte endlich meinen Blick.

Der Magister räusperte sich. »Ich habe einen Weg gefunden, wie wir Euch aus dieser heiklen Lage bringen«, flüsterte er, sodass es nur die Wache neben mir hören konnte.

Heikle Lage, dass ich nicht lachte. Ich war dem Tode geweiht!

Meine Haut kribbelte unangenehm, als ich an mein bevorstehendes Ableben dachte.

»Ich hoffe für Euch, dass Ihr einen wirklich guten Plan habt, Magister«, erwiderte ich ebenfalls mit gesenkter Stimme.

Sortex verzog keine Miene. »Es gibt einen Weg, wie Ihr Königin bleiben und trotzdem die Bräuche Eures Volkes wahren könnt.« Der Magister holte tief Luft, ganz so, als würde ihm das, was er nun sagte, schwer fallen. »Ihr müsst Euch opfern lassen.«

Bitte was? Ich wollte bereits etwas erwidern, doch Sortex war schneller.

»Bevor Ihr mir etwas unterstellen wollt, lasst es mich erklären. Ich habe die Chroniken studiert – zumindest so gut es die wenige Zeit eben zuließ. Und es steht darin, dass Ihr zwar dem Drachen dargeboten werdet, allerdings dadurch nicht automatisch dem Tode geweiht seid.«

Ich folgte seinen Worten aufmerksam, doch es dauerte einen Moment, bis sein Gesagtes bei mir ankam.

Ich konnte leben? Wie sollte das den Brauch schützen?

Er kam noch einen Schritt näher. »Eure Hoheit, der Drache kann *Euch* als rechtmäßige Königin erwählen«, ergänzte er, als hätte er meine Gedanken gelesen.

Ich öffnete den Mund, schloss ihn jedoch sogleich wieder.

Was sollte das für ein Ausweg für mich sein? Ich sollte mich an die reine Hoffnung klammern, dass der Drache mich verschonte?

»Es ist die einzige Möglichkeit«, bekräftigte der Magister und sah mich eindringlich an. »Ich kann Euch anders hier nicht rausholen, es wurden bereits Flugblätter mit der Information über den alten Brauch verteilt.« Sortex blickte prüfend nach links und rechts, als wollte er sichergehen, dass wirklich niemand ihn hören konnte. »Die Edelleute besitzen mehr Macht, als mir lieb ist. Mehr, als sie haben sollten.«

Ich schluckte. »Ich soll mich also bereitwillig opfern lassen, das ist Euer Rat?«, presste ich zwischen meinen Lippen hervor.

Der Magister nickte.

Ich ging einen Schritt zurück und taumelte leicht. Diese ganze Situation kam mir so surreal vor.

Mein Blick glitt über all die Leute, die sich am Ufer des Sees versammelt hatten. Wenn sie von dem Brauch erfahren hatten, dann steckten sie nun jede Menge Hoffnung in dieses Ritual.

Was sollte ich tun? Lange hatte ich nicht Zeit nachzudenken. Ich war mir sicher, dass ich nur zwei Möglichkeiten hatte:

Entweder hoffte ich darauf, dass der Drache mich wirklich erwählte (und dass der Magister mit seiner

Neuigkeit Recht behielt), oder ich wurde gewaltsam geopfert.

Bei Ersterem sähe es allerdings zumindest so aus, als hätte ich die Kontrolle über mein Königreich.

Ich hatte meine Hände mittlerweile so fest zu Fäusten geballt, dass sich meine Fingernägel in mein Fleisch bohrten. Der Schmerz bewies mir, dass das alles sehr wohl die Wirklichkeit war.

Ich atmete tief durch und wandte mich den Bewohnern zu.

»Mein liebes Volk von Layowin, wie ihr sicherlich gehört habt, soll dieser Brauch nun über den neuen, rechtmäßigen Herrscher entscheiden.«

Ich konnte nicht fassen, dass ich das nun gleich sagen würde. Doch ich musste einfach an den Drachen glauben. An meine rechtmäßige Herrschaft und an die langen, loyalen Dienste von Magister Sortex. Wenn ich nicht an den silbernen Drachen glaubte, wie sollte es dann mein Volk tun? Er würde mich erwählen.

Er musste einfach.

Ich senkte den Blick. »Ich bin bereit, mich erwählen zu lassen und euch so zu zeigen, dass ich nur das Beste für euch will. Ich lege die Weisheit, darüber zu entscheiden, in die Hände unserer heiligen Drachen!«

Ich hielt gespannt den Atem an und traute mich nicht, meine Augen wieder aufzuschlagen.

Der Moment der Stille, der nun folgte, zog sich schier endlos hin.

Doch dann hörte ich es, das begeisterte Jubeln.

Ich spürte keine Erleichterung, denn mein Schicksal war noch immer besiegelt. Einzig und allein den Schein einer würdigen Thronfolgerin konnte ich mit dieser Aktion wahren.

Ich hörte, wie sich jemand von mir entfernte und als die freudigen Rufe langsam verklangen, blickte ich endlich wieder auf.

Magister Sortex war wieder zu seiner Garde zurückgekehrt und würdigte mich keines Blickes.

Ich zuckte zusammen, als ich bemerkte, dass die Wache neben mir einen Schritt näherkam.

»Eure Hoheit, wir müssen fortfahren. Ich habe den Auftrag von Magister Sortex, Euch zu sagen, dass Ihr auf die Mitte des Sees hinausschwimmen sollt. Dort müsst ihr auf den Drachen warten.«

Ich nickte kaum merklich, dann lief ich tiefer in den See der Seelen hinein.

Langsam, Stück für Stück, bis der Stoff meines Kleides sich immer weiter mit Wasser vollsog.

Die Kälte kroch mir schmerzhaft durch die Lunge, je weiter ich vordrang. Doch ich blieb nicht stehen. Ich musste stark sein. Für mein Volk.

***

Ich erstarrte, während mein Blick in die endlose Dunkelheit glitt. Die Sonne war längst hinter den Bergen verschwunden und der Mond war nur noch ein kleiner Punkt am Himmel.

Wie lange schwamm ich bereits in diesem verfluchten See?

Ich spuckte das Wasser aus, dass mir immer wieder ins Gesicht schwappte und sah sehnsüchtig zum Ufer.

Noch immer waren die Wachen rund um den See positioniert und rührten sich nicht vom Fleck.

Ich schwamm auf der Stelle und drehte mich dabei um die eigene Achse.

Und dann hörte ich sie. Eine dumpfe Stimme, die immer tiefer in meinen Geist drang.

Wurde ich bereits jetzt vor Erschöpfung wahnsinnig?

Das Rauschen, das ich zuvor dem Wasser zugeschrieben hatte, formte sich immer deutlicher zu ganzen Sätzen zusammen. Laut und klar, als würde jemand neben mir stehen.

»Wer wagt es, den Drachen zu rufen?«, dröhnte es in meinem Kopf.

Eine Stimme, die ich nie zuvor gehört hatte. Unweigerlich zuckte ich zusammen.

Spielte mir mein Verstand etwa einen Streich?

»Wer wagt es, nach dem Drachen zu rufen?«, brüllte die raue Stimme erneut und ließ meine Knochen beben.

Ich holte tief Luft und schloss meine Augen. Sollte es das gewesen sein? Oder hatten die Edelleute Recht und der Drache wählte jetzt den neuen König?

Meine Zähne klapperten und kurz darauf hatte die eisige Kälte meinen Körper völlig in Besitz genommen.

Ich wurde schwächer.

Das Eiswasser berührte meine Lippen, schickte einen Schauer durch meinen Körper, doch ich versuchte es mit aller Kraft zu ignorieren.

Ich musste mich auf die Stimme konzentrieren. Auf das Ritual, das meinem Volk den rechtmäßigen Herrscher versprach.

Panik stieg in mir auf und jagte Dolchstiche durch meinen Magen. Ich hoffte inständig, dass Magister Sortex mit seinen Worten Recht behalten würde.

Das dumpfe Grollen in meinen Ohren wurde lauter und schon bald wusste ich nicht mehr, ob es der Sturm war, der sich auftürmte, oder wirklich der Drache, der meinen Kopf fast zum Zerbersten brachte.

Die Wellen wurden höher und etwas streifte meine Beine. Ich versuchte, mich von der Stelle zu bewegen, doch ich war viel zu erschöpft.

»Sprich mit mir oder schweig für immer!«, polterte die Stimme.

Angestrengt japste ich nach Luft. »Das bin ich«, antwortete ich leise doch es klang wie eine Frage. »Ich habe dich gerufen!«

Ein Moment der Stille.

Hatte ich die Stimme zu lange warten lassen? Ich öffnete meine Augen und versuchte, etwas anderes als kalte Dunkelheit zu sehen. Vom Ufer aus schimmerten kleine Lichtpunkte.

Fackeln? Waren die Bewohner etwa noch da? Oder war auch das eine Illusion?

»Ahhh!«, rief ich schmerzvoll. Ein Krampf zog sich meine linke Wade hinauf. Lange würde ich es nicht mehr aushalten.

Ich presste die Lippen zusammen.

»Warum?«, fragte die Stimme, die immer näher kam.

Das Wort schlängelte sich durch meinen Kopf und nahm all den Raum ein, den ich normalerweise für meine Gedanken allein hatte.

Ich musste meine Arme heben, um mich weiterhin über Wasser zu halten. Meine Zeit war begrenzt. Und doch nahm ich noch einmal all meine Kraft zusammen.

»Weil ich dein Opfer bin«, spielte ich das Spiel mit. »Weil mein Volk in Not ist und weil wir einen neuen Herrscher brauchen«, flehte ich in einem Ton, den ich so von mir nicht kannte.

»Du bist das Opfer?« Sein spöttisches Lachen hallte in meinen Ohren.

Jetzt war keine Zeit für meine spitze Zunge.

Ich nickte gehorsam, ohne zu wissen, ob der Drache – oder was immer die Stimme war – mich im Dunkeln sehen konnte. *Für mein Volk. Ich* klammerte mich an den kleinen Funken Hoffnung, der sich in meinem Inneren festgesetzt hatte.

»Wie schade«, säuselte die Stimme, »denn du bist kein Opfer, du bist eine Frau. Du bist eine Prinzessin, die versucht, eine Königin zu sein.«

Sein Poltern umhüllte mich und ich hatte endgültig meine Orientierung verloren.

»Wenn du das sagst«, antwortete ich und ignorierte seinen Hohn, »und ich kann nicht herrschen, wenn ich tot bin.«

Das Wasser um mich herum bewegte sich. Wellen klatschten mir gnadenlos ins Gesicht und peitschten mir immer wieder gegen Wange und Stirn.

Wieder dieselbe Frage, auf die ich keine Antwort kannte. War es der Sturm oder das Wesen?

»Du musst nicht sterben, Prinzessin, die eine Königin sein will.«

Überrascht weiteten sich meine Augen. Hatte der Magister also doch Recht? Unser Plan ging auf?

Wenn sich der Drache nur deutlicher ausdrücken würde. Für solche Spielchen hatte ich keine Zeit.

Doch bevor ich ihm etwas entgegnen konnte, hörte ich wieder die durchdringende Stimme in meinem Kopf. Sie schlängelte sich in jeden Winkel meines Geistes.

Kein Ort, an dem ich mich vor ihr verstecken konnte.

Kein Ort, an dem ich meine Gedanken für mich alleine hatte.

»Du musst erst beweisen, dass du würdig bist, über dein ach so teures Land zu herrschen«, knurrte die Stimme.

Donner hallte in meinen Ohren wider und ich zuckte erschrocken zusammen.

Wild strampelte ich mit den Füßen ins kalte Nichts.

Ausweglos.

Hoffnungslos.

Und dann verließ mich meine Kraft. Ein letztes Mal drückte ich meinen Kopf über die Oberfläche. Schnappte gierig nach Luft und atmete dabei einen viel zu großen Schluck Wasser ein. Hustete.

Doch bevor ich einen erneuten Versuch starten konnte, entschloss ich mich dazu, loszulassen.

Die Stimme muss ein Drache sein, redete ich mir Mut zu. Und der Drache musste mich für würdig halten.

Weder Angst noch Schwäche würden mich davon abhalten, den Platz meines Vaters einzunehmen.

Und dann sank ich.

Tiefer, immer tiefer in den See hinein, bis mich die Dunkelheit vollkommen umschloss. Ich fühlte mich schwer, wie ein Stein, der ausweglos nach unten sank.

Hilflos sah ich den Luftblasen hinterher, die über mir aufstiegen.

Ich konnte nicht endlos tief sinken, oder?

Ich hoffte, dass ich mit meiner Ahnung Recht behalten würde. Doch der Druck des Wassers presste schon bald meine Lungen zusammen und sank noch immer ins bodenlose.

Ein Ende des Sees war nicht in Sicht.

4

Als ich erwachte, hatte ich schreckliche Kopfschmerzen.

»Verdammt«, fluchte ich und hielt mir den Kopf.

Mit der anderen Hand tastete ich um mich. Ich lag auf etwas Hartem und Kaltem, aber es war nicht die gleiche Kälte, die ich bis vor kurzem im See der Seelen gespürt hatte.

Nein. Es war überhaupt nicht kalt. Ganz im Gegenteil. Mir war furchtbar heiß.

Schweißtropfen liefen von meiner Stirn und ich fuhr mit dem Handrücken darüber, um sie abzuwischen. Oder waren es Wassertropfen?

Meine Augen waren noch immer geschlossen, denn der Schmerz war unerträglich. Ich hatte das Gefühl, Fieber zu haben, förmlich zu brennen.

Wo verdammt noch mal war ich?

Die Sonne schien auf meine geschlossenen Lider. War es nicht gerade tiefste Nacht gewesen?

Mir wurde furchtbar schwindlig. Alles um mich herum drehte sich wie in einem Karussell.

Zumindest kann ich atmen, stellte ich erleichtert fest. Atmen. Moment, ich konnte atmen?

»Es ist schön, dich wach zu sehen«, flüsterte jemand und ich hielt ruckartig die Luft an.

Es klang wie die Stimme im See. Hatte sich doch ein Drache dazu entschlossen, mich aus dem Wasser zu ziehen?

Mein Herzschlag beschleunigte sich und ich blinzelte, um das Gesicht der Person zu erkennen, die mit mir gesprochen hatte. »Wer bist du?«, fragte ich kaum hörbar. Doch meine Sicht verschwamm erneut.

Ich stützte mich auf meine Hände und stellte überrascht fest, dass ich eine trockene Decke auf mir liegen hatte. Der weiche Stoff schmiegte sich an meine Haut und gab mir ein sonderbares Gefühl der Geborgenheit, das in dieser Situation völlig fehl am Platz war.

Erneut blinzelte ich. Doch, ich war mir sicher. Das waren die Umrisse eines Menschen. Aber wie? Warum? Wer?

Ich rieb mir die Augen. Konnte das ein Mann sein, der direkt vor mir saß? Aber wo war dann der Drache? Langsam, ganz langsam gewöhnte ich mich an die Helligkeit und meine Sicht wurde klarer.

Erschrocken wich ich zurück. Das Gesicht des fremden Mannes war nah, doch ich sah noch immer zu schlecht, um sagen zu können, ob ich ihn bereits kannte.

»Mein Name ist Gewin«, sagte er mit einer tiefen Stimme, die eine seltsam aufwühlende Wirkung auf mich hatte. Vielleicht fühlte ich mich aber nur so, weil ich fast ertrunken war.

Ein zarter Geruch von aufgeheizten Steinen strich mir um die Nase, als die Gestalt zurückwich.

»Du hast die Seelenprüfung bestanden. Der Drache hat deinen Wert erkannt und dir eine zweite Chance gegeben.« Die Worte hallten in meinem Kopf nach.

Also doch, ein Drache hatte mich gerettet.

Ich schluckte.

Aber wenn er hier ein Mensch war, wieso hatte er dann die Stimme des Drachen? Und wieso kannte er ihn überhaupt? Die Fragen übermannten in nur wenigen Augenblicken meinen Geist und ich bemerkte erst spät, dass ich Gewin noch immer anstarrte.

»Was?«, war alles, das ich herausbekam.

Endlich wurde meine Sicht scharf und das Leben kehrte langsam in meinen Körper zurück.

Ein leises Lachen entwich meinem Gegenüber. »Du bist frei, Ella. Der Drache hat dich für würdig befunden.« Er sah mich aufmunternd an. Doch das Lächeln wirkte völlig fehl am Platz.

Gewin stand auf und streckte mir seine Hand entgegen.

Ich legte meinen Kopf schief und sah sie an, als wäre sie nicht von dieser Welt. Seine Geste verwirrte mich.

War er Freund oder Feind?

Zeitgleich konnte ich nicht anders, als ihn zum ersten Mal genauer zu betrachten.

Gewin trug eine schwarze Tunika, die seine große Gestalt locker umspielte. Er hatte dunkles, leicht gelocktes Haar, das er zu einem Dutt gebunden hatte. Auf seiner rechten Wange befanden sich ein paar Narben und sein Blick war undurchdringlich.

Ich war nah genug, um seine tiefbraunen Augen und die goldenen Sprenkel in der Iris zu erkennen, in denen ich mich bereits zu verlieren drohte.

Schnell schüttelte ich den Kopf, um mich aus meiner Benommenheit zu befreien. Das war definitiv nicht der richtige Zeitpunkt, um einen völlig Fremden anzuschmachten.

»Danke«, sagte ich kleinlaut und versuchte mich an einem Lächeln.

Dann nahm ich seine Hand und stand auf.

Doch als hätte er sich verbrannt zog er seine zurück und zuckte zusammen.

Ich versuchte, mir meine Verwirrung nicht anmerken zu lassen.

»W-warte, woher kennst du meinen Namen?«, fragte ich misstrauisch.

Gewin hob eine Augenbraue. »Die Leute unten im Tal haben dich bei diesem Namen genannt, also habe ich daraus geschlossen, dass du so heißt.«

»Unten im Tal?«

Er deutete hinter mich.

Ich drehte mich langsam um und atmete scharf ein.

Oh.

Beim.

Drachen.

Ich war hoch oben auf einem Berg, das Tal war nicht mehr als ein kleiner grüner Punkt zwischen unzähligen felsigen Hügeln und Bergen.

»Der Drache«, versuchte ich die Puzzleteile zusammenzusetzen, »hat mich hierher gebracht?« Ich sah wieder zu Gewin auf. »Und wo ist er jetzt?«, fragte ich und runzelte die Stirn.

Ich traute ihm nicht. Es gab zu viele unbeantwortete Fragen. Zu viele ungelöste Dinge. Auch, wenn er bisher nett gewesen war. Ich war immer noch die zukünftige Königin von Layowin, deshalb musste ich vorsichtig sein.

»Ja, er hat dich aus dem See gezogen und hierher gebracht. Nun ist er weg. Wie immer.« Seine Stimme sank auf ein Flüstern und er schaute an mir vorbei.

Ich wusste nicht, was ich sagen sollte, also nestelte ich unschlüssig an meinem Kleid herum. Mein Kopf tat immer noch weh, und mir war ein wenig schwindlig. Es war aber lange nicht so schlimm wie vorher.

Was tat dieser Mann hier so fernab von jedweder Zivilisation?

Mit einem tiefen Atemzug versuchte, ich meine Nervosität zu besänftigen. Ich hatte Glück gehabt, ich war am Leben. Die Fragen waren eher: Was sollte ich jetzt tun? Wie würde ich nach Hause kommen?

Gewin räusperte sich und stemmte die Hände in die Hüften. Er musterte mich von oben bis unten und ich war so in Gedanken versunken, dass ich mich dabei erwischte, wie ich ihn erneut anstarrte.

»Tja dann, hat mich gefreut, dich kennenzulernen«, sagte er unvermittelt. Und ohne meine Antwort abzuwarten, drehte Gewin sich um und verschwand schnellen Schrittes in einer Höhle, die ich zuvor nicht gesehen hatte.

»Hey!«, rief ich ihm entrüstet hinterher, doch kurz darauf hatten ihn die Schatten des Höhleneingangs bereits verschluckt und ich stand allein da. »Was zum Teufel ist hier eben passiert?«, fragte ich mich selbst und bemerkte, dass ich noch immer auf die Stelle starrte, an der Gewin bis vor Kurzem gestanden hatte.

Der Drache hatte mich hierher gebracht, aber wenn Gewin nicht der Drache war, was machte er dann hier? Und wie war er auf den Berg gekommen?

Ich blickte zwischen dem Tal und der Höhle hin und her. Konnte ich durch die Höhle ins Tal gelangen?

Ich biss mir auf die Lippe.

Es blieb mir nichts anderes übrig, als das herauszufinden.

Die Sonne stand hoch und ich würde definitiv lieber einen Blick in die Höhle werfen, als hier am Rande des Abgrunds zu stehen.

»Na gut«, raunte ich und holte tief Luft.

Ich war eine Königin, auch wenn ich nicht gekrönt war. Und eine Königin würde nicht aufgeben. *Nein.*

Mein Herz schlug immer schneller, je näher ich der Stelle kam, an der ich Gewin zuletzt gesehen hatte.

Als ich nur noch wenige Schritte entfernt war, blieb ich abrupt stehen.

Ich betrachtete die Höhle genauer. Sie war aus karamellfarbenen Sandstein gebaut und der Eingang war stockdunkel. Kein einziger Sonnenstrahl konnte die Dunkelheit durchdringen.

Fröstelnd umschlang ich meinen Körper mit den Armen. Es war nicht kalt, im Gegenteil. Aber dieses Nichts, in das ich starrte, hieß mich definitiv nicht Willkommen.

Ich streckte meine Arme aus, um nirgendwo gegen zu knallen und machte ein paar Schritte hinein. Wo war eine Fackel, wenn man sie brauchte?

Kein Geräusch war zu hören, kein einziger Lichtstrahl zu sehen. Nicht einmal ein Windhauch war zu spüren.

Mit einem Mal fühlte ich mich schrecklich einsam.

Würden Sortex und die anderen Edelleute mich wirklich als Königin anerkennen, wenn sie sahen, dass der

Drache mich erwählt hatte? Vermissten mich Tala und Minerva?

Ich senkte traurig den Blick und ein kühler Wind bereitete mir eine Gänsehaut.

Wieso hatte ich zugelassen, mich von ihnen so weit zu distanzieren? Sie und Sortex waren die einzigen Konstanten in meinem Leben. Ich war so sehr mit dem Prinzessinsein beschäftigt, dass ich völlig vergessen hatte, wie schnell man sich darin verlieren kann.

Ich presste die Lippen zusammen. Das musste sich ändern.

Ich wollte meine Zofen und Freundinnen wieder mehr in mein Leben lassen. Nicht mehr so distanziert sein. Mehr über mein Volk erfahren.

Aber zuerst muss ich einen Weg hier raus finden.

»Gewin?«, rief ich.

Doch es kam nichts zurück. Natürlich kam nichts zurück. »Wenn du hier bist und mich ignorierst, ist das nicht nett!« Meine Wut stieg an und ich spitzte die Ohren. Doch das Einzige, dass ich hören konnte, war das Rauschen meines Pulses.

Ich seufzte.

Es sah so aus, als müsste ich in den sauren Apfel beißen und zumindest für diese Nacht auf dem Berg bleiben. Dieser Mann, Gewin, oder wer auch immer er war, war definitiv ein Idiot und konnte mir gestohlen bleiben. Ich würde das alleine schaffen.

In meine Gedanken drängelte sich ein leises *Oder?*, doch ich ignorierte es.

»Toll«, murmelte ich, »das passiert wohl, wenn man sich von einem Drachen und einem geheimnisvollen Mann einfangen lässt.«

Ich spürte etwas Kaltes an der linken Seite meiner Taille. Mit den Fingerspitzen versuchte ich zu erreichen, was mich berührte. Obwohl ich nichts sehen konnte, riss ich vor Überraschung die Augen auf.

Es war hart, glatt und rund, ganz als ob es aus Stahl wäre. »Was zum ...«, flüsterte ich und folgte einer Art Geländer weiter ins Innere der Höhle.

Mit einem Mal traf mich ein Windstoß. Je weiter ich ging, desto stärker wurde er. Meine Haare flogen mir ins Gesicht und mein Kleid wirbelte um mich herum.

Ein paar Schritte später konnte ich spüren, dass sich die Höhle teilte. Ich tastete mit den Füßen vorsichtig nach vorne. Ein Gang führte in die Tiefe, der andere weiter in den Berg. Letzterer war durch ein hohes Tor aus dickem Stahl blockiert.

Ohne lange nachzudenken, entschied ich mich für den Weg ohne Abgrund. Einmal pro Tag untergehen reichte mir und ich zählte das Hinuntergleiten in den See definitiv dazu.

Mit einem kleinen, vorsichtigen Schritt näherte ich mich der Tür und versuchte, mit den Händen eine Klinke oder einen Knauf zu finden.

Da! Das war doch ein Schloss. Schwer lag das kalte Eisen in meinen Händen und ich wog es abschätzend hin und her.

Ich tastete mit zitternden Fingern am Schloss entlang, doch das Tor öffnete sich nicht. »Gewin, bist du da?«, fragte ich noch einmal. Es ging mir schwer über die Lippen und insgeheim hasste ich mich dafür, dass ich mich mal wieder so verletzlich zeigte.

Keine Antwort.

Ich hatte genug. Wenn mir niemand helfen wollte, dann würde ich eben selbst einen Weg den Berg hinunter finden. Ich würde durch dieses Tor gehen, koste es, was es wolle.

Erneut griff ich nach dem Schloss und versuchte, es durch mehrmaliges Rütteln zu öffnen.

Diese verdammte Dunkelheit. Nervös hielt ich einen Moment inne.

Es half nichts, ich musste mich auf meine anderen Sinne konzentrieren.

Also tastete ich weiter am Schloss herum und suchte einen versteckten Knopf oder Hebel.

Doch da war nichts. Ich seufzte und wollte bereits aufgeben, da fielen mir meine Haarklammern ein.

Ich könnte versuchen, es selbst zu knacken. »Wenn ich Glück habe und dabei etwas hin- und her rüttle …«, sagte ich leise zu mir selbst und nahm eine der Metallklammern aus dem Haar.

Ich bog sie vorsichtig auseinander und steckte das eine Ende ins Schloss. Das Klirren von Metall auf Metall echote durch die Höhle. Ganz vorsichtig, um die Klammer nicht zu sehr zu verbiegen, drehte ich sie in verschiedene Richtungen, aber die Tür blieb verschlossen.

»Komm schon!«, zischte ich wütend. So langsam wurde ich ungeduldig und zu allem Überfluss meldete sich mein Magen. *Große Klasse.*

Endlich und völlig unvorbereitet hörte ich das erlösende Klick. Das Schloss sprang auf, und ich öffnete die schwere Tür mit einem lauten Quietschen.

Und jetzt wusste auch wirklich jeder, dass ich da war.

Sicher, dass hier mehr wie Gewin leben würden, war ich mir zwar nicht, aber die Höhle war definitiv so groß, dass ein Drache darin Platz hatte. Bei dem Gedanken schluckte ich schwer.

Helles Licht brachte meine Aufmerksamkeit wieder zurück in die Gegenwart. Der ganze Raum, der sich hinter der alten Türe befand, war von unzähligen Fackeln erleuchtet.

Schützend hielt mir die Hände vors Gesicht. Es dauerte einen Moment, bis sich meine Augen an die Helligkeit gewöhnt hatten. Doch dann konnte ich mich endlich umsehen.

Vor mir erstreckte sich ein breiter, gut beleuchteter Korridor. Am anderen Ende konnte ich eine alte Steintür erkennen. Ich brauchte nicht lange zu überlegen.

Ich musste entweder Gewin finden oder einen Weg nach Hause, und vielleicht, ja vielleicht war sogar beides hinter dieser Tür da hinten.

Mit pochendem Herzen ging ich den breiten Gang entlang. Die Wände waren immens hoch und die Decke wurde von kunstvoll verzierten Steinbögen gehalten. *Jemand hatte sich die Mühe gemacht und lauter geschwungene Schnörkel hineingehauen.*

Zwischen den Bögen befanden sich in regelmäßigen Abständen Fackeln. *Wer sie wohl erleuchtet hatte?* Kurz wanderten meine Gedanken zum Drachen.

Am Ende des Ganges blieb ich stehen.

Eine Welle der Unsicherheit durchströmte meinen Körper. Was, wenn der Drache hier irgendwo lauerte und es sich nochmal anders überlegte?

Vielleicht sollte ich warten und hoffen, dass Gewin doch zurückkommt, dachte eine leise Stimme in mir.

Nervös sah ich mich um. Dann richtete ich meinen Blick wieder auf die Tür.

Das war überhaupt keine gute Idee. Was, wenn der Drache hier lebte? Ist es wirklich klug, ihn in seinem Zuhause aufzustöbern, nachdem ich gerade erst dem Tod entkommen war?

Ich schüttelte den Kopf und brachte die Stimme damit zum Schweigen. Das hier war meine einzige Möglichkeit, einen Weg zurück ins Tal zu finden.

Also griff ich nach dem Türknauf. Er war schwer, kühl und aus irgendeinem Grund sah er deutlich neuer aus als der Rest dieser Höhle. Ich stemmte mich mit meinem gesamten Körpergewicht dagegen. Ein Ächzen entwich meinem Mund.

Dann, endlich, mit einem letzten kräftigen Stoß öffnete sich die Tür so weit, dass ich gerade so durchpasste. Natürlich nicht, ohne ein ohrenbetäubendes Knarren von sich zu geben. Ich spähte vorsichtig hinein.

Der Raum war dunkel und wurde nur durch das Licht aus dem Korridor erhellt.

Ich hörte ein tiefes Knurren vor mir.

Das klingt gar nicht gut. Ich hielt den Atem an und machte instinktiv einen Schritt zurück.

Mein Herz raste.

»Was willst du?« Eine schroffe Stimme drang aus der Dunkelheit. Sie klang wie die eines Tieres, doch es war kein Tier. Dessen war ich mir sicher.

Ich holte tief Luft und stieß die Tür weiter auf.

»Tut mir leid, dass ich dich störe«, murmelte ich zaghaft. Sollte ich nicht doch lieber meine Beine in die

Hand nehmen und rennen? Der Drang war verlockend, aber ich wollte ihm nicht nachgeben. Noch nicht.

Ich räusperte mich. »Aber weißt du, wie ich das Tal erreichen kann?« Erst jetzt bemerkte ich, dass meine Stimme zitterte.

Ein weiteres Knurren drang durch den Raum. »Hier wirst du zumindest nichts finden.« Die Stimme hielt einen Moment inne und mein Blut raste durch meine Adern. »Nichts als den Tod«, zischte die dunkle Stimme erneut.

Warmer Atem traf mein Gesicht mit voller Wucht.

Das Ding in der Dunkelheit schnaubte laut und eine feine Gänsehaut legte sich über meine Haut.

Ich denke, jetzt ist es an der Zeit zu fliehen, sagte die Stimme in meinem Kopf. Und dieses Mal stimmte ich ihr zu und rannte.

Mein Herz pochte mir bis zum Hals und eine Welle von Adrenalin schoss durch meinen Körper. Ich rannte durch den langen Gang, zurück in die Dunkelheit. Es dauerte nicht lange, da hörte ich ein lautes Rumpeln hinter mir.

Jetzt bloß nicht umdrehen.

Irgendetwas schlug gegen das Innere des Berges und das Geräusch von Steinen, die auf dem Boden der Halle fielen, ließ mich zusammenzucken.

Mein Atem ging stoßweise. Ich war fast am Ende der Halle angelangt und das bedeutete nur eins: Die Dunkelheit würde mich gleich verschlucken.

Ohne auf meine Umgebung zu achten, rannte ich weiter und stolperte über einen Stein, den ich nicht bemerkt hatte. *Mist!*

Ich stürzte und mein Knie schlug auf dem Boden auf. »Ahh!« Ein brennender Schmerz raste durch meinen Körper und ich sog scharf Luft ein.

Keine Zeit, ging es mir durch den Kopf. Zähne zusammenbeißen. Ich musste hier weg.

Rums! Kreisch!

Das Wesen hinter mir kam immer näher.

Ich war dem Ausgang so nahe. Das Licht der Sonne berührte unweit von mir den Boden. Nur ein kleiner Schritt und dann ... ja. Was dann?

Schlagartig spürte ich einen Schwall heißer Luft in meinem Nacken, der stark nach verbranntem Holz roch.

Feuer!

»*Nein!*« Ein lauter Schrei entrang meiner Kehle.

Etwas brüllte erneut und diesmal wusste ich, dass es der Drache war. Ich hatte nicht vor, mich umzudrehen und nachzusehen. Doch es war offensichtlich. Nichts anderes war so groß, dass es gegen die Decke stoßen könnte. Und noch nie hatte ich so ein schreckliches Kreischen gehört.

In Gedanken sandte ich ein Stoßgebet zu unserem Wappentier.

Meine Beine fühlten sich schwer wie Blei an.

Mit einem dumpfen Aufprall landete der Drache hinter mir. Sein Schwanz schlug gegen die Wand und ich hörte ein Knacken. Ein Stein löste sich erneut und ein stechender Schmerz drang durch meinen Kopf.

Hitze breitete sich auf meiner Haut aus.

Eine Welle der Panik überkam mich und im nächsten Moment wurde alles schwarz.

***

Als ich meine Augen wieder öffnete, drehte sich die Welt.

Nicht schon wieder.

Mein Kopf pochte. Es fühlte sich an, als würde mir jemand mit einem Messer in die Stirn stechen.

Ich ächzte und berührte meine Schläfen. Seltsamerweise war ich unverletzt. Außer dem brennenden Schmerz spürte ich nichts.

Wie konnte das sein? Ich war mir sicher, dass einer der Steine mich getroffen hatte. Oder war ich einfach so ohnmächtig geworden?

Doch bevor ich weiter darüber nachdenken konnte, wurde ich unterbrochen.

Vielleicht war es falsch, dass ich mich für dich entschieden habe, sagte die Stimme vom See.

Erneut konnte ich sie in meinen Gedanken hören.

»Wer bist du? Und wo bin ich?«, stöhnte ich. Es fühlte sich an wie ein Déjà-vu. Mein Körper schmerzte und der Boden unter mir fühlte sich kalt und rau an.

»Du bist in meinem Heim, kleine Königin.« Es war die gleiche Stimme wie zuvor.

Die Stimme des Drachens und die Stimme aus dem See waren eins.

5

»Wenn du schlau bist, gehst du dahin, wo du hergekommen bist. Und kommst nicht zurück«, sein tiefes Knurren ging mir durch Mark und Bein.

»Das ist lustig«, platzte es plötzlich aus mir heraus. Ich konnte mir, trotz meiner Schmerzen, ein höhnisches Lachen nicht verkneifen. »Das würde ich wirklich gerne, aber das letzte Mal, als ich dich gefragt habe, wo der Ausgang ist, wolltest du mich lebendig grillen!«

Der Drache stellte sich ins Licht der untergehenden Sonne. Erst jetzt bemerkte ich, dass ich wieder am Höhlenausgang lag.

»Ach, stimmt ja«, überlegte er spitz. »Nun, wenn du darauf bestehst, dass ich dich röste, lässt sich das einrichten.« Der Drache schnaubte wieder, und der Rauch, der aus seinen Nasenlöchern kam, stank fürchterlich nach verbrannter Kohle.

Ich stand auf, taumelte etwas und sah den Drachen direkt an. »Was bitte macht dich so wütend?«

Es dauerte keine Sekunde und die Kreatur antwortete. »Du, Mensch!«, kam es zwischen zusammengepressten Zähnen aus seinem Maul.

»Ich? Was habe ich dir denn getan?« Den Trotz in meiner Stimme vermochte ich nicht verbergen.

Du hast mich geweckt und jetzt muss ich wieder leiden, nur weil dein Volk zu blöd ist, einen richtigen König zu finden. Zum zweiten Mal kroch seine Stimme durch meinen Kopf.

Warum verdammt wechselte er ständig zwischen Reden und einer Art Gedankensprache?

»He! Wir haben nichts falsch gemacht. Du hast keine Ahnung, was da unten los ist! Mein Volk braucht eine Königin«, sagte ich aufgebracht und ging näher an ihn heran. Meine Worte klangen kindisch, obwohl ich genau das vermeiden wollte.

Erneut zuckte ein Schmerz durch meinen Kopf. Ich hielt mir die Schläfe und atmete einmal tief durch.

Der Drache brüllte und stellte sich auf seine Hinterbeine. »Du bist es, die keine Ahnung hat, kleine Königin!« Das Grollen schickte Blitze durch meinen Körper.

War ich zu weit gegangen? Ich schluckte, nahm aber noch einmal meinen ganzen Mut zusammen. »Wir drehen uns im Kreis. Wenn du willst, dass ich hier rauskomme, dann musst du mir wohl oder übel sagen, wo der Ausgang ist.«

»Oder ich verbrenne dich.«

Ich hob eine Augenbraue und versuchte, tapfer zu sein. »Wenn du das wolltest, hättest du es schon längst getan.« Ich hielt den Atem an. Würde er merken, dass ich nur bluffte?

»Warum sollte ich dir helfen, kleine Königin?« Der Drache dehnte jedes Wort in eine nervenaufreibende Länge.

»Weil du mich dann schneller wieder los bist.« Ich verschränkte die Arme. »Ich bin müde und will hier weg.«

»Es steht dir frei, jederzeit zu gehen«, antwortete der Drache. War er so schwer von Begriff oder wollte er es nicht verstehen?

Ohne etwas zu sagen wandte er sich von mir ab und machte Anstalten, wieder in der Höhle zu verschwinden.

»Das ist ein Scherz, oder? Hallo?« Ich bewegte meine Arme auf und ab. »Ich habe keine Flügel, falls du das nicht bemerkt hast.«

Der Drache schnaubte, drehte sich aber nicht um. Schnell lief ich ihm hinterher, ignorierte dabei das stechende Pulsieren in meiner Stirn und wurde kurz darauf von dem Schmerz in die Knie gezwungen. Meine Beine fühlten sich noch immer weich an, doch ich wollte ihn nicht einfach so davonkommen lassen. »Drache!«, rief ich, doch er war bereits in der völligen Dunkelheit der Höhle verschwunden.

Verdammt!

Das kräftige Schlagen von Flügeln ertönte und ich spürte, wie der Wind in meine Richtung wehte.

»Halt! Nein!« Verzweiflung mischte sich in meine Stimme. Nicht er auch noch. Was sollte ich denn alleine tun? Wann würde er zurückkommen? Würde er das überhaupt?

Es wurde still um mich und ich wusste, dass ich wieder zum Höhlenausgang gehen sollte. *Na komm schon*, versuchte ich mich in Gedanken zu ermutigen.

Es war mehr ein Kriechen mit dem ich Stück für Stück vorankam. Das Pochen war mittlerweile überall in meinem Körper und ich merkte, wie die Müdigkeit neben dem Hunger Platz in meinem Inneren nahm.

Dann, endlich. Ich atmete erleichtert aus, als ich die frische Luft spürte, die mir zeigte, dass ich mein Ziel erreicht hatte.

Erschöpft setzte ich mich an die Wand der Höhle und starrte in den Sonnenuntergang hinaus.

Ich seufzte und lehnte meinen Kopf an den Felsen. Ich hatte so gehofft, dass der Drache mich erwählte und dann zurück zu meinem Volk brachte. Doch stattdessen saß ich nun hier und hatte keinen blassen Schimmer, wie ich zum Schloss zurückkehren konnte.

Ich stützte meine Ellbogen auf die Oberschenkel und vergrub das Gesicht in den Händen.

Die Sonne war kaum mehr zu sehen, garantiert würde ich heute Nacht furchtbar frieren.

Ich sollte ein paar abgebrochene Äste für ein Feuer suchen. Vielleicht wuchsen hier auch irgendwelche essbaren Pflanzen?

Suchend ließ ich meinen Blick umherschweifen.

Ich wusste aus dem Unterricht im Schloss, welche Wurzeln essbar waren. Wenigstens etwas, das ich von Magister Sortex gelernt hatte und das hier hilfreich war.

Nach einer Weile war die kleine Tasche meines Kleides gefüllt und die Sonne bis auf ein paar einzelne Strahlen verschwunden.

Ich setzte mich wieder vor den Höhleneingang. Der kalte Wind strich über mein Gesicht und wie auf Kommando begann mein Körper zu zittern.

Aus Büchern wusste ich, wie man ein Feuer entfachen konnte. Doch es dauerte eine ganze Weile, bis ich es tatsächlich schaffte.

Stolz blickte ich auf die kleinen, lodernden Funken herab. Ich pustete vorsichtig und hielt meine Hände schützend um die immer größer werdende Flamme. Dann lehnte ich mich etwas zurück.

Ich hatte es wirklich geschafft! Erleichtert rieb ich mir die Hände und genoss die aufkommende Wärme auf meiner Haut. Dass niemand da war, der mir dafür auf die Schulter klopfen konnte, war mir egal.

Ein wohliger Seufzer entwich mir. Auch wenn ich immer noch Kopfschmerzen hatte, entspannte ich mich merklich.

Das Knistern der Flammen legte sich wie ein sanftes Tuch auf mein Gemüt. Es war solch ein wohltuender Klang, dass ich einen Moment lang meine Gedanken schweifen ließ.

Das Knurren meines Magens holte mich allerdings schnell wieder in die Gegenwart zurück.

Richtig, die Pflanzen! Ich zupfte an den dicken Wurzeln und steckte sie mir in den Mund.

Augenblicklich verzog ich mein Gesicht. Das schmeckte ja furchtbar! Eine bittere, erdige Note gemischt mit etwas Sand, den ich scheinbar nicht sorgfältig genug von der Pflanze gewischt hatte, legte sich auf meine Zunge.

Ich hoffte inständig, dass das wirklich die essbaren Wurzeln waren, von denen Sortex gesprochen hatte. Doch da ich nichts anderes hier hatte, aß ich auch noch den Rest.

Nach einer Weile wurden meine Augenlider schwer und mein Kopf sackte nach unten. *Zeit zu schlafen.*

Ich legte ein paar Äste ins Feuer und rollte mich zusammen. *Morgen war ein neuer Tag.* Vielleicht würde der Drache zurückkommen und wenn nicht, sollte ich mir definitiv eine Fackel schnappen und den Abgrund in der Höhle genauer untersuchen.

Ich warf einen schnellen Blick auf mein aufgeschlagenes Knie und biss mir dabei unschlüssig auf die Lippe. *Das musste ich eigentlich dringend reinigen, doch von medizinischer Kräuterkunde hatte ich wenig Ahnung.*

»Du hast das für eine gute Idee gehalten?«

»Beim großen Drachen!« Erschrocken setzte mich auf. Die Müdigkeit, die mich gerade zu übermannen gedroht hatte, war verschwunden. »Gewin?«

»Großer Drache? Wer ist das?«, scherzte er. Doch mir war nicht nach Scherzen zu Mute.

»Was machst du hier?«, fragte ich stattdessen und es klang genauso bissig, wie ich es mir vorgenommen hatte.

»Ich wollte nachsehen, wo das Feuer herkommt.« Er zuckte mit den Achseln. Die Umrisse seines Körpers glänzten im Licht des soeben aufgegangen Mondes und ich kam nicht umhin, ihn mal wieder anzustarren.

»Natürlich bin ich das. Der Drache hat mich hier zurückgelassen. Genauso wie du, übrigens.« Ich verschränkte meine Arme.

»Das kann ich sehen. Keine Lust gehabt, ihm hinterherzugehen?«, fragte er schmunzelnd.

War das sein Ernst?

»Ich bin keine Idiotin! Der Drache hätte mich fast verbrannt. Er war nicht so scharf darauf, mir zu helfen.« Letzteres sagte ich mit einem sarkastischen Unterton. »Deshalb habe ich beschlossen, hier zu warten, bis er zurückkommt.«

»Du dachtest, es wäre eine gute Idee, am Eingang mitten auf einem Berg und nahe eines kilometertiefen Abhangs zu sitzen und zu warten?«

»Willst du mich hier wirklich darüber belehren, was richtig und was falsch ist? Du, der einfach verschwunden ist, ohne irgendetwas zu sagen?« Obwohl ich das nicht wollte, brach meine Stimme bei den Worten.

Gewins Gesichtszüge änderten sich. Ich glaubte, etwas wie Mitleid zu erkennen. Doch mein Stolz wollte sein Mitgefühl nicht.

»Es tut mir leid. Das war nicht meine Absicht. Es ist nur nicht so leicht ...«

Es ärgerte mich. Immer diese rätselhaften, nichtssagenden Aussagen, die er ständig machte.

»Klar, was auch immer«, gab ich scharf zurück.

»Es tut mir leid. Wirklich. Es gibt da nur eine Sache, die nicht so leicht ist«, wiederholte er mit Nachdruck. Er hob eine Augenbraue. »Wenn du hier warten willst, würde ich vorschlagen, zumindest etwas tiefer in die Höhle hineinzugehen. In dieser Höhe sind die Nächte eisig.«

»Wirklich? Du sorgst dich um mich? Jetzt?« Irgendwie glaubte ich ihm nicht.

Gewin seufzte. »Ella. Bitte. Lass es mich erklären. Okay?«

Lag hier etwa ein Flehen in seinen Worten? Warum war ihm meine Meinung dazu so wichtig? Wollte ich das hören?

Doch meine Möglichkeiten waren begrenzt. Ich konnte ihm nicht glauben und ihn ignorieren, doch wohin würde mich das führen? Nirgendwohin. Und was, wenn er eine wirklich gute Erklärung für sein Verschwinden hatte und ich ihm einfach Unrecht mit meiner bissigen Art tat?

Ich blickte ihm noch einmal in seine viel zu schönen Augen.

Ein resigniertes Seufzen kam aus meinem Mund.

»Weißt du, es ist mitten in der Nacht und ich bin müde. Ich denke es ist besser, wenn wir beide schlafen gehen. Von mir aus können wir morgen nochmal darüber sprechen.« Auch wenn ich absolut nicht wusste, was das bringen sollte.

Er seufzte ebenfalls. »Na gut, dann sehen wir uns vermutlich morgen.« Gewin drehte sich um und ich überlegte einen Augenblick, ob ich ihm anbieten sollte, hier am Feuer zu übernachten.

Nein, er war alt genug. Wenn er das wollte, konnte er mich fragen.

»Hoffentlich.« *Wer wusste, ob er mich nicht wieder alleine ließ.*

Er drehte sich noch einmal um und in seinem Blick lag ein solches Bedauern, dass ich scharf einatmete.

»Äh, gute Nacht. Und schlaf gut«, schob ich hinterher.

Ernsthaft? *Schlaf gut?* Was verdammt noch mal war mit mir los? Erst ging ich ihn zickig an, dann wünschte ich ihm einen guten Schlaf?

Ich vergrub mein Gesicht in meinen Händen.

»Gute Nacht.« Seine letzten Worte konnte ich kaum noch hören. Er wandte sich wieder ab und in wenigen Schritten hatte ihn die Finsternis der Höhle wieder verschluckt.

Ich sah ihm eine Weile nach. Überlegte, wie er hier oben überlebte. Doch dann wanderte mein Blick zum Tal hinunter.

Von hier oben sah alles anders aus. Die Landschaft, die Wälder und Hügel ... Es war malerisch. Fast wie auf einem der Bilder, die bei uns im Schloss hingen.

Und wieder wurde mir klar, dass ich mein Königreich bisher kaum richtig kannte.

Nach einer Weile hob ich meinen Kopf und sah nach oben. Eine Fülle an Sternen leuchtete am wolkenlosen Himmel. Es war heute so klar, dass ich das Gefühl hatte, jeden einzelnen davon zählen zu können. Und wenn ich genau die Ohren spitzte, glaubte ich sogar, das Rauschen der Tannen zu hören.

Ich genoss diese Verbundenheit mit der Natur und zum ersten Mal seit Langem fühlte ich mich wirklich mit meiner Heimat im Einklang.

6

Am nächsten Morgen war ich allein.

Ich ging vor der Höhle auf und ab und wurde langsam unruhig.

Natürlich war Gewin nicht da. Was hatte ich erwartet? Dass er plötzlich wieder auftauchte, obwohl ich mich gestern Abend lächerlich gemacht hatte?

Ich schüttelte den Kopf.

Als hätte ich ihn kurz zuvor nicht angegiftet. *Zurecht.* Irgendwie schien es, als wäre das alles hier nur ein Spiel für ihn.

Resigniert schlug ich die Arme über meinem Kopf zusammen.

Die Wahrheit war, dass ich noch immer nichts über ihn wusste. Über den Drachen. Über diesen Berg.

Vielleicht gehörte Gewin zu den Menschen, die andere einfach nicht gewohnt waren. Möglicherweise hatte er zu viel Zeit allein in seiner Höhle verbracht. Oder hatte ich ihn falsch verstanden? Vielleicht war ich der Grund für sein seltsames Verhalten.

Mit einem Mal wehte ein heftiger Wind durch meine langen Haare.

Ich sah überrascht auf.

»Du bist noch hier. Wie schade«, sagte jemand hinter mir.

Erschrocken zuckte ich zusammen.

Eine Sekunde später bebte der Berg unter der Last des Drachen.

»Oh, großartig. Fällt dir auch mal was Neues ein?«, fragte ich und wirbelte zu ihm herum. Ich hatte mich in kürzester Zeit an die riesige Gestalt der Kreatur gewöhnt. Obwohl er zehn Mal so groß war wie ich, verspürte ich definitiv keine Angst mehr. Nein ... etwas anderes glomm in meinem Inneren auf. Wut?

»Nein.« Der Drache schnaubte und eine Rauchwolke stieg aus seiner Nase.

»Und? Hast du dich mittlerweile entschieden? Oder muss ich hier oben verhungern?« Ich sah ihm direkt in seine großen, schönen, leuchtenden Augen.

Er ignorierte meine Frage. »Das ist für dich«, sagte er und öffnete sein Maul. Eine Ladung frischer, zappelnder Fische fiel auf die Erde.

Angeekelt verzog ich das Gesicht »Danke?«

»Du hast doch bestimmt Hunger.«

»Das fällt dir aber früh ein«, entgegnete ich und konnte mir ein spöttisches Lachen nicht verkneifen.

Der Drache legte den Kopf schief. »Ihr Menschen seid undankbar. Und anstrengend.« Ein Knurren drang aus seiner Kehle.

»Du hast keine Ahnung, oder? Ich kann nirgendwo hingehen. Nicht ohne deine Hilfe.« Müde lehnte ich mich an die Wand des Höhleneingangs.

Der Blick des Drachen streifte mich, doch er schwieg.

»Können wir nicht zurück ins Tal fliegen?«, fragte ich.

Der Drache lachte.

Das wurde langsam mühsam.

»Was ist jetzt so lustig?«, fragte ich genervt.

»Ich habe Flügel. Und du?«

»Na ja, nein, aber –«

»Wie stellst du dir dann den Weg dorthin vor?« Er trat ein paar Mal auf der Stelle.

»Ich weiß es nicht. Du könntest mich tragen oder so.« *Genauso wie er mich auf diesen Berg gebracht hatte. Das war doch nicht so schwer.*

»Und wie sollte das funktionieren? Dich mit meinen Krallen herumwerfen und auf das Beste hoffen? Du bist nicht ohnmächtig. Du würdest zappeln wie ein Fisch.« Auf seinem Gesicht machte sich ein Grinsen breit.

Ich wusste nicht mal, dass Drachen zu dieser Art von Mimik fähig waren.

Hitze schoss mir in die Wangen. *So hatte ich mir unser Gespräch nicht vorgestellt. Wieso behandelte er mich wie ein hilfloses, kleines Kind?*

Ich straffte die Schultern. »Ich bin mir sicher, dass du es schaffen würdest. Ich werde einfach die Augen zu machen und mich so still wie möglich verhalten.«

»Wieso willst du überhaupt zurück? Hier erwartet niemand etwas von dir. Keine Pflichten, keine Traditionen. Nur die Natur und du.«

Ich legte meinen Kopf schief. Will er mir gerade das Leben auf dem Berg schmackhaft machen?

»Mein Volk braucht mich«, entgegnete ich gefasst.

Er resignierte. Das Gefühl eines kleinen Triumphes stieg in mir auf.

»Du lässt ja doch nicht locker. Ich werde dich ins Tal bringen«, sagte er endlich. »Doch willst du nicht vorher wissen, warum ich dich bisher nicht getötet habe? Willst du nicht wissen, warum ich dich vor deinem dummen Ritual gerettet habe?« Der Drache kam mit jedem Wort einen Schritt näher.

Ich schaute weg und mein Blick fiel auf die wunderschöne Landschaft um uns herum.

»Ja. Doch.«

»Dann frag. Ich warte.« Der Drache legte den Kopf schief.

Es war definitiv ein Spiel für ihn. Und ich würde mitspielen, um wieder zurück auf den Boden zu kommen.

Ich straffte die Schultern.

Mein Kiefer malte. »Warum hast du mich gerettet?«

Er nickte zufrieden. »Warum habe ich dich nicht getötet, kleine Königin?«

»Ich denke, weil es das Richtige war.«

»Das Richtige? Glaubst du, das ist alles, worum es geht?« Er lachte. »Nein. Es war, weil du es wert warst. Weil du eine neue Chance bist ...« Die letzten Worte flüsterte er.

Mir stockte der Atem. »Also sind die alten Geschichten wahr? Der Drache wird den nächsten König wählen?«

»Oder die nächste Königin, ja.« Er nickte. Seine Gesichtszüge entspannten sich. Es war seltsam, ihn so freundlich zu sehen.

»Aber du hättest mich fast verbrannt.«

»Ja. Das tut mir leid.«

War das sein Ernst?

»Es tut dir leid? Dass du mich fast verbrannt hättest? Du hättest mich töten können!«

»Nein. Nein. Das war nie meine Absicht. Versteh doch, ich konnte deine Seele spüren. Und diese sollte nicht sterben. Sie wäre nicht gestorben. DU wärst nicht gestorben.«

»Meine Seele? Was soll das heißen?« Wieso wurde das alles hier nur verworrener?

»Ich weiß es nicht. Es ist eine Art Instinkt. Ich weiß nur, dass ich dich retten sollte. Und dass ich versuchen musste, dich zu verbrennen, um zu sehen, ob du überleben wirst.«

»Und was wäre passiert, wenn ich nicht überlebt hätte?«

Einen Moment lang herrschte Stille zwischen uns.

»Wir hätten uns nie wieder gesehen, so einfach ist das«, antwortete er.

»So einfach ...«, murmelte ich und blickte auf seine großen Flügel, die er eng an seinen Körper gepresst hatte. Ich konnte jede Schuppenschicht auf seinem Körper sehen. Als ich seinen langen, muskulösen Hals betrachtete, bemerkte ich, dass einige davon fehlten. Hatte er sie verloren?

»Ja, wirklich. Aber du hast überlebt und ich habe mich nicht geirrt. Das ist alles, was zählt«, sagte er und riss mich damit aus meinen Gedanken.

»Und was jetzt?«

Er warf abwägend den Kopf hin und her und die aufgehende Sonne blitzte abwechselnd an ihm vorbei. »Ah, es spielt keine Rolle, ich werde dich ins Tal bringen und du kannst tun, was ihr Menschen eben so tut.«

Das Feuer hätte mich also verbrannt, wenn ich nicht die rechtmäßige Königin wäre.

Eigentlich war das ein beruhigender Gedanke und eigentlich war es auch genau das, was ich wollte. Doch so langsam machte sich das Erlebte der letzten Tage in Form eines immer dünner werdenden Nervenkostüms bemerkbar.

Ich atmete tief durch, um nicht an Ort und Stelle zusammenzubrechen. Vor Erleichterung, aber auch vor grenzenloser Erschöpfung.

Der Drache drehte sich um und breitete seine Flügel aus. Die Morgensonne berührte sie sanft und ich konnte nicht anders, als ihn anzustarren. Er war kräftig, riesig und irgendwie auch ... majestätisch.

»Jetzt?«, fragte ich mit weit geöffneten Augen.

Ich schüttelte den Kopf, mich aus meinen Gedanken zu befreien, doch die Kreatur missinterpretierte es.

»Was, die Königin hat Angst?«, fragte er schmunzelnd.

»Nein, darum geht es nicht, aber –«

»Später«, erwiderte er.

Der Drache erhob sich mit einem schwungvollen Flügelschlag in die Luft. Der Wind, der durch die Bewegung seiner massiven Flügel verursacht wurde, blies den Staub vom Boden.

Er hatte mich schon wieder verlassen.

All meine Hoffnung brach mit einem Mal in sich zusammen. Ein weiterer Tag alleine auf diesem vermaledeiten Berg.

Ich brach zusammen und spürte, wie sich meine Augen mit Tränen füllten. *Was erhoffte sich dieses Geschöpf davon? Wieso spielte er so mit mir?*

»Das ist ein Albtraum. Ein Albtraum, der sich immer wieder wiederholt«, flüsterte ich resigniert.

Sehnsüchtig sah ich in den Himmel und suchte nach dem Drachen, doch er war verschwunden.

Mit dem Handrücken wischte ich mir die Tränen von der Wange. Ich konnte ein lautes Schniefen nicht unterdrücken. Wahrscheinlich wäre es das Beste, wenn ich mich um den Fisch kümmerte. Das würde mich ablenken. Zumindest für Essen hatte der Drache gesorgt, auch wenn ich ihm das nicht hoch anrechnete.

Ich stand auf und nahm einen der Fische in die Hand. Er fühlte sich kalt und glitschig an und am liebsten hätte ich ihn gleich wieder auf den Boden geworfen. Doch die essbaren Wurzeln hatte ich gestern bereits alle aufgebraucht.

Unschlüssig starrte ich den mittlerweile toten Fisch an. Ich versuchte, mich an das Tun der Mägde zu erinnern, die ich ab und zu beim Kochen beobachtet hatte.

Der erste Schritt bestand darin, den Fisch zu entschuppen und auszuweiden. Ich konnte mich nicht an den genauen Vorgang erinnern, aber ich ging davon aus, dass ich es schaffen würde.

***

Als ich damit fertig war, die ekligen, puddingartigen Innereien des Fisches zu entfernen, legte ich mein provisorisches Steinmesser zur Seite. Zufrieden betrachtete ich das finale Filet, das zumindest etwas Ähnlichkeit mit dem hatte, das ich in der Küche gesehen hatte. Dann entzündete ich erneut ein Feuer und legte den Fisch in die Nähe.

War doch gar nicht so schwer, ermutigte ich mich selbst.

Nach einer Weile erfüllte der Geruch von gekochtem Fisch die Höhle und es war Zeit zum Essen. Mein Magen knurrte fürchterlich, doch ich war mir sicher, dass die paar Fische meinen Hunger nicht stillen würden.

Wenn ich wieder im Schloss war, würde ich mich sofort in die Küche schleichen und mir von den Dienern einen warmen Grießbrei zubereiten zu lassen. Mmm, mit frischem Obst. Und layowinische Küchlein!

Meine Mutter hatte mir immer einen Griesbrei gemacht, wenn ich krank war oder mich nicht wohl fühlte. Die Erinnerung an sie trieb mir wieder Tränen in die Augen. Tränen, von denen ich dachte, dass ich sie schon längst unter Kontrolle hatte.

Ich hatte niemanden mehr. Keinen Vater, keine Mutter. Keine Familie.

Aber ich war die Königin von Layowin, und je länger ich von zu Hause weg war, desto wahrscheinlicher war es, dass die Adligen versuchten, das Königreich an sich zu reißen. Sie würden eine andere Prinzessin finden, die sie dem Drachen opfern konnten. Ich musste so bald wie möglich zurückgehen.

Der Nachmittag verging schnell und ich war so müde, dass ich mich eine Weile hinlegen musste. Mein aufgeschlagenes Knie pochte noch immer und ich hoffte inständig, dass es sich nicht entzünden würde.

Seltsamerweise wanderten meine Gedanken schnell zu Gewin und ob ich ihn fragen sollte, ob er mit nach Layowin kommen mochte. Dort würde es ihm gut gehen, zumindest besser als hier. Doch die Idee verwarf ich kurzerhand wieder. Schon bald darauf schloss ich meine Augen und schlief ein.

***

»Wach auf, kleine Königin.« Die tiefe Stimme des Drachen riss mich aus meinen Träumen.

»Wa-wie spät ist es?«, murmelte ich verschlafen.

»Zeit, ins Tal zurückzukehren.«

Seine Worte ließen mich sofort hochschrecken.

»Ich hatte keine Ahnung, dass du nachts fliegen kannst«, antwortete ich und rieb mir überrascht den Schlaf aus den Augen.

»Das kann ich. Wir Drachen haben ein weitaus besseres Sehvermögen als ihr Menschen.« Er schaute in die Nacht und das Einzige, was ich sah, war das Mondlicht auf seinem massiven Körper.

»Okay, großartig.« Etwas verwirrt stand ich auf und stemmte die Hände in die Hüften. »Also, worauf warten wir?«

»Du musst auf mich klettern.« Er senkte seinen Körper und sah mich an.

»Ich soll doch nicht auf dir reiten, oder?«, fragte ich ungläubig.

Er schnaubte. »Wie sonst soll ich dich ins Tal bringen?« Seine Nasenflügel bebten und er atmete eine kleine Rauchwolke aus.

Ich schaute auf seine großen Krallen und erstarrte. Vielleicht war Reiten nicht die schlechteste Option. Aber war ich kräftig genug, um mich in Position zu halten? »Kannst du deine Geschwindigkeit gut kontrollieren?« Kurz darauf biss ich mir bereits auf die Lippe. Das war doch offensichtlich. Scheinbar war ich noch immer nicht ganz wach.

»Das kann ich. Ja.« Verwunderung lag in seiner Stimme.

»Großartig. Dann werde ich reiten. Doch ich warne dich, wenn du anfängst, dich zu schnell zu bewegen oder wenn ich abrutsche und in den Tod falle ... Ich schwöre, ich werde dich heimsuchen!« Ich wusste nicht, woher das plötzliche Selbstvertrauen kam, aber Worte waren im Moment das Einzige, das ich kontrollieren konnte.

Der Drache lächelte. »Natürlich wirst du das.« Seine braunen, warmen Augen fixierten mich eindringlich. Die Situation wirkte plötzlich außergewöhnlich vertraut.

»Komm, kleine Königin. Ich beiße normalerweise nicht«, sagte er scherzhaft.

Versuchte er da gerade lustig zu sein? War das eine Art Friedensangebot?

»Okay. Dann lass uns gehen.« Ich lief auf ihn zu und versuchte, auf seinen riesigen Rücken zu klettern.

Als hätte er gewusst, dass es für mich nahezu unmöglich war, senkte er den Kopf und seufzte.

»Es wäre leichter, wenn du auf meiner Schulter sitzen würdest.« Der Drache senkte seinen Körper, sodass sein Kopf fast den Boden berührte. »Du kannst auf meinen Hals klettern, das ist in Ordnung.«

»Klar, o-okay«, antwortete ich. Nachdem ich seinen Körper zum ersten Mal berührte, war ich erstaunt. Er war warm und seine Schuppen glatt. Irgendwie dachte ich, er wäre kalt und rau wie die Haut von Schlangen. Doch es fühlte sich gut an. Angenehm.

Moment mal, gut? Das hier war ein Drache! Er war ein gefährliches Wesen das mich mit einem Schlag töten könnte. So etwas durfte sich nicht angenehm anfühlen.

Langsam kletterte ich auf seinen Hals und hoffte dabei, das Gleichgewicht zu halten. »Was nun?«, fragte ich.

»Halt dich fest. Und rutsch bloß nicht ab. Es wäre schön, wenn ich dich nicht auffangen müsste.«

»Weil du mit deiner tollen Nachtsicht nicht gut genug siehst?«, neckte ich ihn und versuchte so, sein Friedensangebot zu erwidern.

Ein Ruck durchfuhr seinen Rücken und ich musste mich fester an seinen Körper drücken.

»He!«, rief ich empört.

»Nein, aber dein menschlicher Körper ist nicht dafür geschaffen, im Fliegen von meinen Klauen aufgefangen zu werden.«

Ich konnte ein schelmisches Grinsen in seiner Stimme hören und erwischte mich dabei, wie ich ebenfalls lächelte.

Nicht mehr lange und ich würde endlich wieder Zuhause sein.

Bevor ich weiter darüber nachdenken konnte, entfaltete er seine Flügel und hob sich mit wenigen, kraftvollen Schlägen in die Höhe.

Ein Kribbeln glitt durch meinen Körper und ich hatte das Gefühl, dass ich alles schaffen konnte. Alles erreichen konnte.

Es war atemberaubend.

7

Ich spürte die frische Nachtluft auf meiner Haut und erschauderte. Gänsehaut breitete sich auf meinem Körper aus und es fiel mir schwer, meine Anspannung im Zaun zu halten.

»Geht es dir gut?«, fragte er nach einer Weile.

»J-ja.« Um nicht allzu sehr gegen den Flugwind ankämpfen zu müssen, presste ich mich meinen Oberkörper an seinen Hals. Sofort umfing mich die Wärme seines Körpers.

»Du kannst mich nicht anlügen. Ich bin ein Drache, ich rieche Lügen bereits aus der Ferne.«

»Es ist wirklich okay. Nur kalt«, log ich.

Der Drache bohrte nicht weiter nach und ich war dankbar dafür.

»Es ist jetzt nicht mehr weit. Wir fliegen über die ersten Berge und bald werden wir das Tal erreichen.«

Wollte er mich beruhigen?

»Okay, großartig. Ich warte dann hier«, versuchte ich die Stimmung etwas aufzulockern.

Ein Lachen, dunkel wie ein Knurren, rollte durch den Körper des Drachen und ich musste ebenfalls lächeln. Ich wusste noch immer nicht, was ich von der Kreatur halten sollte, aber ich war mir sicher, dass mehr hinter seinen Spielchen steckte.

Und ich würde nicht lockerlassen, bis ich wusste, was es war.

Ich beobachtete den Mond und die Sterne aus meinen Augenwinkeln. Wie letzte Nacht war keine Wolke am Himmel. Von hier aus sahen sie so nah aus. Fast, als könnte ich sie berühren.

»Warum hast du mich in der Höhle allein gelassen?« Ich sprach die Worte aus, bevor ich wusste, wie mir geschah.

»Ich war mir nicht sicher, wie ich mit dir umgehen sollte«, gestand er und ich war überfordert mit seiner plötzlichen Ehrlichkeit.

»Du hättest mich sofort zurückbringen können«, wagte ich mich noch etwas weiter vor.

Ich spürte das Seufzen deutlich unter meinem Körper.

»Ich dachte, es gäbe eine Möglichkeit, zu ... egal. Es steckt einfach mehr dahinter, als du denkst. Aber ich will nicht darüber sprechen.«

Ich wusste es.

»Es ist egal«, wiederholte er. »Ich bin sowieso verloren.« Die Traurigkeit in seiner Stimme versetzte mir einen Stich.

Aus einem Impuls hinaus streichelte ich ihm über seine festen Schuppen. »Kannst du mir nicht sagen, was? Vielleicht kann ich helfen. Ich würde mich gerne dafür revanchieren, dass du mich zurück ins Tal bringst.«

»Noch vor Kurzem warst du auf mich wütend, weil ich dich fast umgebracht habe«, erwiderte er ruhig. »Frag deine Gelehrten. Ich kann nicht darüber sprechen.«

Resigniert ließ ich die Schultern sinken.

»Na gut.« Doch dann fiel mir noch etwas ein. »Und was ist mit dem jungen Mann, den ich in der Höhle gesehen habe? Ich bin sicher, du kennst ihn.«

Die Kreatur versteifte sich unter meinem Sitz und brauchte einen Moment, um zu antworten. Dann wurde seine Stimme jedoch tiefer. »Er hat keine Kontrolle über den Drachen. Deshalb versteckt er sich.«

»Er versucht dich zu kontrollieren?« Ich überhörte die Tatsache, dass er von sich in der dritten Person gesprochen hatte.

Der Drache holte scharf Luft. »Du bist anstrengend, weißt du das?«

Ich hob eine Augenbraue, obwohl er es nicht sehen konnte. Eigentlich hatte ich das Gefühl gehabt, dass wir uns mit diesem Gespräch einander etwas annäherten. »Wenn er nicht versucht, dich zu kontrollieren, ist er dein Gefangener?«

Er knurrte leise. »Es ist kompliziert.«

Wieder nur diese losen Worte, die mir überhaupt nicht weiterhalfen.

Ich freute mich auf zuhause, keine Frage. Doch obwohl Gewin mich alleine gelassen hatte, verspürte ich ihm gegenüber ein schlechtes Gewissen. *Ich hätte ihn mitnehmen können ... Zumindest fragen können ...*

Zerbrich dir nicht zu sehr den Kopf, sagte die Stimme des Drachen in meinem Kopf.

Hatte er meine Gedanken gelesen?

»Schon mal etwas von Privatsphäre gehört?«, fragte ich ihn ungeniert.

»Ich bin ein Drache, ich kann nichts dafür. Das ist eine meiner Eigenschaften.«

Ein Drache. Die Worte hallten in meinem Kopf wider. Ich war die ganze Zeit so damit beschäftigt gewesen, wieder ins Tal zu kommen, dass ich das Offensichtlichste überhaupt nicht hinterfragt hatte.

»Wo wir schon mal beim Thema sind ... Wie kann es sein dass du noch existierst? Versteh mich nicht falsch, ich bin froh, dass ich nicht ertrinken musste. Aber ich dachte, ihr wärt bereits ausgestorben.«

Ein freudloses Lachen glitt durch seine Kehle.

»Die Drachen sind schon seit Langem ausgestorben.«

»Aber gerade hast du noch gemeint–«

»Ich habe dir doch schon gesagt, dass es nicht so einfach ist.«

Sobald ich wieder im Schloss war, musste ich mehr über die Drachen und deren Vergangenheit in Erfahrung bringen. Das, was ich bisher beigebracht bekommen hatte, konnte einfach nicht alles sein.

Ich wollte ihn noch etwas fragen, doch da erhoben sich bereits die Umrisse des Tals vor meinen Augen.

Endlich! Ich konnte es kaum noch erwarten, Minerva und Tala in meine Arme zu schließen.

In einem langen Gleitflug segelten wir über den See der Seelen dahin. Im Hintergrund sah ich bereits das Schloss.

Freude glomm in mir auf und ich wurde unruhig. Was würden die Adligen sagen? Würden sie mich anerkennen?

Das müssen sie, entgegnete der Drache in meinen Gedanken und ich wusste, dass er Recht hatte. Laut dieser Chronik war ich die rechtmäßige Thronerbin. Doch ich war ebenfalls mehrere Tage lang verschwunden gewesen.

Unweit von uns erkannte ich ein paar Lichter, wahrscheinlich Laternen oder Fackeln, die rings um das Schloss und das Dorf entzündet waren.

Gleich würden wir landen.

Doch der Drache machte eine weite Kurve, wich der Stadt aus und flog in den kleinen, angrenzenden Wald. Er gin am Rand, etwas abseits der Straße nieder und presste sich auf den trockenen Waldboden.

Die Tannen, die vereinzelt neben uns standen, wogen sich im leichten Wind und ich hatte das Gefühl, dass sie mir etwas zuflüstern wollten.

Verdutzt blickte ich ihn an.

»Hier trennen sich unsere Wege, kleine Königin. Jetzt beeil dich und kehre zu deinem Volk zurück. Je früher du dort bist, desto eher wird der Magister dich in Ruhe lassen. Und ich schätze, es ist nicht weise, ihn als Feind zu haben.«

Dafür hatte er mich ganz schon lange oben warten lassen.

»Wieso sollte Magister Sortex mein Feind sein? Er war es, der mir die Hoffnung gegeben hat, dass ich als Königin erwählt werde«, fragte ich stattdessen und ließ mich von seinem Rücken gleiten.

Es war ein wackeliges Gefühl, wieder Boden unter den Füßen zu haben. Und sobald ich mich einen Schritt von seinem massigen Körper entfernt hatte, verspürte ich das drängende Bedürfnis, wieder zu ihm zurückzugehen.

»Ich habe schon zu viel gesagt«, entgegnete er bloß.

Ich sah zur beeindruckend großen Kreatur auf und mich beschlich ein ungutes Gefühl. Der Drache war nicht mein Freund, das wusste ich. Er hatte mich nur zurück ins Tal gebracht, weil ich ihn dazu gedrängt hatte. Dennoch spürte ich eine Art Verbindung zwischen uns. Jetzt, in diesem Moment. Oder lag das noch immer an dem Ritual?

Schließlich holte ich tief Luft und beschloss, den Drachen zu fragen, was auf meiner Zungenspitze lag. »Würdest du ... würdest du mit mir zu Magister Sortex kommen?«

Die Kreatur wirkte wenig begeistert. »Hast du nicht schon genug von mir verlangt? Mich genug genervt?«

Ich schluckte schwer.

»Woher sollen die anderen sonst wissen, dass ich vom Drachen auserwählt wurde?«

Er schnaubte. »Soll ich dir eine Medaille geben, die besagt, dass du die neue Königin bist?« Seine Stimme triefte nur so vor Sarkasmus.

»Nein, aber vielleicht wäre es nicht schlecht, wenn die Menschen ein bisschen mehr von den guten Seiten des Drachen sehen. Es gibt immer noch Gruppierungen, die euch abgrundtief hassen. Wenn sie wissen, dass du mich zur Königin gewählt hast, werden sie nicht versuchen, mich loszuwerden oder gar jemand anderen zu finden.« *Und dich nicht verfolgen, aus Angst du könntest jetzt das Dorf tyrannisieren. Aber das sagte ich nicht.*

Der Drache hatte erneut meine Gedanken gelesen. »Es ist mir egal, was sie mir antun, kleine Königin. Ich komme mit den Menschen klar. Sie müssen sich nicht vor mir fürchten. Sie müssen sich nicht vor irgendeinem Drachen fürchten. Sondern vor seinem Meister.«

Ich sah ihn an und meine Augen wurden groß. »Du redest wieder in Rätseln, das weißt du?«

»Das mag sein. Ich kann dir aber nicht mehr sagen.«

Ich seufzte und wollte mich abwenden, doch dann packte er mich unvermittelt, aber vorsichtig, mit seinen Vorderpranken und drückte mich eng an seinen Körper. Er atmete tief ein und seine Schuppen strahlten eine Hitze aus, die mich zu übermannen drohte.

Was tat er da? Unschlüssig, ob ich ihn wegdrücken oder es zulassen sollte, wand ich mich etwas in seinem Griff.

Eine Welle der Ruhe überkam mich und ließ mich innehalten. Er roch nach warmen Steinen und Asche, trotzdem fühlte es sich nicht unangenehm an. Es war irgendwie ... friedlich.

Ich schloss einen Augenblick lang die Augen, während die widersprüchlichsten Gefühle in meinem Körper wild umher tanzten.

»Hör zu, kleine Königin. Du hast viel durchgemacht, aber der schwierigste Teil steht dir noch bevor. Dein Leben wird nicht leichter werden und du wirst kämpfen müssen. Denke daran, deine Feinde sind nicht die, die sie vorgeben zu sein. Sie sind gefährlicher, als du denkst.«

Rätsel. Nichts als Rätsel. Doch irgendwie verspürte ich mit jedem seiner Worte das Bedürfnis, mich näher an ihn zu drücken.

Ich schüttelte den Kopf. Dieser Drache wollte mich erst vor einem Tag verbrennen. Wie konnte ich mich jetzt in seiner Nähe so geborgen fühlen?

»Geh jetzt. Geh zurück zu deinen Leuten«, holten mich seine Worte aus meinen Gedanken zurück.

Ich hatte gar nicht gemerkt, dass ich ihm nicht geantwortet hatte.

Bevor ich etwas erwidern konnte, ließ er mich los, drehte sich um und sprang mit einigen Flügelschlägen in die Luft.

Augenblicklich begann ich zu frieren.

Dann erstarrte ich.

»Warte, warte! Was sage ich den Leuten, wenn sie mich fragen, wie ich zurückgekommen bin?«, rief ich ihm panisch hinter.

»Sag ihnen, was du willst. Sag ihnen, dass ein Prinz zu deiner Rettung gekommen ist. Sag ihnen, dass ein Drache dich gerettet und nach Hause gebracht hat. Oder sag ihnen nichts. Die Wahrheit ist deine Entscheidung.«

Und dann flog er davon und ließ mich allein in der kalten Nacht zurück.

8

Die Nacht senkte sich wie ein dunkler Vorhang über Layowin, und ein geheimnisvoller Schleier legte sich über die bergige Landschaft. Der silberne Glanz des Mondes spiegelte sich auf dem ruhigen See der Seelen, während die Sterne funkelten wie vergessene Erinnerungen.

Ein sanfter Wind strich durch die Bäume, deren Blätter leise raschelten, als würden sie ein uraltes Geheimnis teilen.

Als ich nach einem schier endlosen Fußmarsch die Stadt erreichte bildete sich bereits eine Menschenmenge vor dem Palast. Einige der Leute befanden sich inmitten eines hitzigen Streits. Männer und Frauen standen nebeneinander und zeigten wütend auf den jeweilig anderen.

Was war hier los? Waren sie wegen mir hier?

Ich sah suchend umher, der Magister war jedoch nirgends zu sehen. Trotzdem spürte ich seine Anwesenheit unweit von mir.

»Wo ist der Magister?«, fragte ich einen der heraneilenden Soldaten.

Der Wachmann war sichtlich erleichtert, als er mich sah. »Eure Hoheit! Ihr seid in Sicherheit, den Drachen sei Dank. Ich muss Eure Ankunft ankündigen.« Und ohne ein weiteres Wort drehte er sich um und stürmte zurück in den Palast.

Na super, jetzt konnte ich nicht mal mehr nach Sortex fragen.

Dann verstummten die vielen Stimmen auf einmal und die Leute starrten mich an. Die Spannung in der Luft war spürbar.

Gerade wollte ich einen der Bewohner fragen, was los war, als weitere Wachen heraneilten und zur Seite traten.

Aus deren Mitte trat Magister Sortex.

Mir fiel ein Stein vom Herzen.

»Willkommen zurück, Prinzesin Ella. Ihr seid unverletzt zurückgekehrt. Den Drachen sei Dank.« Der Gelehrte machte eine tiefe Verbeugung.

Ich nickte ihm zu und sah mich dann um.

»Ja, tatsächlich. Dank den Drachen ... und einem besonders. Die Kreatur hat mich erwählt, ganz wie es in den Chroniken steht und zurück zum Schloss gebracht.«

Einige der Adligen, die ebenfalls aus dem Schloss gekrochen kamen, tauschten wissende Blicke aus. Die Dorfbewohner tuschelten und ich fühlte mich merklich unwohl. Unschlüssig zupfte ich an meinem dreckigen Leinenkleid.

»Ich verstehe. Und was wollte der Drache so lange von Euch, Eure Hoheit?« Magister Sortex' Worte klangen ungläubig.

War er nicht froh, mich zu sehen?

»Er ist ein außergewöhnliches Wesen«, begann ich vorsichtig. Ich wollte auf keinen Fall, dass die Menschen Angst vor der Kreatur und seiner Macht bekamen. Auch, wenn sie sie anbeteten, so hatte doch niemand zuvor jemals einen Drachen gesehen. Und die Stimmung im Volk war im Moment nicht gerade gut.

»Ich kann allerdings nicht sagen, wieso es so lange gedauert hat. Wichtig ist doch nur, dass er mich sicher zurückgebracht hat, oder nicht?« Ich sah ihn eindringlich an.

Der Blick des Magisters ruhte für einen Moment auf mir.

Dachte er, ich lüge?

Doch dann senkte er den Kopf und sagte: »Ich hoffe, dass Ihr daraus etwas gelernt habt, Prinzessin Ella. Unsere Bräuche und Traditionen sind heilig. Es scheint mir, dass der Drache weise war.« Der Gelehrte kam einen Schritt näher. »Eure Untertanen warten auf Eure Rede, Eure Hoheit«, fuhr er mit gesenkter Stimme fort.

Dass ich etwas gelernt hatte, pff. Was erlaubte er sich? Er und die andere Noblen waren es doch, die mich zu dem Ritual gezwungen hatten. Doch ich ließ mir nichts davon anmerken. Ich wusste nicht, wie das Volk im Moment auf Magister Sortex zu sprechen war und wo sie mich sahen.

Ich seufzte.

Die Erschöpfung lag mir tief in den Knochen. Als hätte sie sich dort eingenistet, unauslöschlich und schwer wie Blei. Jeder Schritt, den ich ging, schien von unsichtbaren Fesseln gebremst zu werden, als ob meine Glieder sich gegen die Last der Müdigkeit wehrten. Die Welt um mich herum verblasste in einem verschwommenen Schleier und meine Augen weigerten sich, die volle Schärfe einzufangen. Selbst der einfachste Gedanke erforderte eine Anstrengung, als müsste ich durch dichten Nebel navigieren. In diesen Momenten fühlte es sich an, als wäre die Entkräftung nicht nur körperlich, sondern auch geistig, wie wenn meine Seele nach einem Ruheplatz inmitten des tobenden Sturms suchte. Doch dafür war in diesem Augenblick keine Zeit.

Er bot mir seinen Arm an und ich zögerte einen Moment. Dann nahm ich die Geste an und gemeinsam gingen wir auf die Menge zu.

Ich spürte die Blicke der Menschen auf mir und fühlte mich sofort unwohl. Sie sahen mich nicht böse an, eher neugierig und verwundert. Trotzdem merkte ich, dass sie etwas von mir erwarteten. Und obwohl ich die Königstochter war, lagen mir große Ansprachen überhaupt nicht.

»Ihr wurdet vom Drachen erwählt! Ihr seid die rechtmäßige Thronfolgerin!«, rief eine Frau mit dunkelbraunen Haaren aus der Menge.

»Hoch lebe die neue Königin!«, stimmte eine andere zu.

Okay, das Volk schien mich zumindest zu akzeptieren, das war gut.

Der Magister senkte den Kopf und flüsterte mir zu: »Eure Hoheit, Ihr solltet etwas sagen.«

Ich war noch immer aufgewühlt. Das, was die vergangenen Tage passiert war, war nicht so leicht in Worte zu fassen. Doch mir war klar, dass ich als neue Königin Stärke und Mut zeigen musste.

So wie Vater es mir immer beigebracht hatte.

Ich wandte mich der Menge zu und straffte meine Schultern.

»Volk von Layowin. Mein Volk. Ich freue mich, wieder unter euch zu sein.«

Ein paar Jubelrufe brachen aus der Menge aus und ich fuhr lächelnd fort.

»Ich freue mich, euch alle zu sehen. Ich kann euch versichern, dass der Drache mir nicht wehgetan hat. Im Gegenteil, er hat mir Barmherzigkeit erwiesen und mir erlaubt, zurückzukehren. Er hat mich als neue Königin auserwählt. Wie ich bereits sagte, ist der Drache nicht böse. Ich glaube, dass die Kreatur ihre Gründe hat, die wir bisher noch nicht begreifen können. Ich wurde vom Drachen erwählt und dies hier ist unser Schicksal.«

Erneut begannen einige Menschen zu tuscheln.

Ich ignorierte es, so gut ich konnte. »Deshalb bitte ich euch, den Drachen nicht zu fürchten, sondern ihm für meine Erwählung zu danken.« Die Worte klangen hohler, als ich es beabsichtigt hatte. »Er ist ein mächtiges Wesen und wir müssen auf seine Weisheit vertrauen.

Und wieso kanntest du die Chroniken vorher nicht auswendig?, meldete sich eine Stimme tief in meinem Inneren. *Wieso wusstest du nichts von dem Ritual? Wie soll dein Volk darauf vertrauen, wenn du vor Kurzem selbst nicht einmal wusstest, das es existiert?*

Ich hielt den Atem an.

Einen Moment herrschte Stille. Dann brach die Menge in Jubel aus und der Magister nickte zustimmend.

Den Drachen sei Dank. Ich atmete erleichtert aus.

»Das habt Ihr gut gemacht, Eure Hoheit. Ich denke, wir können beruhigt ins Schloss zurückkehren. Es gibt ein paar Dinge, die unsere Aufmerksamkeit erfordern. Und Ihr braucht etwas Ruhe nach dieser Tortur.« Der Magister machte ein mitfühlendes Gesicht. »Bitte folgt uns, Eure Hoheit.«

Ich nickte und lief mit ihm in den Palast. Meine Beine fühlten sich noch immer schwer an und so langsam zog sich ein brennender Schmerz durch meine nackten Fußsohlen. Was gäbe ich jetzt für ein wohlig warmes Fußbad.

Wir gingen schweigend durch die Korridore, bis wir den imposanten Thronsaal erreichten.

Die Wachen, die davor positioniert waren, öffneten die schweren Holztüren und wartete auf meinen Eintritt. Alles sah aus wie immer, nichts hatte sich verändert.

Was hatte ich auch erwartet? Ich war nur ein paar Tage fort gewesen, nicht mehrere Wochen.

Als ich den prunkvoll eingerichteten Thronsaal betrat, überwältigte mich die majestätische Aura, die von den opulenten Verzierungen an den Wänden ausging. Das goldene Wappen des Drachen, dass auf unzähligen, roten Fahnen prangte, schmückte den Saal. Endlich wieder zuhause.

Langsam lief ich in die Mitte des Raumes und blieb verwundert stehen.

Die Diener hatten einen großen Tisch mit Speisen und Getränken vorbereitet. Meine Rückkehr hatte sich schnell herumgesprochen und ich konnte ein Magenknurren nicht unterdrücken.

Auf der langen Tafel erstreckte sich ein Schmaus von kulinarischer Vielfalt. Goldbraun gebratene Geflügelgerichte, kunstvoll verzierte Früchteschalen und exotische Gewürze verschmolzen zu einem Festmahl, das meine Sinne betörte. Sogar ein paar layowinische Küchlein erkannte ich zwischen all den Köstlichkeiten.

Der Magister schloss die Tür hinter uns, noch bevor der Wachposten es tun konnte und riss mich aus meinem Staunen.

»Was möchtet Ihr jetzt tun, Eure Hoheit?«

Gerade wollte ich ihm antworten, als er erneut sprach.

»Habt Ihr Hunger? Möchtet Ihr etwas zu trinken? Oder vielleicht etwas zu essen?«

Misstrauisch beäugte ich ihn. Ich war es gewohnt, dass man mich bediente. Jedoch nicht vom Hofgelehrten. Warum war der Magister so erpicht darauf, mir zu gefallen?

»Magister, gebt mir etwas Zeit. Ich muss erst mal ankommen.«

Meine Augen wurden größer, als Tala plötzlich den Raum betrat. Wärme stieg in mir auf und sofort fühlte ich mich besser.

»Natürlich, Eure Hoheit. Wie Ihr es wünscht.«

»Eure Hoheit! Ihr lebt! Ich freue mich so, Euch wiederzusehen. Geht es Euch gut?«, rief Tala und kam einige, schnelle Schritte auf mich zu. Obwohl ich ihr ansah, dass sie mich am liebsten umarmt hätte, macht sie einen tiefen Knicks.

»Mir geht es gut, Tala. Ich bin nur müde. Bei euch alles in Ordnung?«

»Alles Bestens, Eure Hoheit. Der Magister hat für unsere Sicherheit gesorgt.«

Sie sah nicht gut aus. Unter ihren Augen waren dunkle Ringe zu sehen und ihre Wangen waren aschfahl.

Ich sah den Magister an und dachte über die Worte des Drachen nach. *Dein Freund ist nicht der, für den du ihn hältst*, hatte er mir am Waldrand gesagt.

»Müssen wir uns beeilen, Magister Sortex?«, fragte ich an ihn gewandt und hoffte dabei, dass er mich und Tala alleine ließ.

»Nun ja«, druckste er herum. »Wir müssen in der Tat ein paar Dinge besprechen. Ihr werdet die Königin dieses Königreichs sein. Deshalb gibt es viele Entscheidungen, die Ihr zu treffen habt. Es wird keine leichte Aufgabe.«

Beinahe hätte ich die Augen verdreht. Er redete mit mir noch immer wie mit einem kleinen Kind.

»Natürlich, darauf wurde ich Jahre lang vorbereitet. Ich bin mehr als bereit, meine Pflicht zu erfüllen. Mein Volk braucht einen Anführer und Ihr habt es selbst gesagt, das Ritual war erfolgreich.« Prüfend blickte ich ihm in seine grauen Augen. »Und so, wie ich das sehe, vertraut das Volk auf mich.«

Sortex nickte knapp. »Ich bin mir sicher, dass Ihr großartige Arbeit leisten werdet. Wir alle haben Vertrauen in Euch, Eure Hoheit. Ihr wurdet vom Drachen erwählt.«

Ich glaubte ihm kein Wort. Zumindest den Adligen musste es doch noch immer ein Dorn im Auge sein, dass eine Frau Königin wurde. Auch, wenn sie nun nichts mehr dagegen tun konnten.

»Ich werde Euch jetzt erst mal etwas ruhen lassen, damit Ihr Euch erholen könnt. Aber seid euch bewusst, dass wir so bald wie möglich über die Dinge des Reiches sprechen müssen.« Und damit verneigte er sich erneut und verließ den Raum.

Endlich.

Ich wartete, bis sich die Türen schlossen, bevor ich mich an Tala wandte.

Eine stechende Vorahnung machte sich in meinem Magen breit. Und es war definitiv nicht der Hunger, den ich verspürte. »Er lügt, Tala. Ich weiß, dass er lügt.«

»Was meint Ihr, Eure Hoheit?«, fragte sie überrascht. Unsicherheit blitze in ihren Augen auf.

»Er hat etwas vor. Ich kann es spüren. Irgendwie ... ich weiß nicht.« Ich konnte ihr ja schlecht sagen, dass ein Drache mich vor den Adligen gewarnt hatte.

»Aber Eure Hoheit. Denkt Ihr nicht, dass Ihr ein wenig übertreibt? Magister Sortex war der königlichen Familie stets treu. Er hat Euch immer unterstützt.« Sie sah mich mitfühlend an. »Vielleicht müsst Ihr euch nur etwas ausruhen?«

Ich wusste gar nicht mehr, was und wem ich glauben sollte. »Du hast vermutlich recht.« Ich seufzte. »Das liegt nur daran, dass ich in den letzten Tagen so viel durchgemacht habe. Der Magister hat bisher nie Anzeichen von Untreue gezeigt.«

»Lasst uns morgen darüber reden, wenn Ihr das möchtet, Eure Hoheit«, beruhigte mich Tala.

Ich machte eine wegwerfende Handbewegung. »Ich werde versuchen, es zu vergessen. Wahrscheinlich hat der Magister sogar Recht. Ich muss mich jetzt auf die wichtigen Dinge konzentrieren. Zum Beispiel, dass ich bald gekrönt werde.«

Tala nickte und lächelte.

»Ihr habt Recht, Eure Hoheit. Es gibt eine Menge zu tun.

Doch ich bin mir sicher, dass Ihr das alles problemlos schaffen werdet. Minerva und ich werden immer an eurer Seite stehen.«

Ich lächelte ihr dankbar zu. Manchmal war es anstrengend, aus den Worten meiner Diener herauszulesen, ob sie etwas ehrlich meinten – oder ob sie es nur sagten, weil ich die zukünftige Königin war. Natürlich waren mir Tala und Minerva mein Leben lang gute Freundinnen gewesen, doch fühlten sie genauso? Das wir Freundinnen waren und nicht nur in einem Dienstverhältnis standen? Vor allem nach der Zeit, in der ich mich ihnen gegenüber so distanziert verhalten hatte.

Das Knurren meines Magens riss mich aus meinen Gedanken. Ich setzte mich an den Tisch und atmete durch. Essen. Endlich Essen!

»Setz dich, Tala«, ermutigte ich sie. »Was ist passiert, als ich fort war?« Ich nahm eine große Portion Haferbrei mit Früchten auf meinen Teller.

Die Zofe nahm einige Stühle von mir entfernt Platz und spielte nervös mit ihren Fingern. »Der Magister und seine Männer haben sich um uns gekümmert. Sie waren sehr ... vereinnahmend. Aber ich muss zugeben, dass ich mir mehr Sorgen um Euch gemacht habe. Besonders, als der Drache auftauchte und Euch mitnahm. Wir waren nicht mehr beim See, haben es jedoch aus dem Schlossfenster gesehen.«

»Der Drache. Ja.« Ich rührte in meinem Brei herum. »Es ist schwer zu erklären. Ich kann selbst nicht verstehen, was passiert ist. Zuerst hat er versucht, mich zu töten. Dann rettet er mir das Leben. Es ergibt keinen Sinn«, vertraute ich mich ihr an.

Sie lauschte aufmerksam meinen Worten und rührte sich nicht von der Stelle.

»Weißt du mehr über die ganze Ritualsache?«

Tala schüttelte den Kopf. »Nein, Eure Hoheit. Nicht wirklich. Ich habe einige Gerüchte gehört, aber ich kann nicht sagen, ob sie wahr sind.«

»Was hast du denn gehört?«, fragte ich hellhörig geworden.

»Manche Leute sagen, dass das Ritual nicht mehr als ein Opfer war. Sie sagen, dass die Adligen dich dargebracht haben, um deinen Platz einzunehmen. Doch Tatsache ist, dass nur wenige im Volk die alten Chroniken kennen ...« Verunsichert blickte sie sich um, wie um sicherzugehen, dass niemand außer mir uns hören würde. »Ich kann es trotzdem nicht glauben. Vielleicht sind sie wirklich davon ausgegangen, dass das Ritual einen Drachen weckt? Es wäre doch sonst Verrat.« Das letzte Wort sprach sie kaum hörbar aus.

Ich runzelte die Stirn. »Glaubst du, dass das möglich ist? Dass die Adligen versucht haben, mich loszuwerden?« Einen Moment lang hielt ich mit dem Essen inne.

»Ich weiß es nicht, Eure Hoheit. Ich weiß es wirklich nicht. Der Magister würde sie niemals damit durchkommen lassen, da bin ich mir sicher.«

Ich nickte kaum merklich. *Würde er das?*, fragte wieder eine Stimme tief in meinem Inneren. »Was ist mit dem Rest des Palastes? Gab es weitere Unruhen oder Ähnliches?«

»Nein, Eure Hoheit. Ich habe zumindest nichts Derartiges vernommen. Aber ich muss sagen, dass der Magister sehr aktiv war. Er hat die Städte und Dörfer Layowins besucht und die Menschen beruhigt.« Tala überlegte kurz. »Ich bin sicher, das ist der Grund, warum alle bis zu Eurer Ankunft so gelassen waren.«

Ich schwieg.

Ich musste mehr über den Drachen und das Ritual herausfinden. Wahrscheinlich musste ich mich noch einmal in die Chroniken einlesen. Und ich musste es tun, bevor Magister Sortex und die Adligen mit mir reden wollten.

Nachdem ich gegessen hatte, traf mich die Erschöpfung erneut wie ein Blitz.

»Gut, ich muss schlafen, Tala. Würdest du mich in mein Gemach begleiten?«

»Natürlich. Wie Ihr wünscht, Eure Hoheit.« Sie verbeugte sich und zog meinen Stuhl zurück, damit ich aufstehen konnte.

Mir war etwas schwindelig und meine Füße fühlten sich an, als würde ich durch zähen Matsch waten. Ächzend zog ich mich die Treppen hinauf.

In meiner Kammer angekommen, half mir Tala aus meinen zerschlissenen Klamotten, wusch mich und streifte mir ein Nachtgewand über.

Als ich endlich in meinem sauberen, weichen Bett lag, konnte ich ein erleichtertes Seufzen nicht unterdrücken.

Tala zog die Decke über mich und mir fielen sofort meine schweren Augenlider zu.

»Tala …«, murmelte ich, bereits im Halbschlaf.

»Ja, Eure Hoheit?«

»Stell bitte sicher, dass die Wachen vor der Tür sind. Niemand soll mich stören. Und sag ihnen, dass sie Magister Sortex informieren müssen, wenn jemand versucht, hereinzukommen.«

»Natürlich, Eure Hoheit.«

Meine Zofe verabschiedete sich. Ich wollte etwas erwidern, aber der Schlaf übernahm bereits die Oberhand. Ich driftete ab und träumte von riesigen Drachen und tiefdunklen Seen.

***

Als ich erwachte, kitzelten sanfte Sonnenstrahlen meine Haut und tauchten den Raum in ein warmes, goldenes Licht. Frische und Leichtigkeit durchströmten die Luft, als ich die Fensterläden öffnete und einmal tief durchatmete. Ich spürte die letzten Tage noch immer deutlich in meinem Körper. Heute fast schlimmer als gestern.

Doch das Wetter, das mir heute den Morgen versüßte, entschädigte mich für beinahe alle vergangenen Torturen.

Durch das geöffnete Fenster drangen die zarten Klänge zwitschernder Vögel zu mir und der Himmel präsentierte sich in einem klaren Blau, welches nur von vereinzelten weißen Wolken durchzogen wurde. Ich setzte mich noch einmal zurück auf mein Bett und gähnte ausgiebig.

Ein Klopfen zog meine Aufmerksamkeit auf sich.

»Guten Morgen, Eure Hoheit. Ich freue mich, dass es Euch gut geht!« Die Stimme gehörte zu Minerva.

»Minerva! Guten Morgen. Tritt ein!« Ich lächelte, als sie die Tür öffnete. »Wie lange habe ich geschlafen?«

»Fast anderthalb Tage«, erwiderte sie und ein scheues Grinsen legte sich auf ihren Mund. »Das ist aber, denke ich, normal nach den Strapazen, die Ihr durchgemacht habt.«

»Ja, vermutlich hast du Recht.« Ich blickte unschlüssig auf meine Hände. »Habe ich etwas verpasst?«

»Nein, Eure Hoheit. Und keine Eurer Wachen hat es gewagt, Euch zu stören. Sie haben Magister Sortex und den Adligen erzählt, was Ihr befohlen habt.«

»Danke, Minerva. Du bist die Beste.« Und in diesem Moment war ich wieder einmal froh, sie an meiner Seite zu haben.

»Ihr solltet Euch jetzt anziehen. Der Magister wartet unten. Er möchte mit Euch sprechen. Und er hat Gäste mitgebracht. Die anderen Adligen ...«

Gerade war ich noch erleichtert, schon wurde ich eines Besseren belehrt.

»O Mist, ich habe ihnen doch extra gesagt, dass ich mich bei ihnen melde, wenn ich bereit dazu bin.« Ich stützte mein Gesicht in meine Hände. »Minerva, ich werde mich heute alleine anziehen. Kannst du den Adligen mitteilen, dass wir heute abends zusammenkommen und alles besprechen werden?«

»Natürlich.« Sie lächelte und knickste, bevor sie den Raum verließ.

Ich stand auf und zog mich an. Ich entschied mich für ein schlichtes Kleid. Die roten Stoffbahnen schimmerten in warmen Nuancen, als das Sonnenlicht durch das Fenster fiel und das Gewand in einem glühenden

Schein erstrahlen ließ. Die Schnürung an der Vorderseite versprach die perfekte Anpassung an meine Figur, während der weite Rock in sanften Falten zu meinen Füßen hinabfiel. Außerdem war es eines der wenigen Kleider, die ich überhaupt alleine anziehen konnte.

Ich ging die Treppe hinunter und atmete erleichtert aus, als ich sah, dass dort keine Adligen auf mich warteten.

Minerva hat ihren Auftrag ausgeführt, sehr gut. Ich holte tief Luft, bevor ich den steinernen Flur entlang ging, um in die Bibliothek zu gelangen.

Ich musste mir die Chroniken unbedingt anschauen, sagte ich mir in Gedanken.

***

Als ich die alten, hohen Türen der Schlossbibliothek von den Wachen öffnen ließ, wehte mir sofort der angenehme Pergamentgeruch um die Nase. Ich strich mir eine lose Strähne zurück hinter das Ohr und blickte mich um.

Hohe Regale, gefüllt mit staubigen Bänden, erstreckten sich bis zur Decke, während das gedämpfte Licht der Leseleuchten eine gemütliche Atmosphäre schuf. Das Knarren meiner Schritte auf dem antiken Holzboden wirkte beruhigend und ich erinnerte mich an die Zeit, in der ich mit meiner Mutter an diesem Ort nach Gute-Nacht-Geschichten gesucht hatte.

Traurigkeit überkam mich und bevor ich mich in der Vergangenheit zu verlieren drohte, verscheuchte ich schnell die Erinnerung wieder.

Mein Ziel war das Buch der Chroniken von Layowin, ein Werk, das die vergessenen Geschichten und Legenden vergangener Äras bewahrte. Magister Sortex meinte, er habe es in die Bibliothek gelegt.

Es dauerte nicht lange, da hatte ich es entdeckt. Die schlichte, aber ehrwürdige Schrift auf dem Rücken des Buches erinnerte mich an alte Gedichte, die ich in meinen Lehrstunden gelesen hatte. Die Tinte war in den Jahren leicht verblasst, doch man konnte noch immer lesen, was auf den Seiten geschrieben stand.

Mit bedachtem Respekt nahm ich das Buch aus dem Regal, fühlte das schwere Gewicht in meinen Händen und betrachtete die goldene Verzierung auf dem Einband.

Ich blätterte durch die Seiten. Die Erzählungen von Helden, Intrigen und einer vergangenen Geschichte entfalteten sich, während ich mich tiefer in die Chroniken vertiefte. Die alten Buchstaben tanzten vor meinen Augen und fesselten meine Sinne in einer Zeitreise durch die Epochen von Layowin.

Es dauerte nicht lange und ich hatte das Gefühl, als ob die Seiten selbst ein Echo der längst vergangenen Tage wären.

»Wo ist das Kapitel mit den Ritualen?«, murmelte ich, während ich weiterhin durch die Seiten flog.

Ein Inhaltsverzeichnis gab es nicht, doch schon bald hatte ich zwischen den Zeilen das Wort *Ritual* entdeckt. Ich las genauer.

»Da ist es!«, hätte ich beinahe laut gerufen.

Das Seelenritual

stand dort in großen, geschwungenen Lettern geschrieben.

Zur Zeit von König Jalm, dem ersten König von Layowin, wurde die Tradition des Seelenrituals begründet. Jeder Herrscher wird angehalten, es durchführen, bevor die Krone weitergegeben wird. Das Seelenritual ist ein heiliges Ritual. Niemand erhält die Verfügung, in diese Tradition einzugreifen. Nur der König und der auserwählte Thronfolger haben das Recht, die vorgeschriebenen Praktiken auszuüben.

Aber wie konnte ich nichts über so etwas Wichtiges wissen, bevor mein Vater starb? Und was war die Geschichte hinter dem Drachen? Ich las weiter.

Der Drache ist ein Tier der Unsterblichkeit, der einen unzerbrechlichen Bund mit dem Erwählten eingeht. Vor König Jalm wurde der Erbe des Meereskönigreichs aufgrund seines Verrats von der Hexe unter das Meer gezogen. Sie nahm seine Seele und verbarg sie im Körper des Drachen. Von da an war er gezwungen, dem Bergkönigreich zu dienen. Er wurde dazu auserkoren, jeden neuen König zu wählen, ohne jemals selbst Herrscher zu werden. So sei die Strafe. Und unsere Tradition.

Ich legte meine Hand auf den Mund. *Was hatte ich da gelesen? Auf dem Drachen lag ein Fluch? Hatte er die ganze Zeit darüber gesprochen? Und wenn ja, warum hatte er mir dann nicht genau diese Geschichte erzählt? Ich hätte es doch verstanden! Meine Gedanken rasten. Da musste mehr dahinterstecken. Und als Königin sollte ich wissen, was in meinem Reich vor sich geht. Vor allem dann, wenn irgendeine Hexe Menschen verfluchen konnte.*

»Ich muss mit ihm sprechen!«, rief ich und sprang auf. Gerade, als ich das Buch zuklappen wollte, fiel ein zusammengefaltetes Stück Pergament aus den Seiten heraus.

»Eine Notiz?«, fragte ich mich verwundert. Ich faltete das Blatt Papier auseinander.

Wenn du die Wahrheit herausfinden willst, schau unter den See. Finde die Höhle und öffne die Truhe. Dort wird alles enthüllt.

Die Handschrift war mir unbekannt.

Aber wer würde so eine kryptische Nachricht in so einem Buch hinterlassen? Und was bedeutet sie?

Statt Antworten zu erhalten, kamen immer neue Fragen auf. *Ich hätte niemals gedacht, dass der Tod meines Vaters mich vor solche Schwierigkeiten stellen würde.* Zumindest auf übernatürliche Wesen war ich nicht vorbereitet.

»Eure Hoheit, da seid Ihr ja!«, hörte ich unerwartet eine Stimme.

»Magister Sortex.« Schnell steckte ich die Notiz in die Tasche meines Kleides.

»Wie fühlt Ihr Euch? Wir waren alle sehr besorgt, Eure Hoheit. Ihr habt lange geschlafen.«

»Ich fühle mich großartig, danke. Deutlich besser als ich erwarten würde.«

»Nun, das ist eine große Erleichterung, Eure Hoheit. Doch wir müssen jetzt einige wichtige Themen besprechen und ich habe das Gefühl, dass Ihr mir aus Weg geht.« Er sah mich eindringlich an. »Das Königreich braucht einen Anführer und zwar jetzt. Wir können nicht bis heute Abend warten.«

Das Volk hat schon längst einen Anführer und ich nütze ihm nichts, wenn ich halbtot bin, dachte ich wütend.

»Ich werde mich heute Abend mit den Adligen treffen. Aber zuerst muss ich mit dem Drachen sprechen.«

Seine Augen weiteten sich. »Eure Hoheit, ich bitte Euch, kehrt nicht zu diesem Drachen zurück! Es besteht immer noch die Möglichkeit, dass Ihr nicht mehr zurückkehren werdet. Wir sind froh, dass Ihr überhaupt da seid!«

Vermutlich war es nicht eine meiner besten Ideen, Magister Sortex zu sagen, was ich jetzt tun würde. Aber er musste es akzeptieren.

»Ich gehe. Etwas anderes steht nicht zur Debatte.«

9

»Eure Hoheit, bitte. Lasst mich wenigstens mitkommen.«

Ich schüttelte den Kopf. »Nein. Ihr müsst einen Blick auf das Königreich haben. Ich muss allein mit dem Drachen sprechen. Ich werde nicht lange dort sein. Keine Widerrede.«

Er blickte nach unten und seufzte. »Gut. Wenn Ihr darauf besteht. Aber bitte, nehmt doch eine Eurer Wachen mit. Wenigstens eine.«

»Ich werde gehen. Allein.« Nun hatte ich meine Stimme deutlich erhoben. »Niemand wird mich begleiten.«

Er sah mich frustriert an, aber das war mir egal. Ich ging an ihm vorbei aus der Bibliothek und ließ den Magister stehen.

***

»Tala, ich brauche deine Hilfe!«, sagte ich, sobald ich mein Zimmer betreten hatte. Zum Glück war meine Zofe dabei, das Gemach aufzuräumen.

»Eure Hoheit? Wie kann ich Euch helfen?«, antwortete sie und hielt in ihrer Bewegung inne.

»Du musst mir eine Tasche besorgen. Eine kleine Tasche. Und etwas Essen. Für einen Tag.«

»Eure Majestät, das ist selbstverständlich kein Problem. Aber verzeiht, ich habe das Gefühl, da steckt mehr dahinter als ein Spaziergang?« Verwirrung mischte sich in ihren Blick. Wie immer konnte ich nichts vor ihr verbergen, sie hatte einen siebten Sinn dafür.

»Ich will nur noch einmal mit dem Drachen sprechen.« Ich sammelte ein paar Kleidungsstücke und das Buch der Chroniken ein, das ich heimlich aus der Bibliothek mitgenommen hatte.

Hoffentlich war der Drache noch in der Lage, meine Gedanken zu lesen. Ich würde ihm über unsere Verbindung eine Nachricht schicken und am Wald warten, wo er mich gestern zurückgelassen hatte.

Tala ging einen Schritt auf mich zu und beäugte mich eindringlich. »Ich werde Euch nicht davon abhalten können, richtig?«, fragte sie.

Ich schüttelte den Kopf, woraufhin sie nur seufzte.

Es war seltsam, gestern hatte ich mich über die Wärme und das unerwartete Gefühl gewundert, dass ich bei dem Drachen hatte. Jetzt wusste ich, dass es die Verbindung sein musste, genau wie es im Buch stand. Die tiefe Verbindung, die nicht gebrochen werden konnte.

»Ich nehme ein Pferd, das geht schneller.«

»Eure Hoheit, was soll ich dem Magister sagen?«

Talas Augen fixierten mich fragend.

»Er weiß es bereits. Pass nur auf, dass niemand sieht, wie ich gehe.«

»Wie ihr wünscht.« Tala verneigte sich und versuchte, nicht besorgt auszusehen. Ich konnte es aber deutlich von ihrem Gesicht ablesen.

»Danke, Tala. Du bist die Beste.«

Sie verneigte sich erneut.

Ich packte meine Sachen, nahm die Kleidung und das Buch und ging zum Stall.

***

Als ich etwas später auf mein geschecktes Pferd steigen wollte, kam Tala völlig außer Atem angerannt und hielt mir die kleine Tasche entgegen.

»Danke, Tala«, sagte ich und befestigte den Beutel am Sattel meines Pferdes.

»Gute Reise, Eure Hoheit. Seid vorsichtig.«

»Mach dir keine Sorgen. Ich bin schnell wieder zurück!«

Und damit ritt ich aus dem Schloss heraus. Das Klappern der Hufe auf dem Boden der hölzernen Brücke begleitete mich, als ich die majestätischen Tore passierte. Der Wind trug den Duft von frischem Heu und blühenden Blumen mit sich, während die Sonnenstrahlen sanft meine Haut wärmten. Ich atmete tief durch und spürte die Freiheit, die ich die letzten Tage so vermisst hatte.

Zu Pferd war ich deutlich schneller und als ich den Waldrand von weitem sehen konnte, verlangsamte ich meinen Ritt und entschied mich dazu, dem Drachen eine mentale Nachricht zu schicken.

Drache. Bist du da?

Nach einer Weile spürte ich ein leichtes Ziehen in meiner Brust und wusste, dass er meine Botschaft gehört hatte.

Kannst du in den Wald kommen? Ich glaube, ich habe herausgefunden, wovon du die ganze Zeit gesprochen hast.

Ich biss mir auf die Lippe, während ich darüber nachdachte. War das zu beherrschend? Ich schüttelte den Kopf. Wann war ich so unsicher geworden?

Ella. Was für eine Überraschung, deine Stimme wieder zu hören.

Ich kann nicht glauben, dass es funktioniert, dachte ich überrascht. *Ich warte dort, wo wir uns gestern getroffen haben.*

Keine Antwort.

Das Zirpen der Grillen und das Rascheln der Blätter begleiteten mich, als ich am Rand des Waldes Halt machte, um auf den Drachen zu warten.

Die Sonne warf goldene Lichtstrahlen zwischen den Baumwipfeln hindurch, und die Vögel sangen in der Ferne. Mein Pferd stand still, während ich abstieg und es in Ruhe grasen ließ.

Ich lauschte, um die Ankunft des Drachen nicht zu verpassen. Die Blätter der Bäume rauschten leise im Wind, als ob sie mir Geheimnisse meines Königreiches erzählen wollten.

Nervös lehnte ich mich an einen Baum, während ich am Waldrand auf den Drachen verharrte.

Plötzlich hörte ich ein Geräusch und blickte auf. Vögel flogen davon und der Wind wurde stärker. Die Bäume bewegten sich und dann sah ich endlich den Drachen, der neben mir landete.

Immer wieder unglaublich, schoss es mir durch den Kopf, als ich seinen anmutigen Körper betrachtete.

»Ella, was ist passiert? Was ist los?«, holte mich der Drache aus meinem Schmachten zurück.

»Es gibt etwas, das du sehen solltest«, sagte ich und mein gesamter Körper spannte sich an.

»Was meinst du?«, fragte er verwirrt.

Ich holte die Chroniken aus der Tasche und zeigte sie ihm. Dann begann ich zu erklären, was ich gelesen hatte.

»Was denkst du, ist das wahr?« Ich sah ihm flüchtig in die Augen.

»Leider ist es so.« Er seufzte und eine kleine Rauchwolke entwich seinen Nüstern. »Ich schätze, es ist an der Zeit, dass ich dir endlich die ganze Geschichte erzähle, nicht wahr?«

Angestrengt hielt ich den Atem an und nickte.

Er holte tief Luft. »Wenigstens kann ich es jetzt. Der Fluch verbot mir, über meine Geschichte zu sprechen, es sei denn, die andere Person weiß bereits einen großen Teil. So sollte verhindert werden, dass ich befreit werde.«

Mein Magen zog sich bei seinen Worten zusammen. Es war wie ein Puzzle, das sich in meinem Verstand langsam zusammenfügte. Ich nickte und sah ihn sanft an, meine Neugier auf das, was er mir offenbaren würde, kaum unter Kontrolle zu halten.

»Die Geschichte beginnt vor langer, langer Zeit. Mein Name war Gewin, und ich war ein Krieger und Anführer. Aber auch ein ehrgeiziger, junger und dummer Mann, der nichts mehr wollte als die Krone.«

Noch bevor er weiterreden konnte, unterbrach ich ihn. »Warte, hast du gerade gesagt, du bist ein König? Warte, warte, warte, du bist Gewin? Der, den ich am Berg getroffen hatte?« Das musste ich erst einmal verdauen.

»So ungefähr. Damals wurde das Königreich, aus dem ich kam, vom mächtigen, aber auch gerechten König Lothar regiert, der bei seinem Volk sehr beliebt war. Er hatte drei Söhne und ich war sein vertrauenswürdigster Berater. Ich trat in die Fußstapfen meines Vaters und bin mit den Kindern des Königs aufgewachsen. Wir waren die besten Freunde. Irgendwie war ich der vierte, inoffizielle Sohn des Königs.«

Mir entging nicht, dass er nicht mehr auf die Tatsache einging, dass er sich als Gewin offenbart hatte.

»Du und der König standen euch also sehr nahe?«

Die Informationen wirbelten in meinem Kopf.

»Genau. Wobei Nahestehen nicht passend ist. Weder der König, noch mein Vater waren jemals wirklich für mich da. Es ist schwer zu beschreiben. Solang ich meine Arbeit gut machte, war ich gut genug.« Seine Augen verrieten eine Mischung aus Nostalgie und Schmerz.

»Was ist mit Gewin?« Ich konnte nicht verhindern, dass meine Stimme leicht zitterte. Das war viel und ich hatte wirklich nicht damit gerechnet.

»Das ist der traurige Teil der Geschichte. Eines Tages wurde der König krank und jeder wusste, er würde nicht überleben. Der König sagte mir, dass seine drei Söhne nicht bereit seien, das Königreich zu regieren. Er wollte mich zum Thronerben ernennen.«

Erneut machte der Drache eine Pause.

»Das konnte er so entscheiden? Wieso hat er dich nicht nur vorübergehend eingesetzt?« Ein Kloß bildete sich in meinem Hals, als ich mir die Komplexität seiner Geschichte bewusst wurde.

Hätte ich das alles vorher gewusst, wäre ich ihn auf dem Berg nicht so angegangen.

Ein kurzes Schmunzeln huschte über sein Gesicht. »Denkst du denn, ich wäre ein so schlechter König gewesen?«

Ich biss mir auf die Lippe, während die Worte in meinem Kopf nachhallten und die Puzzleteile langsam an ihren Platz fielen.

Gewin sagte mir, dass er mich so lange auf dem Berg gehalten hat, weil er dachte, dass es eine Möglichkeit gab, ihn vom Fluch zu befreien!

»Er vertraute seinen Söhnen nicht«, sagte der Drache. »Und er hatte Recht. Als er starb, wurde ich gekrönt. Die drei Brüder konnten es nicht ertragen, dass ihr Freund derjenige war, der den Thron bestieg.«

»Und sie wollten Rache, nicht wahr?«

»Genau. Eines Nachts überfielen sie mich im Schloss und entführten mich. Als ich aufwachte, lag ich mitten in einer Höhle auf dem Grund des Sees. Wie ich jetzt weiß, war es der See von Layowin. Vor mir stand eine widerliche, schuppige Hexe. Sie hatte grüne, glänzende Augen, die im Wasser glühten. Ihre Hände dünn wie die eines Skeletts. Ich konnte jede einzelne Ader, jeden einzelnen Muskel zählen.«

Ein Schauder lief mir über den Rücken, während ich dem Drachen – Gewin – gebannt an den Lippen hing.

»Es war furchtbar. Sie hatte dunkles, langes, strähniges Haar und ihre blau-graue Haut war so blass, als hätte sie noch nie das Sonnenlicht gesehen. Ganz abgesehen von ihren spitzen Zähnen.«

»Das klingt grauenvoll!«, sagte ich und schlang meine Arme um meinen Körper.

»Ich hatte bereits Geschichten über sie gehört. Unser Königreich ist tief mit dem Reich des Meeres verwurzelt, weißt du. Die Legenden, die sich um das Wesen rankten, erzählen von ihr als eine Art Seelenfresserin.«

Ich erinnerte mich an den Abschnitt aus den Chroniken, in dem stand, wo der Drache ursprünglich herkam. Es deckte sich mit seiner Geschichte. »Das klingt beängstigend, Gewin«, entgegnete ich mitfühlend. Zum ersten Mal nannte ich ihn bei seinem richtigen Namen und die Buchstaben glitten über meine Lippen, als hätte ich ihn nie anders genannt.

Er nickte. »Das war es. Dann kam sie näher und kniete sich neben mich. Ihre Augen waren voller Hass und Wut. Ich erinnere mich genau an ihre Worte. ‚Weißt du, wer ich bin?', hatte die Seehexe mich gefragt. Sie grinste mich dreckig an. Niemals werde ich ihre spitzen, langen Zähne vergessen.«

Gänsehaut lief mir über den Rücken, während ich der Geschichte des Drachens weiter folgte.

»Ich wollte mit ihr sprechen, doch sie ließ es nicht zu. ‚Ich weiß, warum du hier bist, Gewin. Du bist ein gieriger und ehrgeiziger Mann, der nichts mehr will als eine Krone. Dein Vater und du seid nicht verschieden. Deshalb wirst du für den Rest deines Lebens verflucht sein. Niemals einen Thron bekommen. Du wirst auf ewig den Leuten dienen und zur Herrschaft verhelfen, ohne jemals selbst dort anzukommen!' Ihre Worte brannten sich in meinen Kopf. Und dann verlor ich meine Menschlichkeit.« Er senkte den Blick.

»Das ist alles so furchtbar.« Zögerlich hob ich meine Hand, wie um ihn zum Trost zu berühren, doch dann ließ ich sie wieder sinken. Ich war sicherlich die Letzte, von der er bemitleidet werden wollte. »Das heißt aber auch ... dass du dich ... verwandeln kannst?« Ich versuchte, all die Informationen zusammenzufügen, fühlte mich aber noch immer wie in Trance.

Der Drache nickte zögerlich.

»Ich kann das nicht glauben«, flüsterte ich. Wieso hatte ich von den Geschichten des Seereiches noch nichts gehört? Es waren nur die Berge, die uns von ihm trennten.

Der Drache neigte seinen Kopf leicht, als würde er meine Gedanken verstehen.

Die Realität schien zu verschwimmen und mein Verstand kämpfte damit, die Fäden der Wirklichkeit zu entwirren.

Die majestätische Kreatur neben mir, die schimmernden Schuppen, der warme Wind, der sanft durch das Laub der Bäume strich – alles schien einem Traum entsprungen zu sein.

Ich spürte, wie mein Herz schneller schlug, als versuche es, dem Rhythmus der unwirklichen Szenerie zu folgen.

»Du bist ein Mensch«, murmelte ich, als ob die Worte das Unfassbare vertreiben könnten. »Das kann nicht sein.«

Ich schloss die Augen und atmete tief ein, aber die Realität blieb genauso unwirklich wie zuvor.

Der Drache bewegte sich, seine großen Schwingen leicht ausgebreitet. Ein leises Raunen durchzog die Luft.

In diesem Moment am Waldrand fühlte ich mich klein und verloren in einer Welt, die plötzlich deutlich größer und magischer war, als ich es je für möglich gehalten hätte.

»Das ... ist unvorstellbar«, kam es erneut zitternd aus meinem Mund.

»Ich kann die Verwandlung nicht kontrollieren. Es passiert manchmal. Ich weiß nicht, wann und wie, aber wenn es passiert, bin ich für jede Sekunde in meinem alten Körper unbeschreiblich dankbar.« Ein Lächeln stahl sich auf sein Gesicht. Zeigte, wie er in einer Erinnerung schwelgte.

»Du warst Gewin.« Ich ließ mich auf den Boden gleiten und starrte auf den Wald.

Er legte den Kopf schief. »Das ändert doch nichts. Oder?«, fragte er. Eine gewisse Unsicherheit schwang in seiner Stimme mit.

»Das macht es nicht, nein.« *Macht es das wirklich nicht?*, fragte eine Stimme tief in mir. Skeptisch vergrub ich den Kopf in meinen Händen.

Zwischen uns verging ein Moment der Stille, in dem ich nicht mal die Vögel um uns herum vernahm.

»Ella, da ist doch noch etwas, das du mir sagen wolltest, oder?«, fragte der Gewin unvermittelt und riss mich aus meinen Zweifeln.

»Ähm ... richtig.« Meine Gedanken rasten immer noch, aber ich riss mich zusammen. Schnell schlug ich das Buch wieder auf und blätterte die ersten Seiten durch. »Hier, ich habe da etwas gefunden. Lies das.«

Gewins Blick wanderte blitzschnell über die Seiten. Ich wusste nicht, dass Drachen überhaupt lesen konnten. Doch da er scheinbar ein Mensch war, der nur im Körper der Kreatur gefangen gehalten wurde, ergab das durchaus Sinn.

»Hier heißt es, dass der Drache und die Opfergabe im Ritual durch ihre Seelen verbunden sind«, las er laut vor.

»Genau. Und diese Verbindung kann nicht gelöst werden. Das muss der Grund sein, warum wir …«, ich stoppte und bis mir auf die Zunge. Warum wir nun vermutlich für immer die Gedanken des anderen hören konnten. Aber ich scheute mich davor, es laut auszusprechen.

Für immer waren starke Worte.

Der Drache verzog das Gesicht zu einer gequälten Grimasse. »Es ist, wie die Seehexe gesagt hat. So war es immer, auch bei den Opfern vor dir.«

»Vor mir?« Jetzt wurde ich hellhörig. Ich hatte gar nicht darüber nachgedacht, wie lange Gewin bereits verflucht war. Dabei war es offensichtlich. Die Chroniken waren uralt.

»Entschuldige, ich wollte dir die Illusion davon, dass du etwas Besonderes bist nicht zerstören«, erwiderte er mit einem foppenden Unterton.

Ich zog die Augenbrauen zusammen. »Es war für dich immer *so*?«, hakte ich nach. *War das etwa so etwas wie Eifersucht in meiner Stimme?*

Der Drache senkte seinen Kopf zu mir herab. »Wie denn, *so*?« Seine dunklen Augen blickten mich hypnotisch an und mir wurde flau im Magen. Seine Schnauze war so nah an meinem Kopf, dass ich sie locker berühren könnte. Und ohne etwas dagegen tun zu können, schlug mein verräterisches Herz schneller.

»Na, das hier!«, rief ich und gestikulierte wild mit den Händen. *Fühlte er das nicht? Diese Anziehung? Diese lächerliche Verbindung, tief in mir drin?* Ich kam mir fehl am Platz vor, als Gewin nicht antwortete.

Er zog den Kopf zurück und schmunzelte. »Was willst du mir damit sagen, kleine Königin?«

Ich dachte eine Weile nach. Ich konnte nicht leugnen, dass ich Gewin irgendwie mochte. Auch wenn ich nicht sagen konnte, wieso. Vielleicht lag es an dem Ritual. Aber ich musste unbedingt herausfinden, was es mit dem Fluch auf sich hatte.

Ich stand auf. »Ich weiß es nicht. Ich muss zugeben, dass das alles verwirrend ist und vielleicht spielt mir mein Verstand auch einen Streich.« Erst jetzt fiel mir auf, dass es bereits später Nachmittag war. Wie konnte die Zeit so schnell verflogen sein? »Aber ich brauche etwas Zeit, um das Ganze zu verdauen. Es tut mir leid.«

Warum entschuldigte ich mich dafür?

Ich schüttelte über meine eigenen Worte den Kopf. »Ich muss heute Abend mit den Adligen sprechen und ich habe bereits jetzt das Gefühl, dass mir alles zu viel wird.« Überrascht über mein plötzliches Zugeständnis hielt ich einen Moment lang inne. Wann hatte ich das letzte Mal so viel über mich preisgegeben?

»Ich verstehe das, Ella. Du musst dich auf dein Königreich konzentrieren. Denk daran, auf dich selbst zu vertrauen und vor allem lerne auf die richtigen Leute zu hören. Freund und Feind zu unterscheiden ist nicht einfach, aber als Königin unerlässlich.«

»Sagt der, der mich vor meinen eigenen Freunden gewarnt hat«, erwiderte ich seufzend.

Auch er schnaubte. »Soweit ich aber aus deinen Gedanken herauslesen konnte, gibt es dort Menschen, denen du wirklich vertrauen kannst. Deine Zofen? Wart ihr als Kinder nicht die dicksten Freunde?«

Ich schwieg.

»Du kannst nicht alles mit dir alleine ausmachen. Mach dir um mich keine Sorgen, ich komme klar. Es gibt Wichtigeres.«

Wichtiger als unsere frische, zerbrechliche Annäherung, hallte es in meinem Kopf wider.

Erneut senkte er seinen Kopf und stupste mich vorsichtig an. *Hör auf, dir so viele Gedanken zu machen, sonst platzt mir noch der Kopf,* schickte Gewin seine Gedanken durch mein Inneres.

Ein Kribbeln ging darauf durch meinen Körper. Ob ich ihn bald wieder in seiner menschlichen Gestalt sehen würde?

Dann, bevor ich etwas erwidern konnte, ging Gewin ein paar Schritte zurück, spannte die Flügel auf und machte sich bereit, vom Boden abzuheben.

Noch immer schwebten über meinem Kopf tausend Fragezeichen. Zum Glück verstand er, dass ich gerade Zeit zum Nachdenken brauchte. Dennoch ließ der Abschied von ihm mein Herz einen Takt aussetzen. Ich fragte mich, wie es gewesen wäre, wenn er mir seine Geschichte früher erzählt hätte.

Hätte das etwas an meinem Umgang mit ihm geändert?

»Viel Glück mit den Adligen«, rief der Drache mir aus der Luft entgegen.

Ich nickte und sah zu, wie er hinter den Wolken verschwand.

Gewin, der Drache, war eigentlich der Mann, der König werden sollte. Der Mann, der für mein Schicksal verantwortlich war. Dank ihm lebte ich noch.

Und doch kam ich nicht umhin, mich zu fragen, wie es aus uns beiden geworden wäre, wenn unser Treffen unter anderen Umständen stattgefunden hätte. Wenn er nicht verflucht worden wäre und in meiner Zeit gelebt hätte.

Ich blickte noch einmal in den Himmel. »Es ändert nichts«, flüsterte ich zaghaft und drehte mich wieder zum Schloss um.

Die Sonne stand tief am Horizont und der Wald wurde in warme Schattierungen getaucht, als ich mich wieder auf den Weg zu meinem Pferd machte. Es stand genau an der Stelle, an der ich es zurückgelassen hatte. Zufrieden graste es, während seine Mähne sanft im Wind wehte. Bei seinem Anblick musste ich lächeln.

Mit einem festen Griff hob ich den Sattel auf seinen Rücken und nahm die vertraute Verbindung zwischen uns wahr.

Ich schwang mich geschmeidig hinauf, spürte sofort das bekannte Wiegen und den festen Halt der Steigbügel unter meinen Füßen.

Gemeinsam brachen wir auf, das dumpfe Geräusch der Hufe auf dem trockenen, erdigen Boden.

Die Bäume ließen wir weit hinter uns, während das warme Licht der untergehenden Sonne meinen Rücken wärmte.

Es dauerte nicht lange und ich sah die mir bekannte Umgebung des Schlosses aus der Ferne. Die prunkvollen Mauern waren in Zwielicht gehüllt, die Geräusche der Natur wurden sanfter.

Als wir durch das Schlosstor ritten, bemerkte ich, dass in den Laternen bereits Lichter entzündet waren. Der Abend dämmerte, während wir langsam den Hof überquerten und zum Stall zurückkehrten.

Das mir inzwischen gut bekannte Gefühl der Erschöpfung umhüllte mich, während ich mein Pferd behutsam absattelte und es dann einem heraneilenden Stallburschen übergab.

Jetzt aber schnell zum Treffen mit den Adligen, schärfte ich mir ein. Mein Magen knurrte und ich entschied mich dazu, während des Laufens die Wegzehrung von heute Mittag zu essen.

Schnell ging ich die Treppen hinauf und eilte in mein Zimmer. Weder Tala noch Minerva waren zu sehen, also zog ich ein schlichtes, schwarzes Kleid an, das mit goldenen Stickereien bedeckt war. Ein Armreif, den ich von meiner Mutter geerbt hatte, war aus edlem Gold geschmiedet und trug kunstvoll eingefasste Edelsteine. Die filigran gearbeiteten Verbindungen zwischen den glitzernden Juwelen erzählten die Geschichte von einer vergangenen Handwerkskunst. Vorsichtig band ich es mir um das Handgelenk. Irgendwie fühlte ich mich beim Tragen ihres Erbes stets so, als würde sie mich begleiten. Genau wie bei der Halskette, die ich ununterbrochen trug.

Ich flocht mir meine Haare zu einem schnellen, unsauberen Zopf und verließ danach mein Gemach.

***

Als ich den Raum betrat, verfielen die Adelsleute in Schweigen. Ich ließ meinen Blick umherschweifen und blieb bei Magister Sortex hängen, der bereits neben meinem Stuhl am Ende der Tafel platzgenommen hatte.

Im schummrigen Licht der Wachsfackeln erstreckte sich der mittelalterliche Versammlungssaal, dessen massive Steinwände von unserem Wappen und Trophäen vergangener Schlachten geschmückt waren.

Der Geruch von altem Holz und verbranntem Harz lag in der Luft, nachdem auch mein Vater des Öfteren gerochen hatte. Der lange, hölzerne Tisch in der Mitte des Saales war reich verziert und von kunstvoll geschnitzten Stühlen umgeben, auf denen die Adligen in prunkvollen Gewändern saßen.

Die gespannte Stille wurde nur durch das Knistern der Fackeln und das gelegentliche Rascheln der Gewänder durchbrochen.

Die Blicke der Adligen ruhten gebannt auf mir, als ich mich unter ihrem kritischen Blick zum Ende des Tisches bewegte. Die Atmosphäre war durchdrungen von einer Mischung aus Respekt und Neugier, als ob die jahrhundertealten Gemäuer die Geschichten vergangener Zeiten flüsterten.

Die Anspannung im Raum war greifbar, als ich mich in die Stille wagte, um vor diesem ehrwürdigen Kreis meine Worte zu sprechen.

»Guten Abend allerseits. Vielen Dank, dass ihr hierher gekommen seid, auch wenn es so kurzfristig war.« Mit diesen Worten nahm ich an der Seite vom Magister

Platz und nahm eine aufrechte Haltung ein. »Wie ihr wisst, ist mein Vater vor kurzem verstorben und da das Ritual erfolgreich war, würde ich sagen, dass es an der Zeit ist, mich als Königin von Layowin zu krönen. Als rechtmäßige Monarchin.«

Murmeln machte sich zwischen den Adligen breit.

»Ich bitte euch, meine Herren!«, ermahnte Magister Sortex.

»Es ist meine Pflicht, alles zu tun, um mein Land und seine Menschen zu schützen. Aber ich kann das nicht alleine schaffen. Deshalb bitte ich euch alle, mich zu unterstützen, wo ihr nur könnt.«

Die Adligen flüsterten erneut etwas, das ich nicht hören konnte. Dann erhob Lord Raser seine Stimme.

»Wir alle wissen, dass der Tod des Königs nicht geplant war. Aber es ist in den Chroniken hinterlegt, dass das Seelenritual durchzuführen ist, auch wenn er zu Lebzeiten dagegen war.«

Drei der sechs anwesenden Edelleute nickten.

»Das Seelenritual wurde korrekt durchgeführt. Aber leider konnte niemand bezeugen, dass der Drache Euch zurückgebracht hat«, fuhr Lord Raser fort. »Mit Verlaub, wir haben nicht gesehen, dass er Euch ausgewählt hat. Es tut mir leid, Eure Hoheit, aber Ihr hättet ebenfalls durch Schwimmen überleben können. Die Tradition wurde nicht erfüllt.« Er sah die anderen an.

Ein eisiger Schauer durchzog meine Wirbelsäule. »Das Ritual ist gescheitert. Wir müssen es noch einmal vollziehen und auf das Beste hoffen.« Die düsteren Worte des Lords hallten in der prunkvollen Halle wider.

Der Rauch der verglimmenden Kerzen vermischte sich mit der Spannung in der Luft, ohne zu verpuffen.

Mein Herzschlag beschleunigte sich. »Ich hätte nicht herausschwimmen können, ihr habt die Wachen doch selbst gesehen! Außerdem können meine Zofen bezeugen, dass der Drache mich herausgezogen hat«, entgegnete ich zitternd.

»Verzeiht, aber Bediensteten können wir nicht glauben. Ich fürchte, die alten Legenden sind entweder nicht wahr oder wir brauchen einen neuen Thronfolger.« Ein finsterer Ausdruck legte sich über das Gesicht des Lords, während er seine Gedanken offenbarte.

Wut brodelte in mir hoch. »Wenn Ihr darauf besteht, Lord Raser, dann werde ich euch ach so großen Adligen zeigen, dass das Ritual tatsächlich erfolgreich war.« Meine Worte hallten durch den Raum und ein elektrisches Knistern durchzog die Atmosphäre.

Das Gesicht des Lords verlor jegliche Farbe. »Wie meint Ihr das?«

»Ich werde euch zeigen, was passieren wird, wenn ich in den See trete.« Mit entschlossenem Blick wandte ich mich zum Ausgang.

Die Herren sahen sich unschlüssig an, folgten mir jedoch ohne weitere Widerworte.

***

Als ich durch den Flur schritt, folgten mir die Adligen und Magister Sortex beeilte sich, zu mir aufzuschließen.

»Meine Königin, der See ist gefährlich. Er ist bei Nacht nicht sicher. Ich möchte nicht, dass Euch etwas geschieht.« Sein Lächeln war besorgt, dennoch blieb ich misstrauisch. Auch er hatte gegen Lord Rasers Einwände nichts gesagt.

»Glaubt Ihr mir?«, fragte ich, ohne mein Tempo zu verlangsamen. »Wenn nicht, dann tretet beiseite, Magister.« Die Worte drangen kühl aus meinem Mund, als ich in Richtung Schlossausgang lief. Bereit, die Wahrheit zu enthüllen.

Er schluckte und nickte.

Ich sendete einen Gedanken an Gewin und hoffe, dass er mich hörte.

Wir gehen zum See. Komm bitte her. Ich weiß, dass du dich den Leuten nicht zeigen willst, aber sie glauben mir nicht. Ich werde mein Königreich verlieren, wenn du nicht auftauchst.

Wir waren fast am Ende des Ganges angekommen. Draußen war es stockfinster. Ein Wachmann kam auf mich zu und sah mich fragend an. »Meine Prinzessin, der Weg zum See ist nicht gesichert. Es ist dunkel und bei Nacht lauern wilde Tiere dort draußen.«

»Ich weiß. Aber ich muss diesen Adligen hier«, ich zeigte mit einer abfälligen Geste auf die Männer hinter mir, »etwas zeigen. Es ist wichtig und nicht nötig, dass ihr mitkommt. Ihr könnt wegtreten.«

Der Wachmann sah die anderen an, nickte jedoch. »Wie Ihr wünscht, Eure Majestät. Wir werden auf Euch warten.« Die Wachen verneigten sich und gingen zu ihren Platz am Tor zurück.

Ich blickte zurück auf die Hochwohlgeborenen. »Nach euch.«

Sicherheitshalber hatte ich mir noch einen Dolch eingepackt, man wusste ja nie. Dann verließen wir das Schloss. Im Hof war niemand zu sehen und ich bemerkte erst jetzt, dass ich fröstelte. Es war so dunkel, dass ich kaum die Hand vor Augen sehen konnte.

Der Magister zog eine Fackel aus seinem Gewand und entzündete sie, sodass wir zumindest den Weg vor uns erkennen konnten.

Es war still. Nur das Geräusch unserer Schritte war zu hören, und ich war froh, dass die Dorfbewohner schliefen. Schaulustige könnte ich jetzt definitiv nicht gebrauchen.

Ich nahm einen tiefen Atemzug. In der Ferne konnte ich das Mondlicht sehen, das sich im Wasser des Sees spiegelte. Das Rufen einer Eule störte hier und da die Ruhe der Nacht.

»Eure Majestät, vielleicht sollten wir morgen wiederkommen. Die Dunkelheit macht es uns schwer, etwas zu sehen. Außerdem hat der Wachmann recht, Bären und Wölfe sind nachtaktiv und wir sind nicht bewaffnet.« Der Magister versuchte es noch einmal. *Warum respektiert hier niemand meine Wünsche?*, dachte ich.

»Magister Sortex, Ihr habt kein Recht, in meinem Namen zu sprechen. Selbst wenn es solche Tiere hier gäbe, sie greifen nicht an, wenn man sie nicht provoziert. Ich bin kein schwaches Mädchen. Mein Vater hat dafür gesorgt.«

Der Magister seufzte und sah die Lords entschuldigend an.

Mir war egal, was sie dachten. Sie wollten es nicht anders.

Als wir das Ufer erreichten, schluckte ich schwer. Ich stand ein paar Meter vom See entfernt und die Adligen sowie der Magister blieben direkt hinter mir stehen.

Wachsam umschloss ich den Dolch in meiner Tasche mit der Hand. Die Tiere hier draußen machten mir weniger Sorgen, als die Lords.

»Ich bin mir nicht sicher, ob es eine gute Idee war, ohne Waffen hierher zu kommen«, warf einer der Herren erneut ein.

»Erstens bin ich sehr wohl bewaffnet und weiß mich zu verteidigen, zweitens habe ich nicht nach eurer Meinung gefragt«, antwortete ich scharf. »Wir sind sieben ausgebildete Menschen. Keiner hier ist älter als 40 Jahre. Ihr wollt mir doch nicht erzählen, dass ihr nicht kämpfen könnt?«

Niemand sagte etwas.

Auch gut.

Nervös kaute ich auf meiner Unterlippe, während ich in den Nachthimmel starrte. Würde er kommen und mir helfen? Würde er mir und den anderen die Verbindung beweisen? Die Zeit verging schleppend, doch ich wollte nicht aufgeben. Also begann ich, meine Schuhe auszuziehen.

»Jetzt zeige ich euch, was es bedeutet, einer zukünftigen Königin nicht zu glauben«, sagte ich und die Adligen tauschten unsichere Blicke aus.

Schlagartig frischte der Wind auf. Ich schloss meine Augen und machte einen Schritt ins Wasser. Es war eiskalt, sodass ich innerhalb von Sekunden eine Gänsehaut bekam.

Die Erinnerung an das Ritual drang in meinen Geist und ich sah die Bilder vor meinem inneren Auge. Wie ich ins Wasser stieg und die Wachen hinter mir dafür sorgten, dass ich immer weiter ging.

Immer weiter ins Ungewisse.

»Der Drache kommt«, hörte ich jemanden flüstern.

Dann hörte ich das ferne Schlagen von Drachenschwingen und lächelte.

Ein unheilvoller Schatten huschte über den See, während die Luft von einem kräftigen Flügelschlag erfüllt wurde. Mein Herz pochte aufgeregt, als der Drache in majestätischem Flug herabstieg und vor mir und den versammelten Edelleuten landete.

Die gigantischen Schwingen breiteten sich aus, und ein sanfter Windhauch fegte durch meine Haare. Die dunkle, schuppige Haut des Drachen schimmerte im silbernen Mondlicht, als er seine imposante Erscheinung entfaltete. Seine Augen, durchdringend und von einem Glühen erfüllt, trafen meinen Blick, und ein Hauch von Magie lag in der Luft.

Ein Raunen durchzog die Reihen der Edelleute, während der Drache vor uns stand und seine mächtige Gestalt sich vor uns aufbaute.

Die Adligen, ehrfürchtig und zugleich ängstlich, traten einen Schritt zurück, während ich mit einem Gefühl der Ehrfurcht und Faszination auf das mir bekannte Wesen sah.

Zu Gewin blickte.

Tief in meinem Inneren machte sich eine Welle der Erleichterung breit, als der Drache sich entspannte.

Ein Lächeln schlich sich auf meine Lippen und in diesem Moment verblassten die einstigen Diskussionen auf dem Gipfel des Berges. Er war hier, obwohl es für ihn nicht leicht war. Und nur das zählte.

Kleine Königin, erklang seine tiefe Stimme in meinen Gedanken, und ich ging auf ihn zu. Kurz vor seiner imposanten Schnauze angekommen, spürte ich die wohlige Wärme, die sein Körper ausstrahlte.

Ein unkontrolliertes Seufzen entkam meiner Kehle.

Als ich mich umdrehte, sah ich den Schock, der den Adligen noch immer ins Gesicht geschrieben stand.

Ein Schweigen lag über der Szene und niemand wagte es, nur ein Wort zu sprechen.

»Zählt das als eine Erwählung, Lord Raser?«, durchbrach ich die Stille.

Der Mann stammelte etwas Unverständliches, sein Blick huschte nervös zwischen dem Drachen und mir hin und her.

»Ich habe Euch eine Frage gestellt«, sagte ich lauter und bestimmter.

Lord Raser räusperte sich, die anderen Adligen traten einen Schritt vor. »Das ... das Ritual war erfolgreich, Eure Majestät.«

»Das war es tatsächlich. Wenn ihr mich jetzt entschuldigt, meine Herren, ich muss mit dem Drachen alleine sprechen«, erklärte ich und wandte mich ab.

»Wir werden im Schloss auf Euch warten, meine Prinzessin«, meldete sich einer der Älteren zu Wort.

»Es ist nicht nötig, dass Ihr mit mir hierbleibt, Magister«, wies ich Magister Sortex an.

»Aber, Eure Hoheit ...«

»Der neuen Königin wird es gut gehen. Geh nach Hause, nicht, dass du erfrierst.« Die Stimme des Drachen war ein eiskaltes Poltern und Magister Sortex schluckte hörbar.

»Er ... Er kann sprechen«, stammelte der Gelehrte, und ich signalisierte ihm, dass er nicht mehr gebraucht wurde. Ich konnte mir dabei ein Grinsen nicht verkneifen.

Der Magister nickte und die Adligen folgten ihm, bis der Schein ihrer Fackeln verschwunden war.

Der Drache wandte sich wieder mir zu.

»Ich freue mich, dass du gekommen bist«, sagte ich leise. »Danke.«

»Wir sind verbunden, schon vergessen?« Der Drache drehte den Kopf und sah mich an. Seine Worte durchzogen die Luft mit einer tieferen Bedeutung.

Er war nur wegen der Verbindung hier, erinnerte ich mich. Was erwartest du von einem verfluchten Drachen?

»Das bedeutet mir viel«, flüsterte ich und trat näher an Gewin heran. Seine Augen spiegelten das Mondlicht wider, und Nebel stieg aus seinen Nasenlöchern.

»Warum brauchst du überhaupt ihre Unterstützung?«, fragte er plötzlich. »Sie scheinen arrogante, grässliche Menschen zu sein.« Mit diesen Worten peitschte er wild mit dem Schwanz durch die Luft.

»Sie sind wichtige Mitglieder meines Volkes. Wenn sie gegen mich sind, kann ich dieses Königreich nicht regieren. Es scheint, als würden einige von ihnen alles tun, um sicherzustellen, dass ich nicht in der Machtposition bleibe. Aber das spielt keine Rolle. Ich brauche ihre Unterstützung nicht, um anerkannt zu werden. Ich möchte ihre Unterstützung, weil wir nur so ein gutes Königreich führen können. Sie besitzen erheblichen Einfluss und haben große Ländereien. Nur so kann ich dieses Land hier zu einem besseren Ort machen.«

Gewin seufzte und nickte, seine Augen zeugten von einer tieferen Einsicht. »Und das macht aus dir eine wahrhaft würdige Königin.«

Seine Worte waren Balsam für meine Seele.

In diesem Moment schien die Verbindung zwischen uns stärker denn je zu sein. Die Nacht umhüllte uns in einem Mantel aus Geheimnissen, während der Drache und ich am Ufer des Sees gegenüberstanden – zwei Wesen, deren Schicksal miteinander verwoben war. In dieser tiefen Verbindung lag die Essenz unserer gemeinsamen Reise, die durch die die Dunkelheit der Nacht hindurchleuchtete und uns in den Versprechen und der Pflicht einer gemeinsamen Zukunft vereinte.

»Ich hoffe, dass sie sich dementsprechend benehmen«, riss der Drache mich aus meinen poetischen Gedankengängen.

»Damit du sie nicht in Asche verwandelst?«, neckte ich ihn.

»Das würde ich doch niemals tun.« Er lächelte und ich spürte wieder dieses ziehen in meiner Brust.

Ich holte tief Luft und strich ihm gedankenverloren über die Schnauze, die noch immer nah an meinem Kopf verweilte. »Kannst du dir vorstellen, was morgen passieren wird? Wenn die Sonne aufgeht und jeder weiß, dass der Drache wirklich existiert?«, fragte ich.

»Sie werden mich fürchten und hassen, weil ich anders bin. Das war schon immer so«, erwiderte er gleichgültig.

Ich spielte unsicher mit meiner Kette. »Ich kann das nicht glauben«, sagte ich und strich mir eine lose Strähne hinters Ohr. »Bei meiner Ankunft haben sie sich über die Rede mit dem Drachen gefreut. Sie hatten mir sogar zugejubelt.«

Ein kehliges Lachen drang aus seinem Maul. »Die Menschen sind so lange besänftigt, bis etwas Unvorhergesehenes geschieht. Ich würde darauf wetten, dass niemand tatsächlich geglaubt hat, dass die alten Legenden über Drachen real sind. Viele kennen ja noch nicht einmal die Geschichte des Rituals ihres Landes.« Er hob den Kopf und sah in Richtung des Mondes. »Die Menschen glauben das, was am einfachsten ist. Und sobald es etwas gibt, das sie verunsichert, wird es zerstört.«

Das wollte und konnte ich nicht glauben.

»Es ist nicht leicht, das weiß ich. Aber vielleicht werden sie erkennen, dass der Drache kein Feind ist. Ich möchte nicht, dass mein Volk dich fürchtet, Gewin. Sie sollten dich lieben und respektieren. Du bist ein Teil dieses Königreichs.«

Er sah mich an und in seinem Blick lag Verwunderung.

»Du bist ein wichtiger Teil unserer Geschichte. Du gehörst zum Land und zu den Menschen. Zur Geschichte und Gegenwart. Ich bin mir sicher, dass wir die Zukunft der Menschen hier positiv verändern werden. Zusammen.«

»Das sind große Worte für eine kleine Königin«, erwiderte er.

Ich berührte seine Schnauze erneut und spürte die Wärme seiner Schuppen.

Der Drache schloss die Augen.

Irgendwie würden wir das schon schaffen.

»Du hast heute genug getan. Geh nach Hause, kleine Königin. Geh nach Hause und ruh dich aus. Mit Sicherheit werden dir morgen viele Fragen gestellt werden.«

»Was wirst du tun?«, fragte ich, anstatt mich zu verabschieden.

»Vielleicht gehe ich in die Berge und schaue mir den Sonnenaufgang an.«

Ein Lächeln stahl sich auf meine Lippen. »Bis morgen, Gewin.«

Mit diesen Worten stand ich auf, drehte mich um und ging zurück zum Schloss. Ich schaute mehrmals zurück, hoffte, dass er mir ebenfalls nachblicken würde.

Aber der Drache war bereits verschwunden.

In der Ferne sah ich die Fackeln des Tores. Doch auch, wenn ich im Augenblick allein war, fürchtete ich mich nicht. Ich wusste, dass ich immer auf Gewin zählen konnte.

***

Als ich das Tor erreichte, waren die Adligen und der Magister bereits verschwunden.

Ich betrat den Flur und versicherte dem Wachmann, dass alles in Ordnung war, dann stieg ich die Treppe hinauf und ging durch den schmalen Korridor.

Unterwegs traf ich mehrere Diener, die mir eine gute Nacht wünschten. Ich erwiderte ihre Grüße und kam kurz darauf in meinem Zimmer an.

Mit Sicherheit wollten die edlen Herren auch zur späten Stunde bedient werden.

Als ich die Tür öffnete, empfing mich die Wärme des Kaminfeuers in meinem Gemach.

Ich schickte Tala und Minerva fort, obwohl sie mir nur aus meiner Kleidung helfen wollten. Für heute konnte ich niemanden mehr sehen.

Müde, aber erleichtert zog ich mich aus und schlüpfte ungewaschen in die frischen Laken. Mein Körper war mal wieder am Ende seiner Kräfte angelangt und meine Augenlider wurden schwer. Trotzdem war ich froh, dass ich meine zuvor herangeeilten Zofen weggeschickt hatte. Ich brauchte etwas Zeit für mich.

Ich drehte meinen Kopf und schaute aus dem Fenster. Von hier aus war kein Mond zu sehen, lediglich die Dunkelheit hieß mich willkommen.

Langsam wurden meine Augenlider schwerer und schließlich schlief ich ein.

10

Mein Rücken schmerzte, weil ich die ganze Nacht in derselben Position verbracht hatte. Ich holte tief Luft und schwang meine Beine über die Bettkante. Die warmen Sonnenstrahlen drangen durch die Fenster und malten ein sanftes Muster auf den edlen roten Teppich. Der Geruch von frischen Blumen vermischte sich mit dem leichten Duft von den alten Büchern, die ich mir aus der Bibliothek geholt hatte. Nachdem ich mich aus dem Bett erhoben hatte, schlüpfte ich in einen weichen Morgenmantel und setzte mich an meinen kleinen Tisch am Fenster. Der Morgen war für mich stets eine Zeit der Harmonie und Ruhe, als ob die Welt draußen für einen Moment in Perfektion verharrte.

Kurz darauf klopfte es und Tala trat nach meiner Aufforderung ein. Sie war ungewöhnlich still, als sie mir in das Gewand half und meine Haare kämmte.

»Alles in Ordnung?«, fragte ich und zog eine Augenbraue nach oben.

»Hm? Oh, ja, Eure Hoheit«, entgegnete sie noch immer abwesend.

Ich drehte mich auf meinem Stuhl um, was sie dazu zwang, in ihrer Tätigkeit innezuhalten.

»Du weißt, du kannst immer mit mir sprechen, selbst wenn ich Königin werde?« Es war ein verzweifelter

Versuch, das umzusetzen, zu dem der Drache mir geraten hatte: Für die Freunde, die zu mir hielten, da zu sein. Mich ihnen gegenüber zu öffnen. Doch die letzten Jahre hatte ich alles dafür getan, Abstand zu ihnen zu halten. Es fühlte sich falsch an, gegen die Anweisung meines Vaters zu handeln. Aber ich vertraute auf Gewin und meine Instinkte.

Tala presste ihre Lippen zu einem dünnen Strich zusammen. »Ich will Euch damit nicht belasten.«

»Das tust du nicht!«, sagte ich schnell.

Sie holte tief Luft. »Es ist nichts Ernstes, ich ... bin nur etwas müde«, entgegnete sie ausweichend.

»Tala, sprich mit mir!«, ermutigte ich sie weiterhin.

Die Zofe drehte die Bürste in ihrer Hand hin und her. »Meinem Vater geht es nicht gut«, sagte sie endlich. »Bitte entschuldigt, ich war die ganze Nacht wach.«

Deshalb die dunklen Schatten unter ihren Augen. »Tala, du kannst mir so etwas immer sagen. Wenn du möchtest, stelle ich dich für die Nacht- und Küchendienste frei. Ab sofort.«

Sie sah auf und schaute mich dankbar an. »Würde das gehen, Eure Hoheit? Das ist zu viel der Güte.«

Ich schüttelte den Kopf. »Nein, das ist selbstverständlich. Bitte, gib der Küche Bescheid, dass du ab jetzt auf unbestimmte Zeit freigestellt bist. Ich kümmere mich um deine Nachteinteilung bei der Hausdame.«

Tala machte einen Knicks. »Vielen Dank, Eure Hoheit!« Ihre Augen glänzten. Waren das Tränen?

Sie blinzelte mehrmals und atmete tief durch. »Möchtet Ihr einen geflochtenen Zopf oder eine Hochsteckfigur?«

Ich tat ihr den Gefallen und drehte mich wieder zum Spiegel hin. Innerlich hoffte ich, dass Tala die neu gewonnene Freizeit nicht nur für ihren Vater, sondern auch für sich selbst nutzen würde. Aber so, wie ich sie kannte, war Selbstfürsorge kein Teil ihres Wortschatzes.

***

Nachdem ich angezogen und hergerichtet war, begab mich auf den Weg durch die prunkvollen Gänge des Schlosses. Gemälde vergangener Herrscher und historische Artefakte schmückten die Wände und erzählten stumm von der reichen Geschichte meiner Vergangenheit. Auch an einem Porträt meines Vaters lief ich vorbei.

Jedes Mal verspürte ich einen dicken Kloß in meinem Hals, wenn ich in sein ernstes Gesicht sah. *Ob er stolz auf mich wäre?*

Ob ich mich stark genug für ihn verhielt?

Im Thronsaal erwartete mich ein opulentes Frühstück, das von den Bediensteten der Schlossküche liebevoll zubereitet worden war. Der Duft von frisch gebrühtem Kaffee und den tropfenförmigen, warmen Brötchen erfüllte die Luft.

Ich setzte mich an den festlich gedeckten Tisch und genoss es, einmal keine Hiobsbotschaften zu erhalten.

***

Nachdem ich ausschweifend gefrühstückt hatte, ging ich zu meinem Gemach zurück und lief dabei Tala in die Arme. Die Zofe verbeugte sich und stellte einen Stapel frische Wäsche aufs Bett.

»Eure Hoheit«, begrüßte sie mich.

»Ich kam vorhin gar nicht dazu, mich nach Euch zu erkundigen. Bitte verzeiht. Wie habt Ihr geschlafen?«, fragte sie, während sie das Fenster öffnete und Kleider im Schrank verstaute.

»Nicht schlecht, aber auch nicht gut.«

»Jeder würde verstehen, wenn Ihr nach dieser Nacht müde wärt, Eure Hoheit.« Nachdem sie das Kleid auf die Kommode neben dem Fenster gelegt hatte, goss sie Wasser in eine blecherne Schüssel und bedeutete mir, mich hinzusetzen. »Darf ich?«, fragte sie höflich und deutete auf meine Hände.

Ich nickte und nahm vor einem runden Spiegel an der Kommode Platz.

Tala nahm meine Hände und legte sie in das angenehm warme Wasser. Dann begann sie, sie pflichtbewusst zu waschen und zu massieren.

»Vor dem Schloss warten einige Leute«, brach sie nach einer Weile das Schweigen.

»Was?« *Oh nein.*

»Ja. Viele von ihnen sind bereits seit Sonnenaufgang dort.«

»Ich schätze, das ist kein gutes Zeichen?« Ich versuchte mich an einem Lächeln, doch Talas Miene blieb ernst.

»Ich weiß nicht, was los ist. Manche sagen, Ihr wärt gestern Nacht zum See gegangen und es wäre ein seltsames Tier in der Luft gesichtet worden.«

Ich zog scharf Luft ein. »Ein Tier?«

»Ja. Einige Leute sagten, dass es ein Drache war, andere sind anderer Meinung. Aber es besteht kein Zweifel, dass viele die lauten Flügelschläge in der Luft hören konnten.« Tala wrang das Tuch aus, mit dem sie über meine Haut strich und fuhr fort. »Sie haben Angst, dass der Drache zurückkommen und unser Königreich zerstören könnte.«

Ich schüttelte den Kopf. »Wer hat das gesagt? Ich muss noch einmal mit den Leuten reden«, überlegte ich laut.

Und vor allem mehr über den Fluch herausfinden.

»Ich schätze, das wäre das Beste, Eure Hoheit«, stimmte mir Tala zu.

»Dann lass uns keine Zeit mehr verlieren.«

Sie nickte, schob die Schüssel mit dem Wasser zur Seite und tupfte mich trocken.

Es wurde höchste Zeit, dass ich mehr Zeit mit meinem Volk verbrachte.

Tala knickste und verabschiedete sich, während ich das Zimmer mit einem Apfel in der Hand verließ.

Ich ging durch die Korridore, lief die Treppen hinunter und als ich die Schlosstür öffnen ließ, fingen die Leute an zu schreien und zu winken.

Tief durchatmen.

»Eure Majestät!«

»Wo ist der Drache?«

»Wird der Drache unser Königreich angreifen?«

»Wann kommt der Drache zurück?«

Ich blieb stehen und holte tief Luft. Dann machte ich einen Schritt nach vorne, während meine Wachen mich begleiteten.

»Bitte beruhigt euch doch! Ich weiß, dass ihr viele Fragen habt. Aber lasst mich noch ein paar Worte sagen, bevor ich alles beantworten werde.«

Eine junge Frau mit braunen, kurzen Haaren trat vor.

»Meine Königin. Wir warten bereits seit Stunden auf eine Antwort. Bitte sagt uns, ob der Drache zurückkommt.«

»Wie heißt du?«, fragte ich sanft.

»Laura. Ich arbeite im Dorf, Eure Hoheit.«

»Laura. Ich weiß es zu schätzen, dass du die ganze Nacht hier gewartet hast. Lass mich dir etwas sagen, meine Liebe. Der Drache hat niemandem Schaden zugefügt. Ich möchte nicht, dass du dich vor ihm fürchtest, er wird unser Königreich nicht angreifen. Er ist kein Feind, sondern ein Freund.«

»Aber woher wisst Ihr, dass er kein Feind ist? Wie könnt Ihr Euch sicher sein, dass wir dem Drachen vertrauen können?«, fragte ein Mann mit langen, kastanienbraunen Haaren.

»Ich kann nicht garantieren, dass nichts passiert. So etwas kann niemand.«

Das Gemurmel wurde wieder lauter.

»Ich kann nicht einmal versprechen, dass er niemandem Schaden zufügen wird. Ich kann nur sagen, dass ich ihm vertraue und an ihn glaube. Wir sind durch das Ritual verbunden und ihr habt es ja selbst gesehen: Er hat mich unverletzt zurückgebracht!«

Ich hielt einen Moment inne und wartete auf eine Reaktion.

»Du bist unsere Königin und wir vertrauen deinen Entscheidungen. Aber der Drache ist ein Fremder. Eine Kreatur, die wir nie zuvor gesehen haben. Wie können wir an ihn glauben? Wir hörten von anderen, dass ihnen durch solch einen Drachen Leid zugefügt wurde. Der Drache ist anders als wir.«

»Das ist er. Das ist wahr. Und wir sollten unsere Unterschiede respektieren, so wie wir die des anderen akzeptieren sollten. Ungleichheiten sind kein Problem, es ist die Unwissenheit, die sie zu einem Problem macht. Wir sind alle gleich. Wir sind alle Lebewesen und wir alle haben das Recht, ein gutes Leben zu führen. Ich bitte euch. Habt keine Angst vor dem Drachen. Er ist weder ein Feind noch eine Bedrohung für unser Königreich.«

»Was wird mit ihm passieren?«, rief Laura erneut.

Ich überlegte kurz. »Der Drache ist ein freier Geist. Er kann gehen, wohin er will. Aber er ist ein Freund dieses Königreichs. Deshalb möchte ich, dass ihr ihn akzeptiert und willkommen heißt. Vielleicht bekommen wir eines Tages die Chance, uns mit ihm anzufreunden.«

Jemand spuckte auf den Boden.

»Er ist also freundlich?«, hakte Laura nochmals nach.

»Ich weiß, dass er ein freundliches Wesen ist. Er ist keine Gefahr. Und er ist kein Monster. Wir können entscheiden, wie wir uns ihm gegenüber verhalten. Es ist unsere Entscheidung. Unsere Wahl. Was sagt ihr?«

Die Leute schienen meine Antworten zu akzeptieren und ich spürte, wie mir ein Stein vom Herzen fiel. Trotzdem sah ich noch immer viele misstrauische Blicke unter meinem Volk. Doch mehr konnte ich für sie nicht tun.

»Vielen Dank, Majestät.« Laura verneigte sich und trat zurück.

»Nein, ich danke euch für euer Verständnis. Ich bin dankbar, dieses Königreich regieren zu dürfen.«

Ich drehte mich um und ging zurück zum Schloss. Sobald sich die Türen wieder hinter mir geschlossen hatten, stieß ich ein Seufzen aus.

Zum Glück wartete bereits meine Zofe auf mich.

»Meine Königin«, sagte sie und machte einen Knicks.

Ich würde ihnen beweisen, dass sie sich auf mich als Königin verlassen können.

»Tala, meine Liebe. Ich würde gerne das Dorf besichtigen. Ich muss unbedingt mein Volk etwas besser kennen lernen und würde gerne einkaufen gehen. Würdest du mich begleiten? Natürlich nur, wenn dein Vater deine Hilfe nicht benötigt.«

»Sehr gerne«, entgegnete sie lächelnd. »Ich glaube, ich könnte ein bisschen frische Luft ebenso gut gebrauchen.«

Ich erwiderte ihr Lächeln. »Perfekt. Ich muss vorher noch zu einer Besprechung, danach können wir gehen.«

Zusammen liefen wir den langen Gang entlang und ich bereitete mich auf meine Pflicht als zukünftige Königin vor.

***

Nachdem ich eine hitzige Diskussion über das Verteilen der Notvorräte an das Volk mit Lord Raser hatte, war ich wirklich froh, etwas aus dem Schloss zu kommen.

Ich holte mir einen Umhang, dann verließ ich zusammen mit Tala das Schloss durch den Dienstbotenausgang, um kein Aufsehen zu erregen.

Als wir die Schlossmauern hinter uns gelassen hatten, ließen wir die Pferde satteln und begaben uns auf den Weg ins angrenzende Dorf.

Die Sonne neigte sich langsam dem Horizont entgegen, als meine Kammerzofe und ich auf unseren Pferden das Dorf erreichten. Die staubigen Straßen des bescheidenen Ortes waren von schlichten Fachwerkhäusern gesäumt, deren Dächer mit bunten Blumen geschmückt waren. Ein sanfter Wind trug den Duft von frisch gebackenem Brot und blühenden Feldern zu uns.

Ich ließ die Zügel etwas lockerer, atmete tief ein und nahm die Eindrücke um mich herum in mich auf.

Die Dorfbewohner, die unsere Ankunft bemerkt hatten, eilten schaulustig aus ihren Häusern, um einen Blick auf die unerwarteten Gäste zu erhaschen.

Kinder spielten fröhlich quietschend am Straßenrand, und ein paar Bauern kehrten von ihren Feldern heim. Glücklicherweise sprach mich niemand auf den Drachen an.

Der Marktplatz war lebendig und voller Farben. An den Marktständen flatterten bunte Stoffe im Wind und Händler boten ihre Waren feil. Frisches Obst und Gemüse stapelten sich neben handgefertigten Waren aus der Region. Wieder nahm ich den Duft von Gebäck wahr und ich schloss einen Moment lang genüsslich die Augen.

Einer der Händler preiste laut die Vorzüge seiner Gewürze an, als er uns vorbeireiten sah, während Kinder um uns herumtollten, ihre Augen weit aufgerissen vor

Freude. Nichts erinnerte an den Aufruhr heute Morgen.

Wir passierten eine kleine Kirche, deren Glocken gerade zu läuten begannen.

Einige Dorfbewohner traten heraus, gekleidet in schlichte, aber gepflegte Gewänder. Ihr Blick verriet Ehrfurcht und Respekt, als sie erkannten, wer da durch ihre Gemeinschaft ritt.

Während wir weiterzogen, beobachtete ich die Menschen und ihre täglichen Aktivitäten. Die enge Verbundenheit der Dorfgemeinschaft war spürbar und ich konnte ihre Herzlichkeit förmlich in der Luft fühlen. Es war ein Moment der Einheit zwischen dem königlichen Hof und den bescheidenen Leben im Dorf – eine Verbindung, die oft vernachlässigt wurde, aber von unschätzbarem Wert war.

Ich war viel zu selten hier.

Schließlich kamen wir an einem kleinen, bunten Haus an und Tala stieg von ihrem Pferd.

Sie nahm die Zügel in die Hand und band auch die von meinem Schecken an einem länglichen Holzpflock fest.

»Eure Hoheit, darf ich bitten?« Tala reichte mir die Hand und half mir von meinem Pferd.

»Was machen wir hier?«, fragte ich gespannt und zupfte mein Kleid zurecht.

»Das ist die beste Schneiderin im ganzen Reich, Eure Majestät. Man kann doch nie genug Kleider haben, oder?« Ein Grinsen umspielte ihren Mund und ich musste ebenfalls Lächeln. Ein Moment der Vertrautheit machte sich zwischen uns breit.

»Danke, Tala. Ich schätze deine Sorge über meine Kleider wirklich. Aber ich glaube nicht, dass ich etwas Neues brauche.« Ich kicherte. Doch gerade, als ich die Worte aussprach, fiel mir etwas anderes ein. Wenn ich wieder auf dem Drachen reiten wollte, brauchte ich auf jeden Fall andere Kleidung.

Moment, ich wollte noch einmal auf ihm reiten? Woher kam denn dieser Gedanke? Wer wusste, ob er mich überhaupt noch einmal mitnehmen wollte. Und wenn doch, weshalb? Meine Gedanken rasten.

»Vielleicht ist es doch keine so schlechte Idee«, erwiderte ich.

Tala nickte, ging durch die Tür und hielt sie mir auf. Die Klingel über der Ladentür signalisierte unser Eintreten, während der verlockende Duft von frisch gewaschener Baumwolle und duftendem Stoff meine Sinne umhüllte.

Ich staunte nicht schlecht.

Der Raum war sorgfältig eingerichtet, mit maßgefertigten Holzregalen, die mit bunten Garnrollen, feinen Stoffballen und Handarbeitsutensilien gefüllt waren. Das zarte Klappern einer Nähmaschine drang aus der Werkstatt im Hintergrund, wo die Schneiderin vermutlich fleißig an ihren neuesten Kreationen arbeitete.

Tala hatte nicht zu viel versprochen.

Überall in dem kleinen Laden hingen Stoffmuster an den Wänden, eine reiche Auswahl an Texturen und Farben, die die Kreativität der Schneiderin widerspiegelten.

Ein gemütlicher Anprobetisch in der Mitte des Ladens trug Nadelkissen, Maßbänder und eine Vielzahl von

Schneiderwerkzeugen. Hinter dem Tisch stand ein großer Spiegel, der dazu einlud, die maßgeschneiderten Kreationen anzuprobieren. Es war, als würde man in eine andere Welt eintauchen.

»Momentchen, ich komme gleich!«, rief eine ältere, raue Stimme uns zu.

»Wollt Ihr Euch etwas umsehen, Eure Hoheit?«, fragte meine Zofe.

Ich nickte, während ich aus dem Staunen gar nicht mehr herauskam.

Wieso hatte ich bisher von diesem Geschäft noch nie gehört? Weil du dich bisher immer aus allem zurückgezogen und verschlossen hast und es dein Vater dir nicht erlaubt hat, flüsterte eine leise Stimme in meinem Inneren.

Während ich den Laden durchstreifte, konnte ich die Leidenschaft und Sorgfalt fühlen, die in jedes Stück Stoff gesteckt wurde. Es war ein Ort, der nicht nur Kleidung schuf, sondern Geschichten erzählte – von individuellen Stilen, einzigartigen Persönlichkeiten und der Kunst der Schneiderin, die all dies zum Leben erweckte.

»Da bin ich schon, verzeiht bitte, dass ihr warten musstet!« Die Schneiderin sah aus wie eine erfahrene Handwerkerin. Sie hatte einen Gürtel um sich geschnallt, an dem Garn und Stickzeug hing. Ihr Gesicht war von vielen Jahren harter Arbeit gekennzeichnet, doch gekleidet war sie in ein aufwendig besticktes Gewand, das ihre handwerkliche Kunst widerspiegelte. Mit einem freundlichen Lächeln begrüßte sie uns, dann keuchte sie kurz auf. »Eure Hoheit! Was für eine Ehre!«, rief sie ehrfürchtig und machte einen tiefen Knicks.

»Das ist ein wunderschöner Laden!«, entgegnete ich höflich.

Die Schneiderin strahlte bei meinen Worten über das ganze Gesicht.

»Seid gegrüßt, gute Frau. Wir würden gerne ein paar neue Kleidungsstücke kaufen. Die Königin möchte etwas ... ähm ...« Tala blickte mich fragend an.

»Praktisches«, ergänzte ich und lächelte.

»Natürlich, natürlich. Bitte folgt mir. Ich zeige Euch die neuesten Modelle. Wenn Ihr möchtet, könnt Ihr gleich etwas anprobieren. Alles gar kein Problem!«, sang sie, während sie wieder durch den Laden wuselte.

»Das klingt doch gut«, gab ich lächelnd zurück.

Wir folgten ihr weiter in den Laden hinein. *Von außen hatte das Geschäft nur halb so groß ausgesehen.*

Um uns herum standen Regalreihen voll verschiedener Kleidung. Hemden, Hosen, Röcke, Mäntel, und vieles mehr.

Die Verkäuferin führte uns zu einer Abteilung mit verschiedenen Hosen und einigen schlichteren Kleidern.

»Hier sind die neuesten Kleidungsstücke. Ich habe sie in verschiedenen Stilen, Farben und Materialien. Auf Wunsch kann ich Euch alles anpassen! Schaut Euch gerne alles an und lasst es mich wissen, wenn Ihr meine Hilfe benötigt«, sagte die Schneiderin und zog sich mit einem weiteren Knicks zurück.

Ich schaute mir die verschiedenen Artikel an. Tala blieb immer einen respektvollen Schritt hinter mir.

»Ich find diese ganz schön, was denkst du?« Ich nahm eine dunkelblaue Hose aus dem Regal, die mit ihrem

Lederstoff an den Innenschenkeln an eine Reiterhose erinnerte.

Tala nickte mir zustimmend zu. »Die hier sehen auch toll aus.« Sie hielt mir eine rote, leicht verzierte Hose entgegen. »Die Edelleute werden staunen, wenn sie sehen, dass ihr Hosen tragt!«

»Sollen sie doch denken, was sie wollen. Ich brauche etwas Praktisches und mit diesen Kleidern kann ich mich nicht frei bewegen.«

»Kleider sind schön, aber so unfassbar unpraktisch«, stimmte sie mir zu.

»Liebe Schneiderin, könnte ich diese hier anprobieren?«, rief ich in den Raum hinein.

Nur einen Moment später eilte die Verkäuferin herbei, nahm die Hose entgegen und hielt sie mir bis zur Hüfte.

»Das ist perfekt«, sagte sie zufrieden. »Nur zu!«

Ich schlüpfte in die kleine Kabine, die von einem langen Stoffvorhang versteckt gehalten wurde und zog die Hose an.

Plötzlich hörte ich die Ladenklingel. Jemand trampelte über den Holzboden und blieb unweit von mir stehen. »Sarah, ich komm heute erst spät zurück!«, rief die Person mit einer Stimme, die mir Gänsehaut über den Rücken jagte.

Ich hörte wie sich die Schneiderin von uns entfernte. »Schon wieder?!«, rief sie empört. »Was ist diesmal deine Ausrede? Du hängst doch bloß wieder mit Gunter in der Schenke herum!«

Ich konnte ihre Wut bis hierher hören.

Hoffentlich verschwand der Kerl bald wieder. Ich hatte wenig Lust, in den Streit hineinzuplatzen.

»Ich hänge nicht mit ... Sarah, das ist wichtig«, sagte er etwas behutsamer.

Die Schneiderin schnaubte. »Es ist immer alles *wichtig.*«

»Denk, was du willst, Weib. Aber du wirst mir noch dafür danken, wenn wir nicht vom Ungeheuer gegrillt werden!«

Wieder hörte ich schwere Schritte, diesmal entfernten sie sich allerdings.

Die Ladenklingel ertönte und kurz darauf fiel die Tür ins Schloss.

Das Ungeheuer? Was hat er vor? Bevor ich länger darüber nachdenken konnte, riss mich Tala aus meinen Gedanken.

»Eure Hoheit, ist alles in Ordnung?«, drang ihre Stimme an mein Ohr.

»Ja. Ich nehme die dunkelblaue«, sagte ich und kam hinter dem Vorhang hervor.

»Sie passt perfekt zu Euch«, entgegnete Tala.

Ich lächelte. »Was kostet sie?«, fragte ich die Verkäuferin, die wieder zu uns zurückgelaufen kam. Sie ließ sich von dem Streitgespräch mit dem Mann nichts anmerken.

»Diese kostet fünf Silbermünzen. Aber Ihr seid die zukünftige Königin, also können wir sie Euch für zwei geben.«

»Danke, ich schätze das wirklich.« Ich gab ihr ein Goldstück. »Das passt so.«

Überrascht drehte sie es in der Hand.

»Das ist zu viel, Eure Hoheit. Das kann ich nicht annehmen!«

»Ich möchte, dass du es nimmst. Deine Kleidung ist von guter Qualität«, versicherte ich ihr.

Die Schneiderin verbeugte sich tief. »Danke. Vielen Dank!«

Ich nickte ihr zu, nahm die Papiertüte mit der Hose entgegen und wir verließen den Laden.

»Seid Ihr hungrig, Majestät?«, fragte Tala, die mir sofort die Tasche abnahm und am Sattel ihres Pferdes befestigte.

»Ja, ein bisschen«, gestand ich und schaute mich suchend um.

»Ich kenne einen Ort, an dem wir ungestört essen können. Das Geschäft heißt *Golden Apple*. Der Apfelkuchen dort ist himmlisch!« Bei den Worten verdrehte sie verzückt die Augen.

»Das klingt vielversprechend!«, entgegnete ich und wartete, bis mir Tala wieder auf mein Pferd half.

Ich ritt meiner Zofe für einige Zeit hinterher, bis wir vor einem unscheinbaren, schiefen Haus in einer Seitenstraße zum Stehen kamen.

Ein mulmiges Gefühl stieg in mir auf. *Schon wieder ein Ort, an dem ich noch nie zuvor gewesen war.* Eine zukünftige Königin sollte ihr Reich besser kennen.

»Wir können die Pferde hier lassen!«, rief Tala vergnügt und half mir abermals von meinem Tier.

Als wir den kleinen Bäckerladen betraten, wurde ich von einem verführerischen Duft nach frisch gebackenem Brot und Naschwerk begrüßt.

Die Glocke über der Tür klingelte auch hier, als wir den Raum betraten. Sofort fanden wir uns in einer Welt aus süßen und würzigen Aromen wieder.

Die Regale waren gefüllt mit einer Vielzahl von Brotlaiben, Brötchen und meinen heiß geliebten Küchlein. Überall konnte man die kunstvoll geformten Teigwaren bewundern. Die goldenen Krusten der Brote schimmerten im warmen Licht des Feuers, das im offenen Holzofen brannte.

Es war schwer zu glauben, dass ich bisher nichts von diesem Laden gehört hatte.

Meine Augen wanderten über die prächtigen Torten, die mit frischen Beeren dekoriert waren und den knusprigen Laiben, die ich definitiv noch nie gegessen hatte. Einzig und allein die tropfenförmigen Brötchen und ein paar wenige Küchlein mit Seeberen erkannte ich wieder.

Außer Tala und mir waren noch zwei weitere Frauen in der Bäckerei. Als sie mich sahen, verfielen sie sofort in einen tiefen Knicks. Obwohl ich es gewohnt war, war es mir in diesem Moment unangenehm. Ich hatte das Gefühl, dass ich nicht an diesen Ort gehörte.

Der Bäcker, der mit einer mehlbestäubten Schürze und einem freundlichen Lächeln aus dem Nebenraum heranschritt, begrüßte die Kunden und verbeugte sich ebenfalls, als er mich sah.

»Eure Hoheit, was für eine Ehre, Euch hier zu sehen! Was kann ich für Euch tun?«, sagte er und ich fühlte einen Stich in der Magengegend. Das schlechte Gewissen nagte an mir.

»Vielen Dank. Doch die Damen hier waren vor uns hier«, gab ich lächelnd zurück.

Der Bäcker sah verwirrt zwischen mir und den Damen hin und her, doch als ich ihm noch mal ermutigend zunickte, bediente er sie zuerst.

Es war schön, zu sehen, wie er ihnen bei der Auswahl ihrer Einkäufe half. Ich konnte sehen, wie er mit Hingabe und Leidenschaft arbeitete und es machte mich ein wenig traurig, dass der Königshof bisher nichts von ihm erfahren hatte.

Als wir an der Reihe waren, entschied ich mich für den mit Mandelblättchen bestreuten Apfelkuchen, dessen köstlicher Duft mich beim Betreten des Ladens umschmeichelt hatte.

Der Bäcker verpackte den Kuchen sorgfältig in einer Papiertüte und als ich den Laden verließ, konnte ich noch immer den unwiderstehlichen Duft des frischen Gebäcks riechen.

»Erinner mich daran, dass wir häufiger von hier bestellen, Tala«, sagte ich zu meiner Zofe und nahm ein Stück des Kuchens aus der Tüte.

»Gerne, Eure Hoheit.« Sie hob die Augenbrauen. »Verzeiht, aber wir haben gar keine Teller dabei«, bemerkte sie erschrocken.

Ich lachte. »Hast du noch nie mit Fingern gegessen?«, fragte ich und brach ein Stück aus dem Apfelkuchen heraus. Dann ein Zweites.

Sie grinste zuerst verunsichert, nahm dann jedoch eines der Stücke entgegen. »Doch, klar!«

»Verratet es nicht dem Magister«, sagte ich mit vollem Mund und lächelte verschwörerisch.

Tala hustete. »Erschreckt mich doch nicht so, Eure Hoheit!«, entgegnete sie gespielt empört.

Eine Welle der Leichtigkeit durchdrang meinen Körper, als wir so an den Pferden lehnten und friedlich unseren Apfelkuchen vertilgten. Den wohlgemerkt besten Apfelkuchen, den ich jemals gegessen hatte!

Diese ungezwungenen Unterhaltungen hatte ich vermisst.

***

Etwas später nahmen wir die Pferde und liefen zu einer naheliegenden Bank, die sich außerhalb der Seitengasse befand.

Die Sonne stand hoch am Himmel und zum ersten Mal seit einigen Tagen konnte ich wieder entspannt durchatmen. Ihre Strahlen tauchten die Szenerie in ein sanftes, goldenes Licht. Neben mir saß meine liebe Zofe, die vertraute Begleiterin, die ich bereits viel zu lange von mir weggestoßen hatte.

Um uns herum erstreckten sich die kleinen Fachwerkhäuser mit blühenden Fensterkästen, die mit prächtigen Blumen geschmückt waren. Die Dorfbewohner gingen bedächtig ihren alltäglichen Aufgaben nach und das sanfte Gemurmel ihrer Stimmen vermischte sich mit dem leisen Rauschen des Windes in den nahegelegenen Bäumen.

Doch der friedvolle Moment hielt nicht lange an.

Ein älterer Mann und eine Frau, beide offensichtlich in der örtlichen Gemeinschaft tief verwurzelt, schienen in einen Meinungsstreit verwickelt zu sein. Die Worte flogen hin und her, begleitet von energischen Gesten und einer zunehmend spürbaren Spannung.

Die Dorfbewohner, die zuvor in aller Ruhe ihrer Wege gegangen waren, hatten sich zu einer kleinen Traube versammelt, um das Geschehen zu beobachten.

Tala und ich tauschten einen besorgten Blick aus und ich fühlte den Wunsch, diesen Zwist zu schlichten und die Harmonie in diesem Dorf wiederherzustellen.

»Worüber streiten sie?«, fragte ich leise.

Tala rutsche etwas näher. »Die Ernte wächst nicht gut. Und dieses Jahr scheint es schlimmer zu werden.« Ein Seufzen entwich aus ihrem Mund. »Die Menschen machen sich Sorgen. Sie wissen nicht, was sie tun sollen. Die meisten von ihnen können es sich nicht leisten, Lebensmittel zu kaufen, da die Preise steigen. Und es ist schwierig, die Ernte zu verkaufen, wenn es nicht viele Kunden gibt. Es ist ein Teufelskreis.«

Angespannt presste ich die Lippen aufeinander.

»Haben die Bauern nicht ganze Ländereien, auf denen sie ihr eigenes Essen anbauen können?« Von Ackerbau und Viehzucht hatte ich wenig Ahnung.

In Momenten wie diesen wurde mir das wieder bewusst.

»Ja, doch es braucht Zeit, bis die Ernte wächst. Außerdem ist die Ernte nicht groß. Sie haben Abgaben an die Königsfamilie.« Sie blickte mich entschuldigend an. »Völlig zurecht natürlich.«

Ich schloss nachdenklich die Augen. »Wir könnten die Abgaben verringern«, murmelte ich mehr zu mir selbst.

»Mit Verlaub, ich glaube das würde nicht reichen. Die Bauern können ihre Felder nicht weiter ausbreiten. Viele Ländereien müssen geteilt werden. Anderes ist nicht fruchtbar.« Tala hörte gar nicht mehr auf zu reden. »Die Bauern müssen mehr Zeit mit der Bearbeitung der Böden verbringen.«

Ich öffnete meine Augen wieder und schaute meine Zofe verwundert an. »Du weißt eine Menge über Landwirtschaft.«

Tala lächelte. »Das mag Euch vielleicht überraschen, aber mein Vater ist Bauer. Er besitzt einen großen Bauernhof, auf dem er Kartoffeln, Äpfel und Kürbisse anbaut. Er arbeitet hart, aber die Ernten sind gering und die Preise für Samen hoch.«

»Was denkst du, wie könnten wir das Problem lösen?«

Das Paar unweit von uns stritt immer noch.

Und Tala sah auf den Rest ihres Apfelkuchens hinunter.

»Wir können nicht viel tun. Der Boden ist trocken und die Pflanzen sterben. Wir brauchen Wasser. Die Flüsse und Seen sind fast leer. Das Wasser aus dem See der Seelen will niemand verwenden. Hinzu kommt, dass es seit Wochen nicht geregnet hat. Es ist fast so, als wären wir verflucht.« Sie schluckte und wurde plötzlich ungewöhnlich still.

Ich legte meine Hand auf ihre Schulter und fühlte mich hilflos. »Was ist los, Tala? Ich hab dir schon mal gesagt, dass du mit mir über alles reden kannst. Das meine ich ehrlich.«

Tala holte tief Luft. »Versprecht mir, dass mir kein Unheil drohen wird, Eure Hoheit. Bitte.«

Nun wurde ich hellhörig. Wie aufs Wort beschleunigte sich mein Puls und ein unangenehmes Ziehen machte sich in meiner Magengegend breit.

»Natürlich, du hast mein Wort«, sagte ich und fing ihren flehenden Blick auf. *Was bedrückte sie, das so furchtbar war?*

Meine Zofe seufzte. »Ihr müssen mir glauben, dass ich es nicht ernst nehme. Es ist nur ein Gerücht ...«

»Bitte sag mir, was du weißt. Wenn es das Königreich betrifft, ist das wichtig!«, erinnerte ich sie.

»Ich weiß. Es ist nur ... Die Leute im Dorf sagen, dass es die Schuld des Drachen ist. Einige sprechen sogar davon, dass er das Königreich verflucht hat. Sie nennen ihn *das fliegende Übel.*«

Mein Herz setzte einen Schlag aus. Ich traute meinen Ohren nicht. *Wie konnte jemand solche Lügen verbreiten? Gewin hatte niemanden etwas getan.* Meine Rede vor dem Volk hatte scheinbar ihre Wirkung verpasst. Oder war das noch das Gerede von davor? Egal! Ich musste mit dem Drachen reden, musste ihn warnen.

»Das ist lächerlich. Der Drache hat nichts falsch gemacht. Er lebt seit Jahren in den Bergen und unserem See und hat nie Probleme verursacht.«

»Ich weiß, aber die Leute haben Angst«, erwiderte Tala schnell. »Und sie sind wütend. Sie suchen einen Schuldigen für die schlechte Ernte und da kommt die neue Kreatur wie gerufen.«

Ich nickte seufzend.

»Dann müssen wir eine Lösung finden. Wenn die Flüsse und Seen leer sind, müssen wir dafür sorgen, dass das Wasser fließt. Wir brauchen Regen. Nur so können wir die Gerüchte im Keim ersticken.«

Ich hatte plötzlich keinen Appetit mehr. Ich beschloss, den Rest meines Apfelkuchens einem Bettler zu geben.

»Ich bin froh, dass du mit mir gesprochen hast. Vielen Dank für dein Vertrauen. Lass uns aber zurück zum Schloss gehen.«

»Ja, Eure Majestät.« Sie stand sofort auf und wischte die Krümel von unseren Kleidern.

Ich war froh, dass Tala sich mir erneut anvertraut hatte. Trotzdem machte sich auf dem Heimweg eine unangenehme Stille zwischen uns breit.

11

Ich war völlig in meinen Gedanken versunken. Dass Gewin für die Dürre verantwortlich sein sollte, konnte ich mir beim besten Willen nicht vorstellen. Ich war mir sicher, dass etwas anderes dahintersteckte. Die Tatsache, dass die Menschen solche Geschichten glaubten, war besorgniserregend – aber eben auch menschlich. Ich musste herausfinden, wie ich ihnen helfen konnte.

Also beschloss ich, morgen noch einmal mit den Lords über die diesjährige Ernte zu sprechen. Wir mussten für das Leid unseres Volkes eine Lösung finden.

Als wir zum Schloss zurückkamen, ging die Sonne bereits unter. Ich war müde und mein Körper tat weh. Ein Zustand, in dem er sich in letzter Zeit nur allzu häufig befand.

Tala ging hinter mir. Sie blieb noch immer schweigsam.

»Vielen Dank, dass du mich begleitet hast. Und dass du mir diese fabelhafte Bäckerei gezeigt hast«, sagte ich im Versuch, sie aufzumuntern.

»Immer gerne, meine Königin.« Sie lächelte, doch es erreichte nicht ihre Augen.

Ein heraneilender Stallbursche nahm uns die Pferde ab, doch ich wandte meinen Blick nicht ab.

»Vielen Dank. Für alles. Wenn du magst, kannst du für heute gehen«, sagte ich mit etwas mehr Nachdruck.

»Keine Ursache, Eure Hoheit«, erwiderte sie, knickste dabei und verschwand im Schloss.

Wieso herrschte zwischen Königsfamilie und den Bediensteten stets so ein angespanntes Verhältnis? Ich war doch immer bedacht darauf gewesen, dass es meinen Dienern an nichts fehlte. Und Tala und ich hatten heute definitiv ein paar ungezwungene Momente gehabt. Andererseits musste ich zugeben, dass ich über das wirkliche Leben meines Volkes scheinbar nicht viel wusste. Und das ärgerte mich gewaltig.

So eine Königin wollte ich nie sein. Es machte mich traurig.

Ich nahm das rege Treiben im Schlosshof kaum wahr. Mit einem Tunnelblick lief ich durch die Schlosstür und machte mich auf den Weg zu meinem Schlafgemach.

Ich musste einen Weg finden, mein Volk mit genügend Nahrung zu versorgen.

Sobald ich die Tür geschlossen hatte, schälte ich mich aus meiner Kleidung, warf das Kleid auf den Boden und stieg in die Badewanne, die Minerva glücklicherweise bereits für mich eingelassen hatte.

Ich stöhnte angenehm auf, als das heiße Wasser meine Füße berührte. Wie ein wohlig-warmer Mantel legte sich der Schaum Stück für Stück um meinen gesamten Körper und für einen Augenblick hatte ich das Gefühl, dass das Wasser die Sorgen des Tages einfach wegwusch.

***

Nachdem ich mich gewaschen hatte, kroch ich ins saubere Bett. Meine Gedanken kreisten noch immer um den Streit, den ich im Dorf beobachtet hatte. Ich dachte an den Drachen. Wie es ihm wohl ging? Ob er alleine in seiner Höhle saß?

Ich schüttelte den Kopf.

Natürlich, was sollte er sonst tun?

Das Gespräch des Mannes mit der Schneiderin fiel mir wieder ein. Ob er den Drachen als Ungeheuer betitelt hatte?

Gewin, kannst du mich hören?

Ich wartete einen Augenblick und hielt den Atem an. Ich musste ihn warnen. Selbst, wenn er nicht gemeint war, er musste es wissen.

Wieso antwortete er nicht?

Gewin? Es ist wichtig!

Unruhig wälzte ich mich in meinem Bett hin und her.

Warum machst du dir nur solche Sorgen um ihn?, fragte ich mich selbst.

Doch ich wusste keine Antwort darauf.

***

Mitten in der Nacht wachte ich auf, weil das Fenster offen stand. Es war stürmisch und ich konnte den Wind an den hölzernen Fensterläden hören.

Ich seufzte, weil ich wusste, dass ich aufstehen musste, um sie wieder zu schließen.

Plötzlich hörte ich einen lauten Knall und einen ohrenbetäubenden Schrei. Mein Puls schoss in die Höhe und mit einem Mal saß ich kerzengerade in meinem

Bett. Nur einen Moment später rannte ich zum Fenster und sah hinaus.

Ein dunkler, großer Schatten lag auf meinem Balkon. Nur das Mondlicht verriet mir, dass es die Umrisse eines Drachens sein mussten.

Ich öffnete die Balkontür und trat ins Freie. Augenblicklich legte sich eine Gänsehaut um meinen Körper. Mit jedem weiteren Windzug stellten sich die feinen Härchen auf meinen Armen und Beinen auf.

Ich traute meinen Augen kaum.

Er lag einfach so da, seine Flügel eingerissen und blutig. Die dunkle Flüssigkeit tropfte auf den steinernen Boden und hinterließ eine große Pfütze. Ein Stechen zog sich durch meinen Magen, als ich näher zu ihm herantrat. Vorsichtig berührte ich seinen Körper, spürte, dass er fürchterlich zitterte.

Es war Gewin.

Mein Herz raste. »Was ist passiert?«, fragte ich zitternd.

Es dauerte einen Moment, bis er antwortete. »Ich wurde angegriffen.« Der Drache schnaufte schwer.

»Angegriffen? Von wem?« Auf der Suche nach weiteren Wunden ließ ich meinen Blick besorgt über seinen gesamten Körper wandern. In diesem Moment war ich froh, dass mein Balkon solch riesige Ausmaße hatte.

»Ich weiß nicht«, presste er mühsam hervor.

Ich konnte die Wut und den Schmerz in mir spüren. *Nein, Moment.* Ich konnte Wut und Schmerz in IHM spüren. Seine Gefühle waren so heftig, dass sie sich über unsere Verbindung auf mich übertrugen. *Wie konnte es jemand wagen, den Drachen so zu verletzen? Wie konnte es jemand wagen, IHN so zu verletzen?*

Die Worte des Mannes bei der Schneiderin, der Streit in der Stadt ... Hatten sie etwa ...? Scheiße!

Da fiel es mir wie Schuppen von den Augen. Das war der Grund, weshalb er gestern nicht geantwortet hatte.

Ich musste mich beruhigen. Jetzt war keine Zeit für ungelenke Gefühlsausbrüche. Ich musste mich konzentrieren. Wie konnte ich ihm helfen?

»Ich werde Hilfe holen«, sagte ich, wobei es eher wie eine Frage als eine Aussage klang.

»Nein!«, zischte er.

»Ich kann dich nicht alleine heilen. Deine Wunden sind viel zu tief.« Verzweiflung legte sich in meine Worte.

»Bitte, du darfst das niemanden erzählen. Sie machen Jagd auf mich und würden mit Sicherheit nicht vor dem Schloss Halt machen.«

»Du hast Schmerzen und ich werde dich nicht sterben lassen«, versuchte ich ihn zu überzeugen. »Bitte, du musst mir vertrauen.«

Einen Moment lang herrschte Stille.

Unsicher ging ich in die Hocke und presste mein Ohr an seinen Körper. Atmete er noch? Alles, was ich hörte, war das Rauschen meines eigenen Pulses.

Verdammter Mist, wieso hörte ich keinen Atem?

Panisch tastete ich die einzelnen Schuppen am Brustkorb ab.

»Das tue ich. Ich vertraue dir«, kam es gepresst aus dem Tier.

Er schloss seine Augen, und ich spürte ein Ziehen in meinem Magen. Er würde das nicht mehr lange durchhalten.

»Warte hier.« Mit fahrigen Händen schloss ich die Balkontür hinter mir und zog mir meinen Morgenmantel über. Wo bekam ich um diese Uhrzeit Verbände und Medizin her? *Niemand durfte Verdacht schöpfen. Ich würde einfach sagen, dass ich mir etwas zu Essen holen wollte. Bitte, bitte große Drachen, lasst das funktionieren.*

Ich ging aus meinem Zimmer, den Gang entlang und tappte in die Küche. Der Raum des Hofarztes war tabu, da er immer dort schlief, wo er arbeitete.

In der Hektik hatte ich vergessen, mir Pantoffeln überzuziehen und der kalte Steinboden jagte eine Gänsehaut durch meinen Körper.

Schnell holte ich einen Eimer Wasser und ein paar saubere Küchentücher. Das musste vorerst reichen.

Als ich bei den Gewürzen nach Bergwurz suchte, bemerkte ich, wie heftig meine Finger zitterten. Ich wusste von meiner Mutter, dass dieses Kraut nicht nur gut schmeckte. Es wirkte ebenso entzündungshemmend und blutungsstillend. Genau das, was ich jetzt brauchte. Erleichtert entdeckte ich das dunkle, getrocknete Kraut hinter den anderen. Mit den provisorischen Wundversorgungsmaterialien bewaffnet eilte ich zurück zu Gewin.

Das düstere Schloss schien sich um mich herum zu verengen, als ich mich durch die verlassenen Gänge hindurch bewegte. Mein Herz pochte in einem unregelmäßigen Takt und hinter jeder Ecke erwartete ich, dass ich von Wachen ertappt werden würde.

Doch ich hatte Glück. Abermals.

Als ich wieder auf den Balkon heraustrat, lag der Drache immer noch genauso da, wie ich ihn zuvor zurückgelassen hatte. Sein Atem ging langsam und flach, und ich konnte das Heben und Senken seiner Brust kaum mehr erkennen.

Er war schwach. Viel zu schwach. Das Ziehen in meiner Magengegend breitete sich weiter aus.

»Wo fang ich nur an?«, fluchte ich leise. Bei dieser Dunkelheit konnte ich kaum erkennen, wo er überall verletzt war. Ich spürte die Verantwortung auf meinen Schultern, doch ich zwang mich, einen klaren Kopf zu bewahren.

»Okay, Gewin. Du darfst jetzt nicht sterben, hörst du? Das werde ich nicht zulassen«, sagte ich. Doch meine Worte brachen beim Anblick seines schmerzverzerrten Gesichts. Obwohl ich ihn noch nicht lange kannte, fühlte es sich in diesem Augenblick an, als wäre er schon immer an meiner Seite gewesen.

»Ich sterbe nicht, kleine Königin. Wer gibt denn sonst darauf Acht, dass die Adligen dich nicht wieder vom Thron schubsen?«, erwiderte Gewin mit einem gequälten Grinsen, unterbrochen von einem schweren Hustenanfall.

Ich blickte ihn sorgenvoll an, reagierte jedoch nicht auf seinen lockeren Spruch.

Vorsichtig begann ich, das saubere Tuch ins Wasser zu tauchen und seine offensichtlichen Wunden zu waschen.

Obwohl Gewins Schuppen sonst auch warm waren, hatte ich das Gefühl, dass sie förmlich glühten. Sein gesamter Körper war heiß. Viel zu heiß.

»Du hast Fieber«, sagte ich, meine Stimme gesenkt. »Können Drachen überhaupt Fieber haben?«

»Ich glaube nicht«, entgegnete er schmerzerfüllt. Einen Moment lang säuberte ich stillschweigend seine Blessuren.

Die ganze Zeit über spürte ich den Blick des Drachen auf mir.

»Du solltest dich nicht um mich kümmern«, sagte er plötzlich. »Ich ... habe das nicht verdient.« Seine Stimme wurde immer leiser.

»Unsinn, so etwas darfst du nicht einmal denken!«

Wieder schwieg er einen Augenblick.

»Du bist wirklich schön, weißt du das?«, sagte Gewin unvermittelt.

»Du hast definitiv Fieber, Gewin«, erwiderte ich und legte dort, wo die Wunden gesäubert waren, den Bergwurz auf. Trotzdem zupfte ein Lächeln an meinen Mundwinkeln. Der Drache stöhnte gequält auf. »Du verschwendest deine Zeit mit mir.«

Ich ignorierte seine Aussage. »Wir sind gleich fertig!«, sagte ich ermutigend, obwohl ich wusste, dass ich niemals alle Wunden finden würde. Eine Laterne anzuzünden und das Risiko eingehen, gesehen zu werden, wollte ich allerdings auch nicht.

Die Stille der Nacht war beinahe erdrückend und die Zeit, die ich vor dem Drachen verbrachte, zog sich in die Länge.

»Ich denke, ich bin so weit fertig«, murmelte ich nach einer Weile und trat ein Stück zurück. »Das wird dir helfen. Du darfst dich nur nicht bewegen.«

»Ich werde mein Bestes geben und nicht sofort davonfliegen«, erwiderte er mit einem neckenden Unterton.

Ich wusste, dass er mich damit nur aufmuntern, die Situation entspannen wollte. Doch seine Stimme war schwach, kaum hörbar. Ich konnte den Schmerz in ihr spüren, auch wenn Gewin versuchte, ihn zu verdecken. Ein brennendes, stechendes Gefühl breitete sich in meinem eigenen Körper aus, als hätte ich selbst seine Wunden davongetragen.

Angespannt ballte ich die Hände zu Fäusten.

Und dann, als ich mich bereits umdrehen und gehen wollte, brach es über mir zusammen. Ich konnte es nicht länger zurückhalten. Heiße Tränen liefen mir über die Wangen und suchten sich ihren Weg über mein Kinn.

»Das war ein Witz, kleine Königin. Ich werde mich ausruhen«, sagte der Drache verwundert.

Er sah mich an. Seine Augen waren groß, braun und so glänzend, dass ich mich erneut in ihnen verlor. Mein Hals schnürte sich zu und ich brachte nur ein gepresstes Glucksen hervor. Schnell schüttelte ich den Kopf. Wie ein Kartenhaus brach die Last der letzten Tage über mir zusammen.

Ich schluchzte, versuchte, mein Wimmern hinunterzuschlucken, wollte stark bleiben. Doch mein Körper hatte längst die Oberhand gewonnen.

»Du weißt, dass es in Ordnung ist, Schwäche zu zeigen?«, brachte Gewin zögernd hervor.

Das sagte gerade der Richtige.

Noch immer zitterten meine Lippen beim Versuch zu sprechen.

Ein paar Wolken schoben sich über den Mond, und ich war froh, dass der Drache einen Moment lang mein Gesicht nicht erkennen konnte.

Auch ich bin eigentlich nur ein Mensch, entgegnete er durch unsere Verbindung hindurch.

Gewin beobachtete mich mit einem solch ehrlichen, besorgten Blick, dass ich einen Schritt zurücktaumelte.

Natürlich war ich es gewohnt, dass man sich um mich kümmerte. Aber bisher wurde mir immer wieder eingebläut, dass ich stark sein musste. Als Königin durfte ich niemals zweifeln. Unzählige Male hatte ich das von meinem Vater gehört.

Doch Gewin war anders. Er sah meine Unsicherheit nicht als Schwäche, sondern als Menschlichkeit. Er war verständnisvoll, sorgte sich um mich und das, obwohl er unerträgliche Schmerzen haben musste.

Ich mühte mich, meine aufkommende Furcht zu kontrollieren.

Seine braunen Augen suchten die meinen, und für einen Augenblick vergaß ich die Tränen, als ich mich in diesem intensiven Blick verlor. Die Realität holte mich rasch ein und ich wischte mir hektisch die feuchten Spuren von den Wangen.

»Ja. Nein. Es ist nur ... die ganze Situation, Gewin. Die Last der Verantwortung, die Angst um dich und all das Unbekannte, was vor mir liegt. Die Angst, dass ich für mein Volk nicht stark genug bin«, gestand ich mit gebrochener Stimme. »Es ist alles so überwältigend und ich weiß nicht, wie ich damit umgehen soll.« Irgendwie schaffte es der Drache immer, dass ich mich bei ihm öffnete.

Gewin seufzte leise und versuchte, sich aufzurichten, doch der sichtliche Schmerz zwang ihn zur Ruhe. »Niemand erwartet von dir, dass du alles im Alleingang bewältigst. Du bist bereits stark, aber du musst auch lernen, Schwäche zu zeigen, wenn du sie fühlst. Das macht dich nicht weniger königlich.«

»Dafür, dass du mich vor wenigen Tagen noch nicht einmal nachhause fliegen wolltest, kannst du aber ganz schön mitfühlend sein«, entgegnete ich und lächelte ein wenig.

Der Drache schwieg.

War ich zu forsch gewesen?

»Ich wollte doch nur einen Weg finden, dass es endlich aufhört«, flüsterte er kaum hörbar.

Ich nickte verständnisvoll, obwohl meine Gedanken noch immer in einem Sturm aus Angst gefangen waren. Er wollte den Fluch brechen, einen Ausweg finden. Wer könnte ihm das verübeln?

»Dass du dich jetzt mit mir abgeben musst, ist nicht okay.«

Bei seinen Worten zuckte ich zusammen. »Bitte sprich nicht so von dir.« Vorsichtig sah ich zu ihm auf. Der Mond brach durch die vorüberziehenden Wolken, und sein silbriges Licht umhüllte uns in einem sanften Schimmer.

»Das ist nicht so leicht«, erwiderte er. »Wir haben alle unsere Dämonen in uns.«

In den Augen des Drachen las ich Verständnis und die Bereitschaft, mich zu unterstützen, doch auch eine tiefe Traurigkeit, die mich erschaudern ließ.

»Danke, Gewin«, raunte ich und wischte mir erneut über das Gesicht. »Ich weiß, dass ich mich auf dich verlassen kann. Auch, wenn ich noch nicht weiß, wieso.«

Gewin erwiderte mein Lächeln sanft. »Du bist nicht allein, kleine Königin.«

Ich nickte und atmete erleichtert aus.

»Schließlich zwingt mich die Verbindung dazu, bei dir zu bleiben«, schob er neckend hinterher und ich gab ihm einen kleinen Schubs.

Der Drache stöhnte schmerzerfüllt auf.

»Mist, entschuldige!«, rief ich alarmiert, doch das Grinsen in seinem Gesicht verriet mir, dass er den Stoß kaum gespürt hatte.

Ein Gefühl der Entschlossenheit keimte in mir auf. Wir mochten vor großen Unwägbarkeiten stehen, aber im Moment hatte ich einen Verbündeten gefunden, auf den ich zählen konnte.

»Danke«, flüsterte Gewin. »Dass du mir geholfen hast, obwohl ich anfangs alles andere als freundlich zu dir war.« Er legte seinen Kopf auf den Boden und schnaufte.

Ich wusste nicht, wieso, aber ich hatte plötzlich das Bedürfnis, mich neben ihm niederzulassen.

Vorsichtig setzte ich mich an seinen Kopf und streichelte eine der wenigen Stellen, an denen er nicht verwundet war. Den Morgenmantel schlang ich fester um meine Taille, doch die Hitze des Drachen wärmte mich auch so.

»Drachen können übrigens wirklich kein Fieber haben«, flüsterte er in die Stille der Nacht hinein.

12

Am nächsten Morgen wachte ich mit einem dumpfen Druck in der Brust auf. Die Erinnerungen an die vergangene Nacht lasteten schwer auf meinen Schultern. Langsam öffnete ich die Augen und stellte fest, dass ich neben dem verletzten Drachen auf dem Balkon eingeschlafen war. Ein kalter Schauer überlief mich bei dem Gedanken, dass er vielleicht die Nacht nicht überstanden hatte. Vorsichtig richtete ich mich auf und spürte sofort meine steifen Glieder.

Der Drache lag weiterhin regungslos da und ich konnte seine flachen Atemzüge kaum wahrnehmen. Die Sorge nagte an mir, als ich meine Hand auf seine riesige Schuppe legte, um zu prüfen, ob er atmete. Ein erleichtertes Seufzen entwich mir, als ich den schwachen, aber stabilen Atem spürte.

Sein Körper war voller Blut. Erst jetzt konnte ich die vielen Schnitte und Löcher in seinen Flügeln richtig sehen. Ich sog scharf Luft ein, als mir das gesamte Ausmaß seiner Wunden bewusst wurde.

Die ersten Sonnenstrahlen tauchten den Himmel in ein zartes Rosa und ich spürte ihre Wärme auf meinem Gesicht. Der Balkon bot eine atemberaubende Aussicht auf das Land unter uns.

Es war bizarr, wenn ich an den Drachen dachte, der vermutlich im Sterben lag.

Bei den Gedanken beschleunigte sich mein Herzschlag.

Die Luft roch nach frischem Tau und Erneuerung. *So paradox,* dachte ich seufzend.

Und selbst in dieser scheinbaren Ruhe konnte ich die Spannung spüren.

Meine Aufmerksamkeit kehrte zu dem verletzten Drachen zurück, der langsam seine Augenlider öffnete. Sein verschleierter Blick traf auf meinen und für einen Moment vergaß ich alles um mich herum. Ein Ausdruck der Dankbarkeit spiegelte sich in seinen Augen wider.

»Wie gehts dir?«, flüsterte ich, während die Sonne langsam den Himmel eroberte.

Der Drache antwortete mit einem sanften Schnauben. »Ich hasse es, hier so nutzlos herumzuliegen.«

»Du bist nicht nutzlos«, sagte ich und suchte erneut seinen Blick.

Doch er wandte sich von mir ab.

»Ich wollte König werden, um etwas in der Welt zu verändern. Um Menschen zu helfen und jetzt? Sieh mich an«. Der Drache schnaubte. »Nicht mal mehr für dich bin ich zu etwas zu gebrauchen.«

»Hör auf Gewin, das ist nicht wahr und das weißt du genau.« Ich legte eine Hand vorsichtig auf seinen am Boden ruhenden Kopf. »Jedes Lebewesen auf dieser Welt ist etwas Besonderes. Dafür muss es keine Leistung erbringen.«

Der Drache schwieg.

Ich nahm es ihm nicht übel. Im Gegenteil.

Ich musste die Verbände wechseln, mich umziehen und das Chaos hier beseitigen, dachte ich, während ich zu den unzähligen Blutlachen blickte. Aber zuerst ...

Ich stand auf und klopfte mir den Staub vom Mantel. »Kann ich dich hier ein bisschen alleine lassen?«, fragte ich unsicher. Ich musste dringend jemanden finden, der mir in Sachen Wundversorgung weiterhelfen konnte. Ich musste ja niemandem erzählen, dass ich hier einen Drachen auf meinem Balkon versteckte.

Auch wenn sie es wahrscheinlich sowieso bald herausfinden würden.

Ich schluckte und versuchte, den Gedanken zu verdrängen.

»Ja«, presste der Drache hervor und bewegte sich dabei kein Stück weit.

Ich nickte, warf ihm noch einmal einen letzten Blick zu und sammelte Eimer und dreckige Tücher zusammen. Dann ging ich damit zurück in mein Gemach. Bald würden meine Zofen kommen und ich musste ihnen erklären, warum ich in den nächsten Tagen hier nicht gestört werden wollte.

Noch immer etwas müde fuhr ich mir mit den Fingern der freien Hand durch die zerzausten Haare. Im Spiegel blickte mir ein blasses Etwas mit tiefen Augenringen entgegen. *So viel zum Thema königlich*, dachte ich.

Kurz darauf klopfte es schon an der Tür.

»Eure Hoheit, darf ich eintreten?«, drang die Stimme von Tala hindurch.

Fieberhaft überlegte ich, was ich ihr als Ausrede darbieten könnte.

»Mir geht es nicht so gut, Tala. Könntest du veranlassen, dass ich ein paar Tage nicht gestört werde?«

Stille auf der anderen Seite. Gespannt hielt ich den Atem an.

»Natürlich, Eure Hoheit. Ist bei Euch alles in Ordnung? Soll ich Euch etwas bringen lassen?«

»Nein, nein!«, erwiderte ich schnell. »Ich möchte einfach nicht gestört werden. Von niemandem.«

»Ich gebe es weiter, Eure Hoheit.« Tala klang noch immer nicht überzeugt, doch ich war froh, dass sie meinen Befehl Folge leistete.

Erst als ich hörte, dass sich Schritte von der Tür entfernten, atmete ich laut aus.

Das wäre geschafft, dachte ich erleichtert. Doch ich musste mich beeilen. Mein Balkon war groß, aber es würde definitiv nicht lange dauern, bis jemand den Drachen darauf entdecken würde. Und ich hatte keine Ahnung, wie ich eine ganze wütende Menge von meinem Schloss abhalten sollte. Zumindest nicht ohne Gewalt.

Schnell streifte ich die dunklen Gedanken zur Seite und stellte Eimer und Tücher auf dem Boden ab. Zumindest kurz sollte ich mich meinen Haaren und einem frischen Kleid widmen, wenn ich nicht noch mehr auffallen wollte.

Also fuhr ich mir zweimal mit dem Kamm durch die Haare, band sie zu einem losen Zopf zusammen und streifte mir ein Kleid über, das ich ohne Hilfe schließen konnte.

Ein Blick in den Spiegel zeigte mir: Besser wurde es heute nicht mehr.

Betrübt nahm ich den dreckigen Wassereimer und die Verbandtücher wieder in die Hand und verließ mein Zimmer. Mit klopfendem Herzen ging ich zur Waschkammer, wo ich die Utensilien, ohne von den Bediensteten gesehen zu werden, abstellen und mich wieder davonschleichen konnte.

Eine mir gut bekannte Stimme ließ mich schließlich zusammenzucken.

Magister Sortex.

Er stand nur wenige Schritte von mir entfernt und unterhielt sich angestrengt mit einem der Lords.

Ich presste die Lippen zusammen und suchte fieberhaft nach einem Ausweg.

Mein Blick fiel auf den Alchemieraum. *Perfekt.*

Geschwind bog ich um die nächste Ecke und stieß erleichtert Luft aus, als er mich nicht bemerkte. *Das war knapp. Für eine Rechtfertigung vor ihm fehlte mir aktuell die Energie.*

Ich öffnete die schwere Holztür zum Alchemiezimmer mit einem leisen Knarren. In den Ecken des Zimmers standen hohe Regale, vollgepackt mit Fläschchen, Gläsern und seltsam geformten Gefäßen. Die Inhalte variierten von schimmernden Flüssigkeiten bis zu getrockneten Kräutern in unzähligen Farben. Jedes Behältnis schien eine eigene Geschichte zu erzählen, ein Geheimnis zu bergen.

Ein großer Tisch in der Mitte des Raumes diente als Arbeitsplatz für den Alchemisten. Auf ihm lagen Schriftrollen mit komplizierten Formeln und Diagrammen. Glasgefäße unterschiedlichster Größe und Form waren kunstvoll angeordnet, bereit, die Mischung für einen neuen Trank aufzunehmen.

Über dem Tisch hing eine seltsame Vorrichtung mit Glühbirnen in verschiedenen Farben, die ein diffuses Licht über die Arbeitsfläche warfen. In den Ecken standen unheimliche Artefakte und skurrile Instrumente – Werkzeuge, die in den Händen eines geschickten Alchemisten das Potenzial hatten, das Unmögliche zu schaffen.

Die Wände des Alchemiezimmers waren mit alten Schriftrollen, vergilbten Büchern und geheimnisvollen Symbolen bedeckt.

Ein Aromaschleier aus Lavendel und Weihrauch hing in der Luft und trug zu der mysteriösen Atmosphäre des Raumes bei.

Der Hofarzt, ein älterer Mann mit einem wirren Bart und tiefen Augenfalten, saß an einem mit Fläschchen und Schriftrollen bedeckten Tisch in der Ecke und schien in die Zusammenstellung eines neuen Tranks vertieft zu sein.

Er hob seinen Kopf, als er mich eintreten hörte und schaute mich fragend an.

»Prinzessin, was verschafft mir die Ehre Eures Besuchs in meinem bescheidenen Reich der Alchemie?« Seine Stimme war respektvoll, aber auch von einer Spur Misstrauen durchzogen.

Ich ging ein paar Schritte auf ihn zu und versuchte mich an einem Lächeln.

Ich konnte ihm seine Skepsis nicht verdenken, schließlich war ich nicht gerade bekannt dafür, häufig das Alchemiezimmer zu betreten. Insgeheim fragte ich mich, ob hierherzukommen wirklich so eine gute Idee gewesen war. Doch es gab keine Alternative.

»Ich ... würde mich gerne über Wundversorgung mit Euch unterhalten«, sagte ich vorsichtig.

Seine Miene wurde undurchdringlich.

Der Hofarzt legte seine Feder beiseite und betrachtete mich durchdringend. »Wundversorgung, Prinzessin? Habt Ihr Euch verletzt?« Sein Blick wanderte über meinen Körper, auf der Suche nach Anzeichen von Blessuren.

Ich straffte die Schultern. »Nein, nein«, beeilte ich mich zu sagen und hob beschwichtigend die Hand. »Ich glaube, es würde einfach nicht schaden, mehr darüber zu wissen.« Ich entschied mich, nicht weiter ins Detail zu gehen, um das Vertrauen des Hofarztes nicht unnötig zu strapazieren.

Er runzelte die Stirn, sichtbar skeptisch. »Warum so plötzlich?«, hakte er nach.

Meine Gedanken wirbelten wild umher, während ich in meinem Kopf verzweifelt nach einer Antwort kramte. Ich räusperte mich. »Man sollte auf alles vorbereitet sein oder nicht?«, erwiderte ich und zwang mich zu einem freundlichen Lächeln.

Der Alchemist zog die Augenbrauen nach oben.

Ich spürte, dass ich sein Misstrauen nicht so leicht überwinden konnte. »Ich möchte lernen, wie man Verletzungen effektiv behandelt. Es könnte allgemein nützlich sein, vor allem in diesen unsicheren Zeiten«, erklärte ich, meine Worte sorgfältig wählend.

Er seufzte. »Wundversorgung ist nicht leicht. Es erfordert weitreichendes Wissen über Kräuter, Mixturen und die richtige Anwendung. Das kann ich Euch nicht in einer Stunde beibringen.«

Ich nickte. »Aber die Grundzüge könnt Ihr mir doch sicher zeigen?«, fragte ich interessiert. Ein leichtes Lächeln spielte um meine Lippen. »Man kann nie wissen, wann dieses Wissen nützlich sein könnte. Und ich möchte darauf vorbereitet sein, egal welche Herausforderungen vor uns liegen. Ich bitte Euch, tut mir diesen Gefallen.«

Der Hofarzt, wenngleich noch immer sichtlich skeptisch, nickte und begann, mir einige Grundlagen der Wundversorgung zu erklären. Ob es an den Unruhen lag, die aktuell im Volk umhergingen oder meine Position als zukünftige Königin ihren Beitrag dazu geleistet hatte, konnte ich nicht sagen.

»Mal angenommen jemand hat eine große, offene Wunde, aus der viel Blut austritt ...«

Der Hofarzt sog scharf Luft ein. »Reden wir hier noch immer von Theorie oder geht es um jemand Bestimmten?«

»Reine Theorie, versteht sich«, ergänzte ich schnell.

Der alte Mann murmelte etwas Unverständliches, stand auf und kramte in einem der vollen Regale, die neben dem Schreibtisch standen. »Eigentlich sollte sich unsere zukünftige Königin über sowas keine Sorgen machen ...«, sagte der Hofarzt, während der ein ledernes Päckchen aus dem Chaos zog.

»... aber es ist doch immer gut, auf alles vorbereitet zu sein, nicht wahr?«, beendete ich seinen Satz überzeugt.

Der Hofarzt nickte.

Insgeheim hoffte ich, dass er Magister Sortex hiervon nichts erzählen würde. Ich war froh, dass ich bis hierhin gekommen war, ohne dass der Arzt Verdacht schöpfte. Sortex würde sicher weiter nachbohren.

Der Hofarzt rollte das Lederpäckchen auf seinem Schreibtisch aus und ich kam näher. Ich erkannte mehrere metallische Instrumente, eine Pinzette, Garn und etwas, das wie ein Messer aussah.

»Das ist mein Notfall-Set«, klärte er mich auf. Mit einem Seufzen ließ er sich wieder auf dem alten Stuhl nieder. »Hier ist alles drin, was man zur Schließung einer offenen Wunde braucht.

»Zur Schließung?«, wiederholte ich.

Er nickte. »Zuerst muss man die Wunde säubern. Ich hatte Euch ja bereits von der Kräutermischung erzählt, die Wunden reinigt.«

»Die, die in heißem Wasser gebadet und dann gefiltert wird?«, erinnerte ich mich an das Gespräch von vorhin.

»Genau.« Der Hofarzt rückte seinen Monokel zurecht. »Zuerst die Flüssigkeit auf die Wunde geben, dann mit dieser Pinzette und einer Nadel sowie Faden, die Wunde schließen. Unbedingt sichergehen, dass kein Dreck mehr vorhanden ist!«

Ich hörte ihm aufmerksam zu.

»Aber um sowas solltet Ihr Euch wirklich nicht sorgen, Eure Hoheit.«

Mein Unterkiefer malte. Ich brauchte dieses Set unbedingt.

»Könnte ich mir dieses Päckchen einmal ausleihen?«, fragte ich so beiläufig wie möglich.

Der Hofarzt blickte auf. »Theoretisch?«

Ich schluckte.

»Zu Übungszwecken.«

»Ihr könnt gerne hier üben, ich habe bestimmt noch etwas Schweine...«

»Ich würde das gerne in Ruhe tun«, sagte ich schnell.

Er seufzte. »Ich weiß nicht, ob das so eine gute Idee ist, Eure Hoheit. Das hier sind keine Spielsachen ...«

»Ich bin auch kein Mädchen«, konterte ich. »Außerdem ist das ein Befehl.«

In Gedanken betete ich zu allen Drachen. Es schien sich auszuzahlen.

»Gut, wenn Ihr es befehlt, Eure Hoheit.« Der Hofarzt rollte das Mäppchen wieder zu und legte es mir in die Hand.

Das Leder fühlte sich rau und abgenutzt an, als hätte es schon viele Schlachten geschlagen.

Plötzlich fühlte ich mich schlecht, weil ich ihm nicht die Wahrheit gesagt hatte. Wollte ich nicht eine aufrichtige Herrscherin sein? Anderseits, so richtig gelogen waren meine Absichten nicht. Es war wirklich hilfreich, etwas über Wundversorgung zu lernen. Gerade wenn ich an die Unruhen im Volk dachte.

»Jetzt schaut mich nicht so an, Eure Hoheit. Ich habe genügend andere, seid gewiss.«

Als ich immer noch keine Anstalten machte, zu gehen, legte er sein Monokel zur Seite und fuhr sich über das Gesicht. »Gibt es sonst noch etwas, das ich für Euch tun kann? Eine weitere Unterrichtsstunde?«

Ich blickte zum einzigen, kleinen Fenster in diesem Raum und sah, dass die Sonne hoch am Himmel stand. Es war bereits Mittag.

Der Drache.

Augenblicklich beschleunigte sich mein Puls. Ich hatte die Zeit völlig vergessen, während ich den Worten des Hofarztes gelauscht hatte.

Dieser schaute mich noch immer erwartungsvoll an.

»Danke, nein. Wobei, hättet Ihr zufällig etwas von dem Kräutersud, über den wir gesprochen haben? Und ein paar frische Verbände?« Es war mir egal, dass es mittlerweile klar war, dass wir nicht mehr von einer *theoretischen* Verwundung sprachen.

Der Hofarzt hielt einen Moment inne, als würde er seine Entscheidung abwägen. Dann stand er erneut auf und holte ein kleines, braunes Fläschchen aus dem Regal mit den Tinkturen.

»Es ist bereits gefiltert«, sagte er und drückte es mir in die Hand. Dann kramte er in einer Schublade und stellte mir ein paar Rollen Mull auf den Tisch.

Ich nickte. »Vielen Dank, dass wäre dann alles.«

Der Alchemist verbeugte sich knapp, setzte sich wieder auf den Stuhl und wartete, bis ich sein Zimmer verließ.

Nachdem ich die Tür geschlossen hatte, hätte ich beinahe laut ausgeatmet. Gerade noch so konnte ich mich zusammenreißen, als ich zwei Bedienstete sah, die knicksend und grüßend an mir vorbeiliefen.

Nicht auffallen, rief ich mir in Erinnerung. Die Frauen waren glücklicherweise mehr damit beschäftigt gewesen, über irgendwelche Männer zu tratschen.

Ich schaute noch einmal nach links und rechts und vergewisserte mich, dass ich niemanden hörte, dem ich nicht begegnen wollte.

Dann machte ich mich auf den Weg zum Drachen.

13

Gewin war nicht tot, als ich mit frischen Verbänden, einem Eimer Wasser und dem Ledermäppchen bei ihm ankam. Das war beruhigend.

Er hob neugierig den Kopf an, als ich auf den Balkon trat und die Utensilien auf dem Boden abstellte.

»Du warst lange weg«, stellte er mit stockender Stimme fest. Es klang nicht wie ein Vorwurf.

Ich lächelte. »Hast du mich schon vermisst?«

Der Drache schnaubte, doch ein Grinsen zupfte an seinen Mundwinkeln.

»Ich habe niemandem von dir erzählt. Aber ich habe mir eine Unterrichtsstunde in Wundversorgung geben lassen.«

Gewins Augen wurden groß. »Du hast was?« Angst lag in seinen Worten. Ich konnte die feine Nuance deutlich hören.

»Alles gut«, beschwichtige ich sogleich. »Ich bin allgemein geblieben und habe gesagt, dass ich mich auf bevorstehende Herausforderungen vorbereiten will.« Unschuldig zuckte ich mit den Schultern. »Das ist nicht einmal gelogen.«

»Ich habe keine Kraft, gegen dich aufzubegehren«, sagte der Drache und seufzte.

»Gut so. Das hier wird dir helfen«, entgegnete ich zufrieden.

Und mit diesen Worten nahm ich ihm die alten, blutdurchtränkten Verbände von den Wunden und säuberte alles. Ich entdeckte einige Stellen, die ich gestern in der Dunkelheit übersehen hatte. Sorgfältig kümmerte ich mich um jede davon. Über viele der Blessuren hatte sich bereits ein feiner Schorf gebildet und ich hoffte inständig, dass kein Dreck mehr darunter gewesen war.

Im Anschluss nahm ich das Fläschchen mit der Tinktur in die Hand und gab etwas davon auf ein Tuch. Als ich es auf eine der größeren Wunden am Bauch tupfte, drang ein markerschütterndes Kreischen aus seinem Maul.

»Ich dachte, das wird mir guttun?«, fauchte der Drache und ich biss mir auf die Lippe.

»Das wird es auch!«, erwiderte ich besänftigend. »Halt still, sonst tut es noch mehr weh.« Wobei ich mich insgeheim fragte, ob es richtig war, dass es so schmerzte. Davon hatte der Hofarzt nichts gesagt.

Mit einem Murren ließ der Drache zu, dass ich ihn weiter versorgte.

»Die Dorfbewohner haben dich gejagt, stimmts?«, fragte ich, während ich auf einige Wunden die frischen Verbände legte.

Er nickte kaum merklich und sein Blick ging ins Leere.

»Ich flog ahnungslos über den See. Jemand hatte mir einen Pfeil durch den rechten Flügel geschossen.« Gewin verzog schmerzverzerrt das Gesicht. »Ich versuchte, einem weiteren auszuweichen, aber es gelang mir nicht. Plötzlich standen am Ufer unzählige Menschen. Sie hatten sich hinter Bäumen und Büschen versteckt und allem Anschein nach auf mich gelauert.«

Das war es, das der Mann in der Schneiderei an diesem Abend vorgehabt hatte, schoss es mir durch den Kopf.

»Bevor ich abdrehen konnte, hatten mich bereits unzählige Pfeile getroffen. Pfeile, die meinen harten Schuppenpanzer eigentlich gar nicht durchdringen dürften.«

»Ich habe gar keine Pfeile gesehen«, bemerkte ich und überprüfte noch einmal seinen gesamten Körper.

»Ich wurde von ihnen völlig überrascht. Sie bohrten sich tief in mein Fleisch, keiner von ihnen verfehlte sein Ziel. Und alle verschwanden kurz darauf wieder, sodass keine der Wunden verschlossen blieb. In kürzester Zeit verlor ich Unmengen von Blut. Ich konnte mich gerade noch so zu dir retten.«

Ein mulmiges Gefühl machte sich in meiner Magengegend breit. »Ich bin froh, dass du zu mir gekommen bist.«

Der Drache wandte seinen Kopf zu mir. »Es tut mir leid, dass ich dich so spät gestört habe. Du warst die einzige Person, der ich so weit vertraue.«

Als ich das hörte, setzte mein Herz einen Schlag aus. »Hör auf, dich dafür zu entschuldigen. Wir sind durch das Ritual verbunden, weißt du nicht mehr? Zwei Seelen, die nicht auseinandergebrochen werden können? Außerdem hast du mir gezeigt, dass ich mich auf dich verlassen kann. Es ist das Mindeste, dass ich dir dasselbe versprechen kann.«

Er nickte. »Trotzdem hättest du das nicht tun müssen«, erwiderte er.

Ich wusste, dass er Recht hatte. Doch mir lag etwas an ihm. Ganz still und heimlich hatte sich das Gefühl der Fürsorge in mich geschlichen. Und es saß fest in meinem Herzen.

»Die Pfeile«, begann ich erneut. »Du sagst, sie sind nach kurzer Zeit verschwunden. Denkst du, es war Magie?«

Der Drache stieß eine Rauchwolke aus seinen Nüstern. »Magie ist selten in dieser Welt. Ich wüsste nicht, wer sie praktizieren könnte. Nicht nach all diesen Jahren.«

Erst jetzt wurde mir klar, dass ich gar nicht wusste, wie lange der Drache schon in diesem Körper gefangen war.

»Genau 259 Jahre«, sagte er. Gewin hatte wieder meine Gedanken gelesen und eigentlich sollte ich mich mittlerweile daran gewöhnt haben.

»Und hast du vielen ... Königen geholfen?« Ich wollte es beiläufig klingen lassen. Doch ich konnte nicht vermeiden, dass etwas Eifersucht in meiner Stimme mitschwang.

»Anfangs ja«, entgegnete er und sein Blick glitt in die Ferne. »Die ersten 100 Jahre hatte ich zwei Königen geholfen. Doch es dauerte nicht lange und man hatte das Ritual vergessen. Hatte mich vergessen. Die Seehexe sorgte dafür, dass ich schlief. So lange, bis wieder jemand die Worte des Rituals sprach.«

Ich biss die Zähne zusammen. »Das klingt furchtbar.«

Er legte seinen Kopf wieder auf den Boden. »Man gewöhnt sich irgendwann dran, dass die Fesseln der Magie einen am Grund des Sees festhalten.«

»Du kannst auch Unterwasser atmen?«, fragte ich überrascht.

»Ich bin ein Wasserdrache, natürlich«, gab er gespielt entrüstet zurück.

Ich machte einen Knoten in einen Verband und trat einen Schritt zurück. »Was heißt da natürlich? Du hättest mich auf dem Berg fast verbrannt. Das ist nicht typisch für einen Wasserdrachen.«

»Weil du auch so viel über Drachenkunde weißt«, neckte er mich.

Röte schoss mir in die Wangen und ich holte das Ledermäppchen hervor. Diese Runde ging an den Drachen.

Als ich die filigranen Werkzeuge ausrollte, zog Gewin die Augenwulste überrascht nach oben. »Was soll das werden?«, fragte er und sah erschrocken auf die Pinzette in meiner Hand.

»Du hast einige Wunden, die ich nähen muss«, sagte ich und hob entschuldigend die Hände.

»Damit?« Er spuckte das Wort förmlich aus.

Ich blickte zwischen den Werkzeugen und dem Drachen hin und her und nickte. »Was anderes hab ich nicht und unser Hofarzt hat gesagt, dass man große Wunden verschließen muss. Sonst entzünden sie sich und du wirst krank und dann ...«

»... sterbe ich, schon verstanden«, beendete er meinen Satz. Er sah mich an, als wollte er noch etwas erwidern, doch sein Maul blieb verschlossen.

Entschuldigend schaute ich ihn an. »Ich weiß selbst nicht, ob ich mit dem Werkzeug hier weit komme. Dein Panzer ist dick.«

»Das dachte ich bei den Pfeilen auch und dann ...«

»Lass es mich versuchen«, bat ich ihn und wickelte den Faden um die dickste Nadel, die ich in dem Mäppchen finden konnte.

***

Es war wie vermutet. Keine der Nadeln konnte die Haut des Drachen durchdringen.

Erschöpft und frustriert ließ ich mich neben ihm auf dem Boden nieder.

»Irgendwie müssen wir die Wunden doch schließen können«, sagte ich mehr zu mir selbst.

»Vielleicht reichen die Kräuter ja bereits. Es hat seit gestern nicht mehr geblutet.«

»Mhm.« Ich war nicht wirklich überzeugt.

»Ich bin ein Drache und du hast mich sofort versorgt, das wird schon funktionieren. Ich glaube nicht, dass die Seehexe mich einfach so sterben lassen würde.«

Beim Namen der Hexe wurde ich hellhörig. »Du meinst, sie hätte dich sowieso gerettet?« Jetzt stemmte ich die Hände in die Hüften.

Er schnaubte. »Sie hätte mich ausbluten lassen, so lange bis ich vor Schmerz und Qual dem Tode nahe gewesen wäre. Und dann, ja dann hätte sie mich vermutlich *gerettet.*«

Das war es, was er mir ein paar Sätze zuvor nicht erzählt hatte.

Scheinbar hatte meine Frage ihn verletzt. »Tut mir leid. Ich wollte dir nicht zu nahetreten. Das mit der Hexe belastet mich ebenfalls. Der Fluch und das alles.«

»Ich weiß.«

Einen Moment lang schwiegen wir, dann bemerkte ich, wie der Drache mich anstarrte.

»Was ist los? Habe ich irgendwo Blut kleben?«, fragte ich verwundert.

»Nichts«, murmelte Gewin. »Du bist einfach so ... anders. Ich bin gerade zu nichts zu gebrauchen und trotzdem hilfst du mir. Ich bin das nicht gewohnt, das ist alles.«

Ich lächelte verlegen. »Anders ist nicht immer gut.«

»In einer Welt wie dieser ist es gut, anders zu sein. Menschen sind grausam, egoistisch und arrogant.«

»Bis eben hat es noch wie ein Kompliment geklungen«, sagte ich mit hochgezogenen Augenbrauen.

Der Drache schwieg und sah weg.

Plötzlich hörte ich, wie jemand an meiner Tür klopfte.

»Prinzessin?«, rief Minerva.

»Augenblick!« *Mist, Mist, Mist!*

Ich stand auf, warf dem Drachen einen entschuldigenden Blick zu und schloss die Balkontür.

Flink lief ich zum Eingang meiner Kammer und öffnete die Tür.

Dort stand, wie erwartet, Minerva. Sie trug ein schmuckloses Kleid und ihr Haar war streng zurückgebunden.

»Verzeiht, Prinzessin. Wie geht es Euch?«

»Gut, Danke. Aber ich hatte angeordnet, dass mich niemand stören soll.«

Ich hoffte, dass ich nicht noch irgendwo Blut an mir kleben hatte, das mich verriet.

»Ich weiß, Eure Hoheit. Aber ich habe mir Sorgen gemacht. Möchtet Ihr denn kein Frühstück?«, fragte sie schüchtern wie immer.

Erst jetzt fiel mir auf, dass Minerva einen gut gefüllten Korb mit frischem Brot, Obst und Käse bei sich trug.

Mein Magen rumorte. »Ähm, ja, bitte, ich bin am Verhungern«, entgegnete ich etwas zu hastig.

Minerva sah mich besorgt an. »Habt Ihr gut geschlafen?«

»Ja, bestens«, log ich.

Minerva sah mir tief in die Augen.

»Ihr seht etwas müde aus, Prinzessin. Und Ihr schwitzt. Seid Ihr sicher, dass Ihr keine Hilfe benötigt?«

Es fühlte sich nicht gut an, meine Zofe und Freundin anzulügen. Sollte ich es ihr vielleicht doch erzählen? Nein, das Risiko aufzufliegen war einfach zu hoch.

»Ja, ja, natürlich. Mach dir keine Sorgen, Minerva. Alles ist in Ordnung. Danke, dass du das Frühstück mitgebracht hast.«

»Wie Ihr wünscht. Soll ich später wiederkommen und Euer Zimmer aufräumen?«

Ich war noch nie so erleichtert darüber gewesen, dass jemand meinem Bitten nachgab. »Nein, ich brauche nur ein paar Tage äußerste Ruhe.«

»In Ordnung, Eure Hoheit. Ich wünsche Euch einen schönen Tag.« Sie verneigte sich, ging einen Schritt zurück und schloss die Tür.

Ich wäre beinahe seufzend an der Tür zusammengesackt, doch meine Gedanken wanderten schon wieder zu Gewin.

Schnell lief ich zur Balkontür und schlüpfte hinaus.

Der Drache lag regungslos da.

»Sie ist weg. Du kannst wieder sprechen.«

»Das wird nicht mehr lange gut gehen«, flüsterte er.

»Wir schaffen das schon. Wie fühlst du dich denn?«

»Ich habe noch immer unfassbare Schmerzen, aber es wird besser. Ich denke, wir können das Risiko eingehen und die großen Wunden offenlassen.«

Ich überlegte einen Augenblick. »Lass sie mich wenigstens verbinden.«

Ich stellte den Korb auf den Boden, setzte mich neben ihn und verknotete die letzten paar Verbände miteinander.

»Magst du mir etwas über dein Königreich erzählen? Wie ist es so?«, fragte Gewin unvermittelt.

Überrascht hob ich eine Augenbraue. »Mein Königreich? Ich dachte du kennst Layowin mittlerweile«, erwiderte ich sanft. »Aber klar, gerne. Es ist ein kleines, altes Land. Wie du weißt, haben wir haufenweise Berge um uns herum, die uns unter anderem als Schutz dienen. Mein Vater hat mir immer erzählt, dass unser Königreich eines der fortschrittlichsten in ganz Vein ist.«

Er hing gebannt an meinen Lippen. »Wohnen hier viele Menschen?«

Wie schlimm waren die Schmerzen wirklich, wenn Gewin mit solchen Themen Konversation machte?

»Ja, viele. Die meisten leben im Dorf etwas weiter vom Schloss entfernt.« Warum fragte er mich all das? Wollte er wirklich mehr über mich wissen, oder hatte er es auf eine bestimmte Information abgesehen?

Ein nachdenkliches Grummeln kam aus seiner Kehle. »Womit verdient dein Volk sein Gold?«

Jetzt wurde es langsam seltsam. »Hauptsächlich Landwirtschaft. Wir haben Felder, Weinberge, Obstgärten. Außerdem haben wir hier viele Schafe und Kühe. Manche Bauern produzieren Käse und Milch. Wieso interessiert dich das so?«

Der Drache knurrte.

Das dumpfe Grollen kam tief aus seinem Hals und jagte mir sofort einen Schauer über den Rücken. »Ich war mir nicht sicher«, entgegnete er. »Und eigentlich wollte ich es gar nicht so direkt ansprechen.«

»Jetzt raus mit der Sprache!«

»Einige der Bauern schrien mich an. Warfen mir an den Kopf, ich hätte ihre Ernte verdorben«, kam er endlich mit der Sprache raus.

»Ja, das habe ich gestern auch erfahren.«

Verwundert hob er den Kopf.

»Ich wollte heute mit den Edelleuten darüber sprechen, wie wir dem Volk besser helfen können.«

»Für die wird der Fall klar sein. Sie machen mich dafür verantwortlich. Noch klarer hätten sie sich gar nicht ausdrücken können.«

Ich schüttelte den Kopf. »Das werden wir nicht zulassen.«

Gewin lachte freudlos. »Und wie willst du das verhindern, kleine Königin?«

Ich überlegte einen Augenblick, dann fiel mir etwas ein. »Meine Mutter hat mir immer eine Geschichte erzählt, als ich klein war. Möchtest du sie hören?«

Der Drache nickte. »Alles, was mich ablenkt, ist willkommen.«

Ich schob Eimer und Ledermäppchen zur Seite und setzte mich zu Gewin auf den Boden. »Es war einmal, vor langer, langer Zeit. Da lebte eine junge Prinzessin in einem weit entfernten Palast. Ihr Vater war ein großer König und er regierte das Land mit Freundlichkeit und Mitgefühl. Die Prinzessin hatte alles, was sie sich jemals wünschte. Sie wurde geliebt und verehrt von all ihren Untertanen. Eines Tages ging die Prinzessin durch den angrenzenden Wald. Dort stieß sie auf ein seltsam aussehendes, kleines Wesen. Es war eine kleine rote Eidechse. Das Tier sah lustig und irgendwie süß aus. Also bat sie es, mit ihr zu kommen. Das Wesen stimmte zu und zusammen kehrten sie zurück zu ihrem Palast. Die Eidechse war freundlich und sie hatten stets viel Spaß zusammen. Sie nannte die Eidechse »Fido« und schon bald wurden sie beste Freunde. Eines Tages jedoch machten sich der König und die Königin auf eine Reise. Sie reisten in ein fernes Land und würden mehrere Monate lang nicht zurückkehren. Sie sagten der Prinzessin, sie solle sich in ihrer Abwesenheit um das Königreich kümmern. Die Prinzessin versprach, ihr Bestes zu geben und der König und die Königin gingen von dannen. Eines Tages kam ein weiser Mann zum Palast und bot der Prinzessin ein Geschenk an. Er hatte ihr ein besonderes Buch mitgebracht, dass ihr die Zukunft zeigen konnte. Die Prinzessin war neugierig und öffnete es. Als sie die Seiten betrachtete, sah sie Bilder einer unbestimmten Zukunft. Eines der Bilder zeigte ihren Vater und ihre Mutter auf dem Weg nach Hause. Ein anderes zeigte, wie die Prinzessin eine große Königin wurde. Aber das dritte Bild machte ihr Angst. Es zeigte die Prinzessin, die sich in ein Monster verwandelte und das Königreich vollends zerstörte. Die Prinzessin hatte Angst, doch Fido nahm das Buch, warf es ins Feuer und sprach zum ersten Mal mit ihr. *Lass dir nichts sagen, kleine Prinzessin. Niemand kann dir sagen, wer du bist. Nur du selbst kannst deine eigene Zukunft gestalten. Sei die Prinzessin, die du sein willst.* Von diesem Zeitpunkt an wusste sie, dass ihr Freund recht hatte.

Nur sie selbst weiß, wer sie wirklich ist. Und so verbannte sie den Zauberer aus ihrem Land und gestaltete sich ihre eigene Zukunft.« Gespannt wartete ich auf seine Reaktion.

»Das war eine schöne Geschichte«, sagte er andächtig. »Etwas kitschig, aber schön.«

Ich lächelte. »Alle Märchen sind kitschig.«

Gewin sah mich an und nickte. »Du denkst also, das Volk könnte seine Meinung über mich ändern, weil ich mich durch meine Taten und nicht mein Aussehen definieren soll?«

Ich legte meinen Kopf schief und nickte. »Genau das.«

Er seufzte. »Ich wünschte, ich könnte so mutig sein wie die Prinzessin in deiner Geschichte.«

»Ich wünschte, ich selbst könnte es.«

Daraufhin mussten wir beide lachen.

»Also, was wirst du jetzt tun?«, fragend deutete er mit seinem Blick auf das Schloss.

»Ich fürchte, ich muss mit den Adligen sprechen.«

»Mhm. Glaubst du, sie werden dir zuhören?«

»Ich hoffe es.«

»Und wenn nicht?«

»Ich weiß es nicht. Ich schätze, das muss ich selbst herausfinden.«

14

Des Nachmittags ließ ich ausrichten, dass ich mich abends erneut mit den edlen Lords unseres Reiches treffen wollte. Zu meinem Glück waren sie noch nicht abgereist.

Ich hatte Gewin Fisch und Fleisch aus der Küche gebracht und war mir sicher, dass ihm etwas Ruhe guttun würde.

Mir selbst allerdings auch, dachte ich und blickte wehmütig auf mein Bett.

Das Balkonfenster hatte ich mit dicken Stoffen abgehängt, sodass man nicht mehr nach draußen blicken konnte. Danach schickte ich nach meinen Zofen.

»Wir haben uns große Sorgen um Euch gemacht, Eure Hoheit«, sagte Tala, während sie mein Gemach betraten.

Es war schön, in ihre freundlichen Gesichter zu sehen. Nur zu gerne hätte ich Ihnen von Gewin erzählt. Mein Geheimnis mit ihnen geteilt.

Doch es ging nicht. Jede Person, die davon wusste, war eine potenzielle Gefahr. Es musste ja nicht einmal eine Absicht dahinter stecken. Nicht vorzustellen, wenn sich eine meiner Freundinnen verplapperte.

Verwundert sahen sie auf den provisorischen Vorhang.

»Ich hatte heute furchtbare Kopfschmerzen, da ertrage ich kein Licht«, erwiderte ich ausweichend und setzte ein Lächeln auf. »Würdet ihr mich für ein Treffen mit den Lords fertig machen?«

Minerva und Tala knicksten. »Selbstverständlich«, kam es wie aus einem Mund.

Kurz darauf verschwand Minerva aus dem Raum, nur um gleich wieder mit einigen Kleidern in der Hand zurückzukommen. »Prinzessin, wir haben wundervolle, neue Stoffe für Euch. Welches Kleid würdet Ihr heute am liebsten tragen?«, fragte sie und hielt die Auswahl edler Gewänder hoch.

Ich war froh, dass meine Zofen nicht weiter nachbohrten.

Abschätzend betrachtete ich die prächtigen Stoffe und entschied mich für ein königsblaues Kleid mit silbernen Verzierungen.

Tala vollendete derweil das Kunstwerk meiner entwirrten Haare und begann sie zu einem geschickten Zopf zu flechten. Ihre Finger glitten flink durch meine braunen Locken und ich genoss die sanfte Berührung.

»Wie steht es mit der Frisur, Prinzessin?«, erkundigte sich Tala.

»Gerne etwas aufwendiger«, antwortete ich, während ich ihr ein paar goldene Haarspangen reichte. »Und vergiss bitte das Diadem nicht.«

Ich würde heute nichts dem Zufall überlassen. Die feinen Herren sollten sehen, wen sie vor sich hatten.

Die beiden Zofen arbeiteten Hand in Hand und bald schon spiegelte der Zopf die Eleganz einer Königin wider.

Minerva reichte mir das Kleid und ich erhob mich, um es überzustreifen. Die seidigen Stoffe schmiegten sich sanft an meine Haut und die silbernen Verzierungen glänzten im Schein der Kerzen.

Minerva richtete die Falten des Kleides sorgfältig, während Tala die letzten Handgriffe an meiner Frisur vornahm.

Als sie fertig waren, betrachtete ich mich im Spiegel. Meine grünen Augen bildeten einen wunderschönen Kontrast mit dem königlichen Blau des Kleides. Auch wenn meine Augenringe noch immer deutlich zu sehen waren, strahlte das Gold in den Haarspangen und in meinem Diadem genug, um meine Müdigkeit zu überspielen.

»Ihr seht bezaubernd aus, Prinzessin«, bemerkte Minerva mit einem Lächeln.

»Vielen Dank, Minerva, Tala. Ihr seid wahre Künstlerinnen«, erwiderte ich und warf ihnen ein Grinsen zu.

Die Zofen verneigten sich respektvoll, und wir verließen gemeinsam mein Gemach.

Vor meiner Zimmertür blieb ich noch einmal stehen und gab den Wachen zu verstehen, dass sie unter keinen Umständen jemanden in mein Gemach lassen sollten. In Momenten wie diesen wünschte ich mir nichts sehnlicher als einen Schlüssel, doch die hatte mein Vater noch zu Lebzeiten alle entfernen lassen. Schon damals hatte ich das nicht verstanden.

***

Mir war flau im Magen, als ich den Versammlungssaal betrat. Und das lag nicht nur daran, dass ich seit dem Frühstück nichts gegessen hatte.

Na ja, vielleicht doch ein bisschen.

Als ich den Saal betrat, spürte ich die erwartungsvollen Blicke der Edelleute auf mir ruhen. Die Adligen erhoben sich höflich von ihren Plätzen und senkten ihre Blicke in einer respektvollen Geste. Eine Geste, die nichts als Schein war.

Nur Lord Raser konnte mich nicht direkt ansehen. *Gut so*, dachte ich.

Ich nahm wie immer neben Magister Sortex Platz. Nachdem ich mich gesetzt hatte, folgten die Edelleute meinem Beispiel.

»Vielen Dank, dass ihr meinem Ansinnen gefolgt seid, wehrte Herren«, begrüßte ich sie.

Ich konnte die Unsicherheit unter den Lords förmlich spüren. Blicke wurden getauscht und leises Gemurmel durchzog den Raum.

Das konnte ja heiter werden.

Lord Ashcroft, der gleich darauf das Wort führte, vermied es nicht, die beunruhigenden Gerüchte aus der Bevölkerung zu erwähnen.

»Eure Hoheit, es gibt große Sorgen in den Landen«, begann er mit ernster Miene. »Das Volk fürchtet sich vor dem Drachen, der seit dem Ritual über dem Königreich kreist. Es wird berichtet, dass er die Ernte vernichtet und Unheil über das Land bringt.«

Einige der Lords nickten zustimmend und die Nervosität im Raum stieg. Die Ungewissheit darüber, wie man mit einer solchen Bedrohung umgehen sollte, spiegelte sich in den Gesichtern der Adligen wider.

»Es ist wahr, Eure Hoheit. Bauern berichten von verbrannten Feldern und ausgeplünderten Vorratslagern«, fügte ein anderer Lord hinzu, seine Stirn sorgenvoll gerunzelt.

Magister Sortex warf mir einen auffordernden Blick zu.

Ich musste mich dazu äußern, aber wie sollte ich den Lords versichern, dass Gewin keine Schuld traf?

Die Gerüchte über den Drachen hatten sich offenbar schneller verbreitet als gedacht. Die Unsicherheit, wie man auf diese Bedrohung reagieren sollte, fühlte nicht nur das Volk. Sie war auch den Adligen ein Dorn im Auge. Ich konnte es ihnen nicht einmal verdenken.

Ich hob meine Hand, um die Lords zum Schweigen zu bringen und sprach mit bedachter Stimme: »Meine Lords, ich bin mir dieser Sorgen bewusst und ich versichere euch, dass ich sogleich Schritte unternehmen werde, um die Lage zu untersuchen. Gewin, der Drache, ist kein Feind des Königreichs. Unser wahres Problem ist das Wetter.«

Einige Lords schienen nicht überzeugt zu sein, während andere zustimmend nickten. Die Herausforderung bestand jetzt darin, das Vertrauen der Adligen zu gewinnen und der Bevölkerung Nahrung zu verschaffen.

Es war ein schmaler Grat zwischen der Notwendigkeit, das Königreich zu schützen und der Wahrung des Friedens mit einem Wesen, das mittlerweile so etwas wie mein Freund geworden war.

Bei dem Wort *Freund* spürte ich, wie mein Körper zu Kribbeln begann. Hatte ich jemals zuvor einen echten Freund gehabt? Tala und Minerva hatte ich zumindest immer für Freundinnen gehalten. Doch das Verhältnis war trotz unserer jahrelangen Bekanntschaft noch immer angespannt.

Nein, Gewin war der erste, den ich einen Freund nennen konnte. Jemand, der mir immer offen seine Meinung sagen und trotzdem stets hinter mir stehen würde.

Magister Sortex kam etwas näher zu mir herangerutscht und riss mich aus meinen Gedanken. »Eure Hoheit, mit Verlaub, der Drache hat einen Namen?«

Ich blinzelte einige Male, dann nickte ich. »Ja. Gewin ist kein gedankenloses Monster. Er hat einen Namen und ist uns in seinem Verhalten gar nicht so unähnlich.« Einen Moment lang hielt ich inne, um den Satz wirken zu lassen. »Doch ich werde die Sorgen meines Volkes ernstnehmen und einen Weg finden, in dem Gewin und die Menschen Seite an Seite leben können. Und zwar ohne, dass sich jemand ständig fürchten muss.«

Ich wusste nur noch nicht, wie. Das mussten die Adligen aber nicht wissen.

»Er ist noch immer ein Drache«, warf Lord Ashcroft ein.

»Und sie ist noch immer eure zukünftige Königin«, schritt Magister Sortex nun scharf ein.

Verwundert sah ich ihn an. *Seit wann setzte er sich so für mich ein?*

Lord Ashcroft verschränkte die Arme vor der Brust und lehnte sich zurück. »Das ist sie. Trotzdem ist Ihre Hoheit auf uns als Verbündete angewiesen, mit Verlaub.«

»Seid vorsichtig mit Euren Worten!«, warnte Sortex.

»Meine Herren«, intervenierte ich. »Die Gemüter sind aufgeheizt, das Volk verunsichert und die Diskussion bringt uns definitiv nicht weiter.«

»Was schlagt Ihr vor, Eure Hoheit?«, fragte Lord Raser.

Alle blickten mich erwartungsvoll an.

Ich straffte die Schultern. »Zuerst einmal werden wir Essen aus der Vorratskammer an das Volk verteilen. Hunger ist ein übler Aggressor.«

Ich wandte mich an den Magister. »Außerdem will ich, dass unsere besten Gelehrten zusammen mit den Kräuterkundigen ausgesandt werden, um die Felder zu inspizieren und den Grund für die Missernten herauszufinden.«

Ich hörte zustimmendes Gemurmel.

»Um den Drachen werde ich mich persönlich kümmern.«

»Ein Drache lässt sich nicht so leicht vertreiben«, warf Lord Ashcroft wieder ein. Doch Magister Sortex scharfer Blick brachte ihn erneut zum Schweigen.

»Der Drache wird das Volk und unser Reich nicht länger behelligen, darauf gebe ich mein Wort.«

Wie ich das anstellen wollte, war mir allerdings noch immer nicht klar.

Alle Lords klopften zustimmend auf den Tisch.

Egal Hauptsache die Adligen wollen mir nicht mehr an die Kehle, dachte ich. Ein leichtsinniger Gedanke, dem war ich mir durchaus bewusst.

»Wenn sonst niemand einen Einwand hat, betrachte ich die Sitzung als beendet.«

»Auf ein Wort«, hielt mich Magister Sortex zurück, als ich den Saal verlassen wollte.

Ich drehte mich zu ihm um und nickte. »Natürlich, Magister.«

»Es gibt da etwas, das Ihr sehen solltet.«

Überrascht hob ich eine Augenbraue an. »So?«

»Folgt mir bitte.« Er machte eine ausladende Handbewegung und bedeutete mir, hinaus in den Flur zu gehen.

Es war spät und obwohl die Versammlung nicht allzu lange gedauert hatte, sehnte ich mich noch immer nach meinem Bett. Jetzt noch mehr denn je.

Außerdem musste ich mit Gewin darüber sprechen, dass er sich hier nicht mehr zeigen durfte. Zumindest so lange, bis ich einen Weg gefunden hatte, dass das Volk ihn akzeptierte.

Bereits beim Gedanken daran verspürte ich einen stechenden Schmerz in meiner Brust. Ich hatte den Drachen gerade erst als Freund dazugewonnen. Dennoch kannten wir uns noch nicht lange. Wieso tat es dann so weh, ihn fortschicken zu müssen?

Wir liefen am Zimmer des Alchemisten vorbei und einen Augenblick lang blitzte in mir der Gedanke auf, ob der Hofarzt mit Magister Sortex gesprochen hatte. Doch mit Sicherheit hätte dieser mich darauf angesprochen.

Unser Weg führte zur Schlossbibliothek.

»Hier entlang, Eure Hoheit«, sagte der Magister und steuerte mich an den vielen, hohen Regalen vorbei, bis in die hinterste Ecke des Raumes.

Aus irgendeinem Grund war mir nicht wohl damit, mit Sortex alleine zu sein. Er gab mir keinen Grund dazu, aber seit er bei meiner Gefangennahme kaum etwas unternommen hatte, vermied ich den Kontakt mit ihm so gut es ging.

Vor einer auffällig staubig wirkenden Reihe kamen wir zum Stehen.

Magister Sortex nahm ein dickes, blaues Buch heraus und legte es auf den kleinen Tisch neben uns. *Magie der alten Welt*, konnte ich in großen Lettern auf seinem Einband lesen.

Was hatte der Magister mit Magie zu tun?

Er schlug es auf und blätterte durch die Seiten. Im Buch fanden sich wilde Zeichnungen, Bilder von Sternen, Figuren und viele Texte, die bereits leicht verblasst waren. Die abgegriffenen, gelblichen Seiten waren stellenweise hauchdünn.

»Hier ist es. Das müsst Ihr Euch ansehen.« Und mit diesen Worten schob er das Buch zu mir herüber.

Neugierig kam ich einen Schritt näher und begann zu lesen.

Der Pakt zwischen der Magie des Reiches Layowin und dem uralten Drachen, prangte als Überschrift in der Mitte. Eine düstere Prophezeiung enthüllt die Macht des Drachen, der das Reich in einem neuen Licht erscheinen lässt.
Das Ritual des Drachen, das einst als Weg zur Erwählung des nächsten Monarchen galt, birgt nach neuesten Enthüllungen eine verstörende Wahrheit. Hinter den magischen Schleiern verbirgt sich die schicksalhafte Offenbarung, dass der Drache nicht nur dazu bestimmt ist, den königlichen Erben zu erwählen, sondern auch, Unheil über das Reich zu bringen.

Die Prophezeiung, die in den geheimen Texten niedergeschrieben ist, besagt, dass der Drache als Hüter der Krone nicht nur die Verantwortung für die königliche Nachfolge trägt, sondern auch einen Tribut für seinen Dienst fordern wird. Dieser Tribut manifestiert sich in einer düsteren Vorahnung von Unruhe und Gefahr, die über das Königreich hereinbrechen soll.
»Wenn der Drache die Krone erwählt, wird er Schatten auf die Länder werfen und eine Ära des Unheils einläuten«, so lautet die beunruhigende Prophezeiung. Der Preis für die Erwählung ist nicht nur der Thron, sondern auch ein Tribut an Dunkelheit und Leid.
Die Magier, die einst die Macht des Drachen bewunderten und studierten, stehen vor der Herausforderung, diese entmutigende Offenbarung zu deuten. Einige argumentieren, dass der Tribut notwendig ist, um das Gleichgewicht der Kräfte aufrechtzuerhalten und das Königreich vor drohenden Gefahren zu schützen. Andere jedoch sehen in der Prophezeiung eine Warnung vor einer unausweichlichen Tragödie, die das Königreich verschlingen könnte.
Die Entscheidung darüber, wie das Königreich mit dieser düsteren Prophezeiung umgehen soll, liegt nun in den Händen der Magier und königlichen Berater. Die Zukunft des Drachen, der seit Jahrhunderten das Schicksal des Reiches beeinflusst hat, wird das Erbe der Krone auf eine harte Probe stellen.

Ich schüttelte ungläubig den Kopf. »Ihr schickt mich hierher, um ein Buch über alte Kindermärchen zu lesen?«, fragte ich den Magister verwirrt. Es hatte schon lange keine Magie mehr gegeben. Und selbst wenn ich nach dem Angriff auf Gewin anderer Meinung war, wie konnte Magister Sortex von mir erwarten, dass ich so etwas glaubte? »Und wieso erfahre ich von diesen Büchern immer erst so spät?«

»Hört mir zu, Eure Hoheit. Seid gewiss, ich bin niemand, der solch einen Unfug leichtfertig dahinsagt. Ich diene dem Königreich seit Jahrzehnten. Und ich will auch Euch ein guter Berater sein. Wie Ihr wisst, war Euer Vater kein großer Anhänger der alten Legenden und Geschichten, doch nachdem er verstarb und die Adligen das Ritual angesprochen haben, habe ich angefangen, in den Archiven der Bibliothek zu suchen. Die Ergebnisse sind erschreckend.«

Was sollte das werden?

»Ich weiß, Ihr seid anderer Meinung und ich schwöre bei den Göttern, ich werde jeden Eurer Befehle bis ins Grab befolgen. Doch überlegt einmal. Was, wenn diese alten Schriften recht haben? Immerhin hat das Ritual den Drachen erweckt.«

»Ein Ritual, das ich gegen meinen Willen mitmachen musste«, fügte ich hinzu.

Der Magister legte eine Hand auf das Buch. »Nur, um Einigkeit im Königreich zu wahren. Ich war mir sicher, dass der Drache Euch erwählen würde.«

»Aber Ihr konntet Euch nicht sicher sein, dass das Ritual überhaupt glücken würde«, fügte ich hinzu.

Er schluckte.

»Eure Hoheit, ich bin ein Gelehrter. Natürlich glaube ich an die alten Schriften.«

Das konnte ich ihm nicht verübeln. Und irgendwo tief in mir drinnen hatte ich das Gefühl, dass er recht haben könnte.

»Es gibt einen Ausweg«, fuhr er fort.

»Ich höre?«

Der Magister blätterte zwei Seiten weiter und deutete auf einen Absatz. »Hier, überzeugt Euch selbst.«

Die Verbindung zwischen einem Drachen und dem König, die durch das uralte Ritual des Drachen geschaffen wird, ist von großer Bedeutung für die Stabilität des Reiches. Doch in Zeiten der Not oder, wie sich in den verborgenen Passagen dieses Buches offenbart, wenn die Prophezeiung des Unheils droht, kann diese Verbindung durch das Schwert der Seelen gelöst werden.

Einen Moment lang hielt ich inne. *Das heißt, ich könnte Gewin befreien?* Mit angehaltenem Atem las ich weiter.

Das Schwert der Seelen, so heißt es, ruht auf dem Grund des Sees der Seelen, einem mystischen Gewässer, das von uralter Magie durchdrungen ist. Dieser See ist nicht nur ein physischer Ort, sondern auch ein spirituelles Reservoir, das die Essenz der königlichen Linie und die Verbindung zu den Drachen in sich birgt.
Die Legende besagt, dass das Schwert der Seelen vom rechtmäßigen König des Reiches entwendet werden muss, um die Drachenbindung zu durchtrennen. Der Weg zum Grund des Sees erfordert nicht nur körperliche Stärke, sondern auch spirituelle Reinheit. Der rechtmäßige König allein kann die magischen Barrieren überwinden, die den Zugang zum Schwert schützen.

Die Drachenbindung zu durchtrennen, bedeutet nicht nur die Befreiung des Drachen von seiner Verbindung zum König, sondern auch die Freisetzung von gewaltigen magischen Energien. Es wird gesagt, dass dieses Ereignis eine tiefe Erschütterung im Gleichgewicht der Kräfte verursacht und eine Prüfung für das Königreich darstellt.

Der Gebrauch des Schwerts der Seelen sollte eine letzte Maßnahme sein, um das Königreich vor drohendem Unheil zu schützen.

Noch etwas betäubt von den geschwollenen Worten der Seiten wich ich einen Schritt zurück.

Gewin befreien. Den Fluch brechen. Die Verbindung zerstören. Dadurch hoffentlich die Hungersnot beenden. Ein Schwert.

»Eure Hoheit, ist alles in Ordnung?«, fragte der Magister besorgt. »Wollt Ihr Euch setzen?«

Ich schüttelte den Kopf.

Mein Volk hungerte, stritt sich. Die Adligen zweifelten noch immer meinen Platz als Thronfolgerin an, die gesamte Bevölkerung war verängstigt und es hatte bereits einen Mordanschlag auf den Drachen gegeben. Die Essensvorräte in den Speichern des Königshauses waren so gut wie leer.

Ich nahm die Warnung über das Gleichgewicht der Kräfte durchaus ernst, doch die Not meines Königreiches war größer.

Plötzlich sah ich alles glasklar vor mir. »Bereitet alles vor. Sollten die Gelehrten bei den Feldern nichts herausfinden, werde ich morgen zum Grund der Seelen aufbrechen.«

15

Gewin gefiel überhaupt nicht, was ich vorhatte. Doch das war mir im Vorhinein klar gewesen.

»Das ist eine Falle, das rieche ich gegen den Wind, kleine Königin«, rief er wütend, als ich am nächsten Morgen vor ihm stand.

»Ich werde gehen, Gewin. Das ist unsere einzige, reale Chance. Sieh doch, das gesamte Volk hat sich gegen dich aufgehetzt. Ich bin machtlos ohne die Hilfe der Adligen.«

»Du bist alles, aber nicht machtlos, kleine Königin. Was nützt dir eine Krone, wenn du dich nicht mal vor deinen eigenen Leuten schützen kannst?«

Seine Worte waren ein Stich in mein Herz.

»Aber was bin ich für eine Königin, wenn ich mich nicht für mein eigenes Volk einsetze? Ich habe die Möglichkeit, die Hungersnot zu beenden. Möglicherweise einen Bürgerkrieg zu verhindern.« *Und dich vielleicht zu befreien.*

Der Drache schwieg.

»Du hast vorhin selbst zu mir gesagt, dass du aufgrund unserer Verbindung nicht weit von mir wegfliegen kannst. Oder willst du wirklich dein Leben eingesperrt im Berg verbringen?«

»Besser, als das Risiko einzugehen, dass du verletzt wirst«, murmelte er trocken.

Ich hielt den Atem an und trat einen Schritt näher an den Drachen heran. Seit er auf meinem Balkon gelandet war, hatte er sich kein einziges Mal wieder in seine menschliche Form verwandelt. Doch in diesem Moment wünschte ich, er könnte es. Nur einen Augenblick lang meine Arme um ihn schlingen und mein Gesicht in seiner weichen Haut vergraben. Seine Wange zärtlich zu berühren und ihm zu sagen, dass alles gut werden würde. Zu diesem Zeitpunkt wünschte ich mir nichts sehnlicher.

Und ich sah in seinen Augen, dass es ihm ähnlich ging.

Die Sonne war hinter den Bergen verschwunden und das letzte übriggebliebene Licht tauchte die Welt um uns herum in ein warmes Orange.

Ich riss mich von seinem Blick los und berührte seine schuppige Schnauze.

Gewin atmete schwer.

»Hast du noch schlimme Schmerzen?«, fragte ich und ließ ihn sogleich wieder los.

Ich hielt kurz in der Bewegung inne, weil mein Körper mir mit einem drückenden Gefühl in der Magengegend deutlich signalisierte, dass ich meine Hand wieder an die Stelle zurücklegen sollte.

Er schüttelte kaum merklich den Kopf. »Es geht. Die Heilungsrate als Drache scheint hoch zu sein.« Gewin grinste.

Er stand zum ersten Mal seit zwei Tagen auf und breitete die Flügel aus.

Ich sah durchaus, dass er dabei leidend das Gesicht verzerrte. Doch keine der Wunden hatte nachgeblutet. Einige der Verbände waren inzwischen abgefallen und auf den meisten hatte sich Schorf gebildet. Nur ein paar Löcher in den ledernen Schwingen waren noch immer gut sichtbar und gaben mir ein dumpfes Gefühl in der Magengegend.

»Ich werde gehen und du kannst mich nicht daran hindern«, begann ich erneut.

Er blickte auf seine zerrissenen Flügel und senkte den Blick. »Nein, das kann ich in der Tat nicht.«

Ich biss mir auf die Lippe. Er tat mir leid. Ich wusste, dass er sich zurecht um mich sorgte. Auch wenn ich nicht ganz verstand, warum er es überhaupt tat.

Einen Moment lang überlegte ich. Dann nahm ich meine Kette, zog sie mir über den Kopf und hängte sie dem Drachen um eines der großen Hörner an seinem Kopf. »Ich habe sie von meiner Mutter«, erklärte ich, als Gewin mich fragend ansah. »Sieh sie als eine Art Versprechen an. Pass auf sie auf, bis ich wieder hier bin.«

Er grummelte. »Zu gehen ist Selbstmord.«

Ich schluckte schwer.

Das hier war das Richtige. Ich tat das Richtige.

»Wen willst du davon überzeugen?«, fragte er unvermittelt. »Mich oder dich selbst?«

Ich warf ihm sein Abendessen hin und ging wieder hinein. »Beide«, flüsterte ich. Doch ich war mir sicher, dass er es nicht mehr hören konnte.

Müde ließ ich mich an der Balkontür hinuntergleiten und setzte mich auf den Boden. Ich fühlte mich, als würden zwei Welten an meinen Armen reißen und immer, wenn ich einer nachgab, wuchs der Schmerz der anderen ins Unermessliche.

Für dich würde ich für immer im Berg bleiben, schlängelte sich Gewins Stimme durch meinen Kopf und ich schluckte schwer. Ein wohlig warmes Kribbeln breitete sich in meiner Brust aus und ich ließ es zu, entspannte mich etwas.

Wieso fiel mir diese Entscheidung so unfassbar schwer? Es war nett von ihm, dass er meinetwegen im Berg bleiben würde.

Ich schüttelte den Kopf. Nein, es war nicht nur nett. Es war aufopferungsvoll. Freundlich. Liebenswert. All das, was ihn zu einem wunderbaren Menschen machte. Einem, der es nicht verdient hatte, den Rest seines Daseins in Dunkelheit zu verbringen.

Seufzend legte ich meinen Kopf in die Hände.

Mit dem Schwert konnte ich unsere Verbindung trennen. Dann konnte er hinfliegen, wohin er wollte. Er wäre vielleicht nicht vom Fluch befreit, jedoch zumindest von mir.

Und was, wenn ich gar nicht von dir befreit werden will?, drängte die Stimme des Drachen wieder in meinen Kopf.

Ich schnappte nach Luft und drehte mich um. Als könnte ich durch die hölzerne Balkontür blicken, starrte ich an die Stelle, hinter der ich Gewin vermutete.

Wenn du nicht willst?, wiederholte ich verwundert seine Worte.

Ich hörte dumpfe Schritte, dann spürte ich warmen Atem, der unter dem Türschlitz hindurchwehte.

Gänsehaut lief mir über den Körper und ich wartete darauf, dass der Drache seine Worte noch einmal wiederholte. Mein Herzschlag beschleunigte sich und ich überlegte fieberhaft, ob ich diesen Satz nur eingebildet hatte.

Doch nichts geschah.

Die Schritte entfernten sich wieder und Kälte trat an den Platz, an dem ich mich gerade so geborgen gefühlt hatte.

Erschöpft stand ich auf, bat meine Zofen in mein Zimmer und ließ mich bettfertig machen.

Meine Entscheidung war gefallen, zu viele Gründe sprachen dafür, dass ich ging. Wenn ich morgen nichts von den Gelehrten hörte, würde aufbrechen und dieses Schwert suchen.

***

Grelles Sonnenlicht weckte mich am nächsten Morgen und ich erschrak, als Minerva die Stoffe von meinem Fenster riss. Beinahe wäre ich dabei aus dem Bett gefallen.

»Eure Hoheit!«, rief sie ebenso erschrocken und eilte sofort herbei.

Gleich wird sie Gewin sehen, raste es mir durch den Kopf. Ich stand panisch auf, was dafür sorgte, dass mir kurz schwindlig wurde.

Dann rannte ich zum Fenster und wollte bereits die Stoffe wieder aufhängen, als ich in meiner Bewegung innehielt. Gebannt stierte ich auf den Balkon hinaus an die Stelle, an der eigentlich ein Drache liegen sollte. An der die letzten Tage *immer* einer gelegen hatte.

Gewin war fort.

»Eure Hoheit, ist etwas nicht in Ordnung?«, drängte die besorgte Stimme meiner Zofe an mein Ohr. Doch ich hörte sie nur aus weiter Ferne. Ich spürte, wie sie mir einen Mantel um die Schultern legte und ihn mir bis zum Hals zuknöpfte. »Eure Hoheit, Ihr friert doch!«

Gewin?, schickte ich durch die Verbindung.

Keine Antwort.

Ich suchte das Band ab, das unsere Gedanken stets miteinander verknüpfte, und konzentrierte mich.

Um sicherzugehen, lief ich zur Balkontür, riss sie auf und trat hinaus.

Wie an jedem der letzten Tage strahlte mir die Sonne hell und freudig ins Gesicht. Diesmal hatte ich allerdings das Gefühl, dass sie mich eher verhöhnte.

Weder vom Drachen noch von den Verbänden war eine Spur zu sehen. Ich schüttelte den Kopf.

»Prinzessin Ella.« Eine männliche Stimme riss mich aus meinem tranceähnlichen Zustand.

Ich wirbelte herum und sah direkt in die grauen Augen von Magister Sortex. Er trug wie immer sein langes, braunes Gewand, dass lediglich mit dem Drachenwappen unseres Hauses bestickt war.

Ich räusperte mich. »Ja?«

»Verzeiht, Eure Hoheit«, sagte Minerva. »Aber ich habe mir solche Sorgen um Euch gemacht, als Ihr nicht reagiert habt. Ihr standet einige Zeit vor dem Fenster und wart nicht ansprechbar. Da habe ich es mir erlaubt, Magister Sortex herbeizurufen.«

Ich sah sie an und bemühte mich um eine sanfte Stimme. »Bitte mach dir keine Vorwürfe, Minerva. Alles ist in Ordnung.« Dann wandte ich mich an den Magister. »Ist für meine Reise alles vorbereitet?«

»Es gibt da noch ein anderes Problem, Eure Hoheit.«

Natürlich, ein neues Problem. Was hatte ich erwartet?

»Ihr seid jetzt seit mehreren Tagen zurück und das Volk wird langsam nervös.«

»Ich bin doch dabei. Ihr habt mir selbst gesagt, wenn ich das Schwert finde, könnte ich das Unheil von unserem Land abwenden.«

Er räusperte sich. »Das meine ich nicht.«

Ich seufzte. Geduld war nie meine Stärke gewesen.

»Es geht um Eure Krönung«, sagte er schließlich.

Seine Worte trafen mich wie ein Blitz. *Die Krönung war mir so wichtig gewesen, wie konnte ich sie vergessen?*

»Nun, es wird schwierig, beide Dinge gleichzeitig zu machen«, wandte ich ein.

»Gewiss, Eure Hoheit. Aber wenn ich anmerken dürfte, dass es gar keine schlechte Idee ist, Euer Vorhaben an Eurer Krönung mitzuteilen? Sagt Eurem Volk, was Eure erste Amtshandlung als Königin sein wird und ich bin mir sicher, dass Ihr sofort ihre Stimmen auf Eurer Seite haben werdet.«

Ein vernünftiger Schachzug, definitiv.

Ich überlegte kurz. »Gut. Wir machen es wie bereits mit meinem Vater besprochen. Bereitet alles für die Krönung vor, vernachlässigt dabei aber nicht die Vorbereitungen für meine Reise zum Schwert.«

Magister Sortex nickte zufrieden. »Wie Ihr wünscht, Eure Hoheit.«

Er wollte sich bereits umdrehen, da sprach ich ihn nochmals an.

»Ach, und Magister. Bitte sorgt dafür, dass das alles so früh wie möglich stattfindet.«

»Gewiss, Prinzessin.« Und mit diesen Worten verschwand er aus meinem Gemach.

Ich stieß einen langen Seufzer aus und ließ mich mitsamt dem Morgenmantel rücklings aufs Bett fallen. Ich nahm eines der weißen Daunenkissen und legte es mir aufs Gesicht.

»Kann ich Euch irgendwie helfen, Eure Hoheit?«, fragte Minerva und am liebsten hätte ich sie gebeten, einmal einen Tag meine Aufgaben zu übernehmen. Einfach, damit ich etwas durchatmen kann.

Doch ich war nun mal die zukünftige Königin und sich vor Aufgaben drücken, gehörte definitiv nicht zu meinen Eigenschaften.

»Nimm dir heute frei, Minerva. Sagt das auch Tala. Ich werde ein Kleid wählen, aus dem ich alleine wieder raus komme.«

»Aber Eure Hoheit ...«

»Das ist ein Befehl«, unterbrach ich sie. »Ihr werdet trotzdem bezahlt. Seht es als eine Art ... bezahlte Freizeit.« Meine Stimme kam nur dumpf durchs Kissen hindurch.

»Wie Ihr wünscht.« Und mit diesen Worten hörte ich, wie sich ihre Schritte zur Tür bewegten. Das Knarzen der Scharniere sagte mir, dass sie sie geöffnet haben musste. »Danke«, warf sie in die Stille des Raumes, bevor das erlösende *Klick* ertönte.

Ich war allein.

Es war Erleichterung und pure Anspannung zugleich, die ich spürte. Sofort wurde ich mit einem Schwall Gedanken bombardiert, die mich einfach nicht in Ruhe lassen wollten.

Wo war Gewin?

Wollte er mich so davon abhalten, das Schwert zu suchen?

Wieso war er überhaupt so dagegen?

Oder hatte ich die letzten Tage und Gespräche doch nur geträumt?

Nein, das Volk fürchtete sich noch immer vor dem Drachen, also war er real.

Doch wieso antwortete er mir dann nicht mehr?

Ich schrie in mein Kissen hinein und warf es dann mit voller Wucht an die Wand.

Niemand hatte mir gesagt, dass es so schwer sein würde, die eigenen Gefühle und Wünsche, sowie die der anderen unter einen Hut zu bekommen. Natürlich hatte mich mein Vater so gut er konnte auf das Dasein als Thronerbin vorbereitet. Doch von Gefühlen war nie die Rede gewesen.

Ich entschied mich also, nach den Gelehrten zu schicken, erfuhr, dass sie absolut keine Ahnung hatten, weshalb die Felder nicht trugen. Am Wasser konnte es laut ihnen nicht liegen, denn die Bauern berichteten, dass die Pflanzen auch nach dem Gießen nicht wuchsen.

***

Den restlichen Nachmittag schickte ich Gewin die ein oder andere unbeantwortete Nachricht und fand mich am späten Abend in meinem Bett wieder.

Magister Sortex hatte mir des Nachmittags eine Nachricht zukommen lassen, dass die Krönung schon in drei Tagen startete.

Mir war das nur recht.

Ich nutzte die Zeit, um mich etwas zu erholen und war mehr als glücklich, dass ich es diesmal tatsächlich schaffte.

Das Einzige, das fortwährend an mir nagte, war das Gefühl der Einsamkeit. Tief in meiner Brust wuchs ein Knoten heran, der sich einfach nicht entwirren wollte.

Dass Gewin sich nicht meldete, machte das Ganze nur schlimmer. Ich vermisste die langen Nächte, in denen wir miteinander sprachen. Die Wärme, die seine Gegenwart in meinem Körper erzeugte und sogar den Schlagabtausch, den wir uns immer wieder lieferten.

Plötzlich wurde es mir klar. Ich vermisste ihn.

16

Drei Tage später

Wie jeden Morgen lief ich zum Fenster und blickte auf den leeren Balkon in der Hoffnung, dass dort wieder Gewin liegen würde.

Wie jeden Morgen wurde ich enttäuscht.

Drei Tage waren vergangen und ich hatte noch immer kein Wort von dem Drachen gehört. Ich war nicht wütend, aber doch enttäuscht darüber, dass er sich nicht einmal die Zeit genommen hatte, sich von mir zu verabschieden.

Wenigstens sich bei mir bedanken und mir eine gute Reise wünschen hätte er können, dachte ich geknickt.

Wobei enttäuscht untertrieben war, dem dicken Knoten in meiner Brust nach zu urteilen.

Noch immer versuchte ich die Beweggründe des Drachens zu verstehen. Wieso er es auf sich nehmen wollte, bis zu meinem Tod in einem Berg eingesperrt zu sein.

Und was, wenn ich gar nicht von dir befreit werden will?, erinnerte ich mich an den Satz, den ich vor drei Tagen in meinem Kopf gehört hatte. Seinen Satz. Zumindest glaubte ich, dass er es gedacht hatte.

Du kannst ihn nicht von einem Fluch befreien, sagte die Stimme der Vernunft zu mir.

Und ich wusste, dass sie Recht hatte.

Alles, was ich wollte, war ihn zumindest von mir zu lösen.

***

Ich betrat die prächtige Schlosskirche mit einem gewissen Maß an Ehrfurcht und Aufregung. Mein Herz schlug mir bis zum Hals, denn ich wusste, dass alle Augen auf mich gerichtet waren.

Die schweren Holztüren öffneten sich langsam vor mir und das gedämpfte Gemurmel der versammelten Menge drang an meine Ohren.

Ich atmete tief ein. Der Duft von Weihrauch hing in der Luft und verlieh dem Raum eine feierliche Atmosphäre.

Die Holzbänke links und rechts waren gefüllt mit Menschen, die sich in schweigender Erwartung auf ihre Plätze niedergelassen hatten. Ich glaubte, unter ihnen sogar meine Zofen Minerva und Tala zu erkennen.

Als meine Schritte auf dem Steinboden der Kirche erklangen, wandten sich mir die Köpfe des Volkes zu.

Ein Flüstern durchzog die Menge, während ich den Mittelgang entlang schritt, begleitet vom sanften Rauschen meiner roten, hochgeschlossenen Robe. Mein Krönungsgewand war ein prachtvolles Meisterwerk aus feinsten Stoffen und kunstvollen Stickereien. Der Schnitt war trotz allem elegant, betonte meine Haltung und verlieh mir eine königliche Aura. In goldenen Fäden war das majestätische Wappen meines Königreichs eingearbeitet – der Drache. Seine Flügel erstreckten sich über den Stoff, während sein stolzer Kopf in die Ferne blickte. Die Details waren atemberaubend, von den geschwungenen Schuppen bis zu den fein ausgearbeiteten Klauen. Der Drache verkörperte die Stärke, Macht und Weisheit, die ich als Herrscherin repräsentieren sollte.

Und sofort schlich sich Gewin wieder in meine Gedanken.

Doch bevor ich mir weiter über den Drachen den Kopf zerbrechen konnte, riss mich die Krönungsmusik zurück in die Gegenwart.

Es fühlte sich an wie eine Hochzeit. Die Versammlung von Menschen, die mit gespannter Aufmerksamkeit auf das Ereignis warteten.

Die Kerzen an den Wänden, die ihr warmes Licht auf die prächtigen Fresken und Skulpturen in der Schlosskirche warfen und die Harfen, zu deren Musik ich einen Fuß vor den anderen setzte.

Im vorderen Teil der Kirche warteten Magister Sortex und der Prediger mit ernster Miene auf mich. Auf dem Altar der Drachen, welcher mit kostbaren Stoffen verziert war, lagen die Symbole meiner künftigen Herrschaft – die Krone und der Ring meines Vaters.

Bereits bei ihrem Anblick musste ich schlucken. Bisher hatte ich die große, geschwungene Krone nur auf dem Kopf meines Vaters gesehen.

Als ich näher kam, konnte ich die Blicke der Anwesenden auf mir spüren und ein Gefühl von Verantwortung und Bestimmung erfüllte mich. Die Krönung in der Schlosskirche war nicht nur eine Zeremonie, sondern ein bedeutsamer Moment, der mein Leben für immer verändern sollte.

Magister Sortex und der Prediger standen erwartungsvoll da. Und mit jedem Schritt, mit dem ich näher kam, stieg auch meine Anspannung.

Der Altar der Drachen vor mir war ein Portal zu einer neuen Phase meines Lebens, einen Abschnitt, den sich meine Eltern immer für mich gewünscht hatten. Und den ich ganz bestimmt gut meistern würde.

Zumindest hoffte ich das.

Je näher ich kam, desto mehr hatte ich das Gefühl, das die Krone und der Ring meines Vaters mich anstarrten. Mein Herz schlug mir mittlerweile bis zum Hals und ich es gelang mir einfach nicht, mich zu beruhigen.

Die Blicke des Volkes verfolgten mich, als ich mich vor den Altar stellte und zu ihnen umdrehte.

Auf den Holzbänken sah ich Menschen unterschiedlicher Stände und Schichten, die sich vereint hatten, um diesen historischen Augenblick zu erleben. Die sich wegen mir hier versammelt hatten.

Das sanfte Gemurmel der Menge wurde von einem leisen Raunen abgelöst, als der Prediger seine Stimme erhob.

»Wir haben uns heute hier zusammengefunden, um Zeuge der Krönung Ihrer Majestät zu werden.«

Seine Worte schwebten im Raum und die festliche Stille wurde nur durch gelegentliches Husten der Leute unterbrochen.

Magister Sortex wich nicht von meiner Seite und zum ersten Mal war ich für seine Anwesenheit wirklich dankbar.

Ich war so mit mir selbst beschäftigt, dass ich regelrecht aufschreckte, als sich der Prediger mir zuwandte. »Und so frage ich Euch, Prinzessin Eleanor, werdet Ihr alles geben und das Königreich mit Eurem Leben verteidigen, so wahr Ihr hier steht?«

Ich schluckte. »Ja, das werde ich. So wahr ich hier stehe.«

Der Prediger nickte. »Gut.« Er drehte sich zum Altar um und ich wusste, dass der Moment gekommen war.

Als ich die Krone auf mein Haupt gesetzt und den Ring an meinen Finger gesteckt bekam, konnte ich die Erwartungen des Volkes förmlich spüren.

»Lang lebe Eleanor Silverwing I., Königin von Layowin!«, rief der Prediger und das Volk stimmte mit ein.

Ich stand dort und sah auf einen Teil meiner Leute, die teilweise jubelnd, teilweise zurückhaltend von ihren Bänken aufstanden und mich als ihre Regentin begrüßten.

Ich wartete einen Augenblick, bis sich die Stimmen wieder gesenkt hatten und machte dann einen Schritt auf mein Volk zu.

»Meine lieben Leute«, begann ich und merkte, wie meine Hände zitterten.

Das hier ist das Richtige, rief ich mir ins Gedächtnis.

Wen versuchst du davon zu überzeugen?, hörte ich plötzlich Gewins Stimme in meinem Kopf und zuckte erschrocken zusammen. Es war genau wie vor ein paar Tagen. Dieselbe Stimme, der gleiche Satz.

Wo warst du die ganze Zeit?, warf ich ihm stattdessen entgegen.

Wie erwartet schwieg er, also holte ich noch einmal tief Luft.

»Ich bin heute nicht nur hier, um die Krone in Empfang zu nehmen. Ich bin auch hier, um mein Versprechen einzulösen.«

Das Gemurmel im Raum wurde lauter.

»Mir ist bewusst, dass ihr euch fürchtet und ich nehme eure Sorgen ernst. Deshalb werde ich schon morgen aufbrechen, um das sagenumwobene Schwert der Seelen zu finden. Laut den alten Schriften unseres Hofgelehrten ist es mir mit dieser Waffe möglich, das Unheil, welches das Ritual über uns gebracht hat, zu beseitigen!«

Einen Moment lang herrschte Stille und ich hatte Angst, dass mir mein Volk nicht glauben würde. Doch dann brachen die Menschen in lauten Jubel aus. Sie klatschten freudig in die Hände und ich konnte in ihren Gesicherten sehen, dass sie neue Hoffnung schöpften.

Hoffnung, die ich nicht zerstören wollte. Die ich nicht zerstören *durfte.*

»Das war eine gute Entscheidung«, flüsterte mir Magister Sortex ins Ohr, während die ersten Leute die Kirche verließen.

Ich nickte und hätte erleichtert sein müssen. Erleichtert, dass mein Volk noch immer hinter mir stand und dass ich eine Möglichkeit gefunden hatte, den Frieden im Königreich zu wahren, ohne dass jemand sein Leben lassen musste.

Doch ich war alles andere als erleichtert. Denn das Netz, dass der Knoten in meiner Brust mittlerweile über meinen Körper gespannt hatte, zog sich immer weiter zusammen.

17

Gewin

Ich lief in meiner Höhle aufgewühlt auf und ab. Mit den kaputten Flügeln hatte ich es gerade so zu meinem alten Unterschlupf geschafft. Doch ohne Ellas Behandlung würde es weit schlimmer um mich stehen.

Ich seufzte.

Es war das erste Mal gewesen, dass ich das Gefühl hatte, dass sich wirklich jemand um mich sorgte. Ganz ohne eine Gegenleistung. Einfach so.

Niemals zuvor hatte mir damals jemand so selbstlos geholfen.

Nicht so wie Ella.

Ein beißender Schmerz glitt durch meinen Brustkorb und nahm mir beinahe die Luft zum Atmen. *Es ist gut gewesen, zu gehen*, redete ich mir ein. Ich hatte ihre quälenden Gedanken gehört. Sie war innerlich so zerrissen, dass ich ihr diese Entscheidung abnehmen musste.

Mit Sicherheit wird sie ihre Reise so noch einmal überdenken. Warum sollte sie ihr Leben aufs Spiel setzen und auf den Grund des Sees tauchen, wenn der furchteinflößende Drache sich selbst im Berg einsperrt?

Weil ihr etwas an dir liegt, sagte eine Stimme tief in meinem Inneren. Und ich wusste, dass sie Recht hatte.

»Verdammt!«, rief ich und peitschte mit meinem dornenbesetzten Schwanz gegen die Innenseite des Berges. Steinbrocken lösten sich aus der Wand und fielen mit einem Krachen zu Boden. Dass der Berg einstürzen könnte, machte mir keine Angst. Dann wäre ich zumindest wirklich hier eingesperrt.

Ich hasste es, so hilflos zu sein. Ich hasste es, über rein gar nichts die Kontrolle zu haben. Nicht über mein Leben, nicht über meine Gefühle, ja nicht einmal über den Tod.

Ich erinnerte mich an die letzten Male, als ich einem König gedient hatte. Vielleicht hätte ich genau wie da auch nach dem Ritual in meinem Berg bleiben sollen. Vielleicht wären die Dorfbewohner dann nicht misstrauisch geworden.

Doch bei der Verbindung mit Ella war es anders. Es fiel mir schwer, so weit weg zu sein. Selbst mein sonst so sicheres Zuhause hier war nicht nah genug an ihr dran. Nur deshalb war ich so häufig beim See gewesen. Hatte sie beobachtet und war in ihrer Nähe geblieben. Auch für den Fall, dass sie mich brauchte.

Und damit hatte ich alles nur schlimmer gemacht.

Noch immer hörte ich ihre Gedanken in meinem Kopf. Ella stand kurz vor der Krönung und ich spürte ihre Angst. Ihre Unsicherheit. Dabei war sie das Beste, was dem Königreich Layowin hätte passieren können. Die erste Königin und damit auch eine neue Chance für das Land.

Doch sie durfte nicht nach dem Schwert der Seelen suchen. Wer auch immer ihr davon erzählt hatte, hatte definitiv nichts Gutes im Sinn. Denn das Schwert der Seelen auf dem Grund des Sees existierte nicht. Ich wusste das, ich war selbst dort gewesen. Das Einzige, das man dort fand, war der Tod.

Nichts hätte ich lieber getan, als sie gewarnt. Doch der Fluch der Hexe hinderte mich. Nahm mir die Worte, sobald ich sie formen wollte und vernebelte meinen Kopf.

So konnte ich nur hoffen, dass sie sich doch noch umentschied.

18

Ich fühlte mich nicht anders, als mir Tala in meine neu gekaufte Hose half und mir ein enganliegendes Hemd überzog. Obwohl ich jetzt Königin von Layowin war, fühlte ich mich noch immer genauso wie als Prinzessin.

Nicht, dass ich etwas anderes erwartet hätte. Aber es war trotzdem irgendwie seltsam.

»Kannst du mir die Haare so flechten, dass sie mir nicht mehr ins Gesicht fallen können? Also auch keinen Zopf?«, bat ich meine Zofe und setzte mich vor den Spiegel.

»Natürlich, eure Majestät«, erwiderte diese und machte sich sofort ans Werk.

Ich sah in die grünen Augen einer jungen Frau, die noch immer mit ihrer Entscheidung, das Schwert zu suchen, haderte.

Vielleicht sollte ich noch einmal zum Waldrand gehen und nach Gewin fragen?

Doch was wäre die Alternative? Er kommt zurück und ich muss ihn dann wieder wegschicken? Das war sinnfrei.

Er kommt nicht zurück und sperrt sich selbst im Berg ein? Beide Versionen endeten damit, dass er sich selbst quälte. Und ich hatte dem Volk versprochen, dass ich ihnen ein magisches Schwert bringen würde.

»Fertig!«, sagte Tala zufrieden und hielt mir von hinten einen Spiegel vor.

Ich staunte.

Meine braunen Locken waren kunstvoll zu einer Frisur geflochten. Die geschickten Hände von Tala hatten die Strähnen zu einem aufwendigen Zopf geformt, der sich an meinem Haaransatz entlangzog und in einer sanften Kurve nach hinten führte. Die kunstvollen Muster reichten von kleinen, eng geflochtenen Abschnitten bis hin zu größeren, lockereren Geflechten, die der Frisur eine gewisse Leichtigkeit verliehen.

»Wow, Tala, ich wusste ja gar nicht, dass du sowas kannst!«

Meine Zofe lächelte verlegen. »Ich habe oft an mir selbst geübt, Eure Hoheit. Gerade in der Landwirtschaft ist es wichtig, dass ich die Haare aus dem Gesicht habe.«

Bei ihren Worten verspürte ich ein Ziehen im Magen.

Ich drehte mich zu ihr um. »Ich habe gar nicht mehr nach deinem Vater gefragt. Wie geht es ihm?«, fragte ich betroffen. Sofort breitete sich das schlechte Gewissen in mir aus.

Doch Tala lächelte. »Lieb, dass Ihr fragt. Seit ich weniger arbeiten muss und mehr Zeit für die Pflege habe, geht es ihm deutlich besser. Vielen Dank noch einmal dafür!« Sie senkte den Blick.

Ich berührte vorsichtig ihre Schulter. »Bedank dich nicht, das war das Mindeste, das ich für dich tun konnte. Wenn du noch etwas brauchst, kannst du dich immer an mich wenden. Das gilt auch für dich, Minerva.« Ich lächelte noch immer und hoffte, dass meine Aufrichtigkeit deutlich wurde.

Beide nickten, dann schwiegen wir.

»Ihr seht fabelhaft aus, Eure Hoheit«, lenkte Tala vom Thema ab. Sie nahm einen kleinen Handspiegel vom Tisch und zeigte mir das Geflochtene von hinten.

»Wirklich super!«, ging ich auf den Themenwechsel ein.

»Das freut mich.« Sie legte den Spiegel zurück auf den Tisch und ich stand auf. »Ich habe euch einen Beutel mit Proviant aufs Bett gelegt. Magister Sortex hatte mich gebeten, ein Seil und ein Messer dazuzulegen, ich hoffe das war in Ordnung?«

Ich nickte, griff nach der Tasche und band sie mir um die Hüfte. »Ich nehme noch einen dicken Mantel mit, denn ich gehe davon aus, dass ich nach dem Tauchen frieren werde«, überlegte ich laut. Ich hatte zwar noch keine Ahnung, wie ich so lange die Luft anhalten sollte, aber darüber würde ich mir Gedanken machen, wenn es soweit war. Irgendeine magische Möglichkeit musste es ja geben, um an das Schwert zu gelangen.

Tala verstand sofort. Sie lief zu meinem Kleiderschrank und kramte einen Wollmantel heraus, den sie mir sogleich brachte.

»Ich danke dir«, sagte ich und klemmte ihn mir unter den Arm.

»Gut, dann wird es jetzt ernst«, murmelte ich und sah meine Zofen an.

»Ihr schafft das, Eure Hoheit. Wir glauben alle an Euch.«

Das Problem war, dass der Druck, welcher auf mir lastete, dadurch nicht weniger wurde.

Doch ich antwortete mit einem freundlichen Lächeln.

***

Als ich das Schloss verließ, hüllten tiefe, bleierne Wolken den Himmel in Dunkelheit.

Na super, das passt ja zu meinem Vorhaben, dachte ich und genau in dem Moment ergoss sich ein kalter Schauer auf meine Kleidung und den Wollmantel. Der trübe Regenschauer verschleierte nicht nur die Umgebung, sondern auch meine Gedanken.

Zweifel nagten an mir, und die Unsicherheit, ob das Ganze wirklich so schlau war, schlichen sich erneut in mein Gemüt.

Mein Hemd und meine Hose waren binnen weniger Augenblicke vollständig mit Wasser vollgesogen. Der Wollmantel, der mich vor Kälte schützen sollte, wurde zu einem durchnässten Ballast. Jeder Schritt, den ich tat, war mühsam, als wollte es mir jemand besonders beschwerlich machen, zum See zu gelangen.

Ich verließ den Schlosshof und ließ die Wachen am Tor zurück. Mehrmals musste ich ihnen versichern, dass ich wünschte, allein weiterzugehen. Immerhin konnte laut dem Buch nur der rechtmäßige König oder in meinem Fall die rechtmäßige Königin das Schwert der Seelen finden.

Die wenigen Bäume entlang des Pfades zum See der Seelen schienen mir heute düster und undurchdringlich. Ich hörte die Tropfen, die auf dem Boden trommelten und der Regen bildete kleine Rinnsale auf dem von Schlamm durchzogenen Pfad.

Binnen kürzester Zeit hatten sich große Pfützen gebildet, denen ich schon bald nicht mehr ausweichen konnte.

Nun hatte ich auch noch nasse Füße. *Aber zumindest hat das Volk seinen lang ersehnten Regen,* dachte ich zugleich. Ob das ein gutes Omen für mein Vorhaben war?

Meine Unsicherheit wuchs, dennoch trieb mich der Wunsch mein Volk und mein Königreich, zu retten dazu weiterzugehen. Jeder Schritt in Richtung des Sees der Seelen schien wie eine Verpflichtung, begleitet von einem Gefühl der Isolation.

Die Natur, die mich umgab, spiegelte meine inneren Ängste wider und die monotone Melodie des Regens unterstrich meine bedrückte Stimmung.

Als ich endlich angekommen war, legte ich meine Tasche und die restliche Kleidung auf den Boden und zog die Schuhe aus. Nur noch in Unterwäsche gehüllt, schlang ich die Arme um meinen Körper und blickte aufs Wasser hinaus.

Die wenigen Bäume am Ufer des Sees ragten geheimnisvoll in den Himmel, ihre Silhouetten wurden vom Schatten der dunklen Wolken verschluckt.

Ich wandte meinen Blick aufs Wasser. Es schien tief und undurchsichtig, ein Spiegel meines eigenen Zwiespalts und der Schwere, die meine Entscheidung begleitete.

Doch das würde mich nicht zurückhalten. Ich spürte eine innere Pflicht, diesen Weg zu gehen, selbst wenn er von Zweifeln und Dunkelheit geprägt war. Der

Kampf für mein Volk verlangte nach Opfern, selbst wenn das mein eigenes Leben sein sollte.

Mit zögernden Schritten trat ich barfuß auf den rauen Untergrund, der von den Regenwassern gesättigt war. Die kalten Wellen, die meinen Füßen entgegen schwappten, durchzogen mich mit einem eisigen Schauer. Gänsehaut breitete sich rasch aus, während ich in das Gewässer eintauchte.

Das Wasser stieg mir erst bis zu den Knöcheln und die Erinnerung an das vergangene Ritual, ließ mich erzittern. Ein Schaudern durchzog erneut meinen Körper und mein Herz schien einen Moment lang zu stocken, als die Eiseskälte des Sees mich umhüllte.

Unsicherheit umgab mich wie ein eisiger Nebel aber mit jedem weiteren Schritt in den kalten See hinein kämpfte ich gegen meine Ängste an. Der See der Seelen, den niemand je betreten wollte, war mittlerweile völlig in Nebel gehüllt. Es war, als hätte er meine Ankunft erwartet.

Ich konnte die Dunkelheit des Sees nicht durchschauen aber die Dunkelheit meines Pfades wurde von einem fernen Licht erhellt – der Hoffnung auf Erlösung und einer besseren Zukunft für mein Volk.

Als ich bereits schwimmen musste, überlegte ich kurz, ab wann ich tauchen sollte.

Gar nicht. Abrupt drangen die beiden Worte durch meinen Geist. *Hör auf damit, geh zurück, kleine Königin!*

Gewin. Ausgerechnet jetzt? Nein, er würde mich nicht mehr aufhalten.

Fest entschlossen schwamm ich in kräftigen Zügen auf die Mitte des Sees zu. Ganz wie bei dem Ritual damals, würde ich mich freiwillig diesem magischen Ort darbieten.

Ella, hör auf! Das bringt dich nicht weiter! Du wirst sterben!

Die vertrauten Worte des Drachen erklangen in meinem Kopf. Doch ich bis die Zähne zusammen und hörte erst auf zu schwimmen, als ich an besagter Stelle angekommen war.

Ich komme jetzt und hol dich da raus!

Tränen rannen mir über die Wangen und vermischten sich mit dem modrigen Wasser des Sees, als ich tief Luft holte und ins eisige Nass hinabtauchte.

Ich hörte, dass etwas in die Oberfläche des Wassers eintauchte, doch da hatte mich bereits die Dunkelheit umringt.

Ich tauchte tiefer und tiefer, bis ich den aufbauenden Druck auf meiner Lunge kaum mehr aushielt.

Es war mir egal, ich musste irgendwie auf den Grund gelangen und das am besten, ohne zu ertrinken.

Hinter mir hörte ich, dass mir etwas Großes nachschwamm. War mir Gewin gefolgt?

Ich muss das tun, schickte ich durch unsere Verbindung. *Lass mich das für dich tun, bitte.* Selbst in meinen Gedanken hörte es sich wie ein Flehen an.

Das Rauschen in meinen Ohren wurde lauter, doch ich konnte noch immer nichts erkennen. Meine Hände fassten mit jedem Zug ins Leere.

Mein Herz raste. Ich wollte nicht, dass Gewin mich erneut rettete. Ich wollte nicht, dass er mir die Möglichkeit nahm, ihn zu retten. Mein Königreich zu retten.

Plötzlich spürte ich etwas Festes an meinen Füßen. Krallen legten sich um meine Beine.

»Nein, nein, nein!«, rief ich und die restliche Luft entwich meinem Mund. Ich riss vor Schreck die Augen auf und wurde sofort mit einem grässlichen Brennen dafür bestraft.

Plötzlich erblickte ich ein grelles Licht, das immer schneller auf mich zuraste. Ich rang nach Luft, legte mir die Hände um den Hals und strampelte wild mit den Beinen. Ich musste dringend auftauchen, wenn ich nicht ertrinken wollte.

Nein! Ich war noch nicht am Grund! Ich war so kurz davor!

Panisch versuchte ich die Krallen loszuwerden, doch das Einzige, das ich erreichte, war körperliche Erschöpfung.

Ich spürte, wie mich Gewin nach oben zog und ließ ihn schließlich gewähren. Tod würde ich meinem Volk auch nichts bringen.

Meine Lunge rebellierte und ich merkte, dass ich kurz davor war, das Bewusstsein zu verlieren.

Dann verschluckte mich das Licht und der Griff um meine Beine löste sich.

***

Als ich die Augen wieder aufschlug, befand ich mich in einer düsteren, stinkenden Grotte. Das Bewusstsein kehrte nur langsam zu mir zurück, begleitet von einem dumpfen Dröhnen in meinen Ohren.

Ein stechender Schmerz durchzog meinen Kopf und als ich versuchte, nach Luft zu ringen, wurde mir bewusst, dass ich nur knapp dem Ertrinken entkommen war. Ich hustete mehrmals und rieb mir die noch immer brennenden Augen.

Wo war ich hier?

Wasser tropfte von meinem Körper und der eiskalte Schauer des Sees steckte noch immer tief in meinen Knochen. Ich fröstelte und schlang reflexartig die Arme um meinen Körper.

Die Grotte um mich herum war von undurchdringlicher Dunkelheit durchzogen. Das diffuse Licht, das durch Spalten in der Decke fiel, enthüllte karge Felswände und den feuchten Boden unter mir. Ein übler Geruch nach Erde und Moder hing in der Luft.

Der Klang von Wassertropfen, die von der Decke fielen, mischte sich mit meinem keuchenden Atem.

Ich erinnerte mich an den Drachen, der gerade noch meine Beine mit seinen Klauen festgehalten hatte. Ein Schauer lief mir über den Rücken, als ich mich fragte, wo er jetzt war.

Hatte Gewin mich hierher gebracht? Unwahrscheinlich. Die Grotte war viel zu klein für einen Drachen.

War ich allein hier?

Meine Beine fühlten sich schwer an, als ich mich schwankend aufrichtete.

Ein gedämpftes Dröhnen erklang weiterhin in meinen Ohren und ich konnte die Erinnerung an den Drachen nicht abschütteln.

Die Grotte schien ein unfreiwilliges Gefängnis zu sein und mein Verstand war gefangen zwischen der Finsternis der Umgebung und der Unsicherheit über das

Schicksal, das mich hierher geführt hatte. Zweifel stiegen in mir auf, begleitet von der brennenden Frage, ob ich hier das Schwert der Seelen finden würde.

Gut, irgendwie muss ich ja hierhergekommen sein, überlegte ich und schaute mich noch einmal um.

Meine Sinne wurden allmählich klarer, da bemerkte ich, dass ich nicht allein in der Grotte war. Durchscheinende Lichter tanzten am Rande meines Blickfelds, als flackernde Fackeln in Nischen in den Felswänden.

Seltsame Schatten bewegten sich in den dunklen Ecken und ich spürte, dass diese Höhle mehr Geheimnisse barg, als ich auf den ersten Blick erfassen konnte.

19

»Hallo?«, rief ich und fragte mich im gleichen Augenblick, ob das so eine gute Idee gewesen war.

Vorsichtig ging ich ein paar Schritte. Die Steine, auf denen ich barfuß entlanglief, waren glitschig und teilweise scharfkantig. Ich musste aufpassen, dass ich nicht stolperte oder mich gar verletzte. Gepaart mit den schlechten Lichtverhältnissen und der Kälte, war dieser Ort wahrlich das reine Grauen.

Doch laut den alten Schriften in der Schlossbibliothek würde der Weg zu dem Schwert nicht leicht werden. Und ich war mehr als froh, dass ich schon so weit gekommen war.

Wobei. Wo verdammt noch mal war ich hier überhaupt gelandet? Dem fischig-modrigen Geruch nach zu urteilen, dürfte das Wasser nicht weit sein. Trotzdem war alles, was ich hier sehen konnte, nasse Steine und Moos. Und ob es sich dabei um den See der Seelen handelte, konnte ich nicht mit Sicherheit sagen.

Ich wunderte mich nicht, dass ich mich nicht mehr Unterwasser befand. Seit dem Erscheinen des Drachens bei meinem Ritual war ich scheinbar etwas abgehärtet, was Magie betraf. Und dieses Licht, das mich scheinbar hierher gebracht hatte, war definitiv Magie gewesen.

Bloß wo war es jetzt?

Ich tastete mich durch die düstere Grotte, meine Hände auf der kalten, feuchten Oberfläche der Felswände abstützend.

Mein Körper zitterte noch immer vor Kälte, während ich nach einem Weg suchte, der tiefer ins Innere der Höhle führte. Der Klang meiner Schritte wurde von den nackten Wänden verschluckt und ich hatte das Gefühl, dass das gedämpfte Licht waberte.

Ich drehte mich erschrocken um. War da eben nicht jemand gewesen?

Plötzlich durchdrang eine klare, melodische Stimme die Stille der Höhle. Ein Gesang so rein und schön, dass er meine Sinne vollends gefangen nahm. Die Worte schienen den Steinen selbst zu entspringen und ich drehte mich einmal im Kreis. Die Melodie hatte etwas Magisches, etwas, das mich förmlich in seinen Bann zog.

Wie in Trance folgte ich dem Klang der singenden Stimme, die mich durch verwinkelte Gänge und schmale Durchgänge leitete. Gespannt lauschte ich den hohen und tiefen Oktaven und bemerkte, dass ich mich immer weiter von dem Ort entfernte, an dem ich erwacht war.

Der Gesang war mein Kompass in der Dunkelheit und die Vorfreude darauf, wer oder was hinter dieser zauberhaften Melodie steckte, überwog meine anfängliche Unsicherheit.

Ob hier weitere Menschen gestrandet waren? Vielleicht war ich gar nicht die Einzige. Doch wenn ja, wie hatten sie hier überlebt? Bisher hatte ich keinerlei Essbares gesehen.

Mit jedem Schritt wurde die Melodie intensiver und fesselnder. Die Wände der Höhle schienen lebendig zu werden. Fast, als ob sie die Musik in sich aufnahmen und Stück für Stück weitertrugen.

Ein sanfter Luftzug strich durch die Gänge und das Licht zwischen den Felswänden pulsierte im Takt der Melodie.

Schließlich führte mich der Gesang zu einem weiten Raum. Ich riss die Augen auf und blieb abrupt stehen, denn vor mir sah ich schier grenzenloses Wasser. Wie hinter einer gigantischen Blase türmte sich das dunkle Nass auf, konnte jedoch nicht in den Raum eindringen.

Und dann fiel es mir wie Schuppen von den Augen. Dieser Ort war noch immer unter Wasser. Und die Wahrscheinlichkeit war groß, dass ich mich tatsächlich auf dem Grund des Sees der Seelen befand.

Erneut zog mich der Singsang in seinen Bann und riss mich aus dem Staunen. Gebannt sah ich auf die Vielzahl an leuchtend blauen Kristallen, die die Kugel in einem hellen Licht erstrahlen ließen.

Die singende Stimme schien von einem schimmernden Wanne in der Mitte des Raumes zu kommen. Der Anblick war atemberaubend und ich konnte ein Seufzen nicht unterdrücken, als sich das Licht in der funkelnden Oberfläche der Blase spiegelte.

Hier musste das Schwert der Seelen sein, ich war mir sicher. Etwas tief in meinem Inneren rebellierte, sagte mir, dass das Ganze viel zu leicht war. Doch ich wollte es nicht hören. Hatte ich nicht genug durchgemacht?

Ich blinzelte. War das eine Figur, die ich in der Mitte des Raums sehen konnte?

Vorsichtig stützte ich mich an dem letzten Stückchen Wand ab, bevor ich die ersten Schritte in das Innere der Blase machte.

Der Boden des Raumes unter meinen Füßen fühlte sich seltsam trocken an und lag im Kontrast zu dem feuchten Untergrund der vorherigen Gänge. Die Atmosphäre in diesem Bereich schien von einer magischen Präsenz durchdrungen zu sein, die nicht nur die Trockenheit des Bodens, sondern auch die leuchtenden Kristalle in meiner Umgebung beeinflusste. Die schimmernden Steine beleuchteten den Raum mit einem sanften Glühen, das die Schemen der Figur in der Mitte hervorhob. Gleichzeitig machte es mir das Licht schwer, sie genauer zu erkennen.

Ich kniff die Augen zusammen, um mehr zu sehen.

Eine Gestalt, von Schatten umgeben, sang die Melodie, die ich die ganze Zeit über hörte und schien meine Anwesenheit nicht zu bemerken.

Doch ihre Ausstrahlung und die Magie dieser unwirklichen Umgebung führten dazu, dass ich für einen Augenblick lang vergaß, weshalb ich überhaupt hier unten war. Ich lauschte weiter der bezaubernden Stimme und spürte, wie die Musik meine Gedanken klärte und mich immer tiefer in eine Trance führte, aus der ich gar nicht mehr heraustreten wollte.

Mit vorsichtigen Schritten bewegte ich mich auf die Gestalt zu. Ich wollte mehr von der Melodie, mehr von der Stimme.

Die Kristalle, die den Raum erhellten, warfen faszinierende Lichtmuster auf den Boden und das Spiel von Licht und Schatten verlieh der Szenerie eine traumähnliche Qualität.

Die Figur, in ein Gewand aus Schatten gehüllt, schien sich in einem Zustand vollkommener Harmonie mit der Musik zu befinden. Die Konturen ihres Gesichts waren von einem sanften Licht umrahmt, das von den leuchtenden Kristallen reflektiert wurde. Als ich näher kam, erkannte ich ein beinahe menschliches Antlitz.

Der Gesang verstummte abrupt und die Gestalt hob den Blick. Ihre Augen, von einem intensiven Glanz erfüllt, trafen meine und für einen Moment stand die Zeit still.

Die Figur lächelte sanft, ohne, dass sie ihren Mund öffnete. Und genauso erreichten ihre Worte auch meinen Geist.

Du bist auf der Suche nach Antworten, nicht wahr? Ihre Stimme war weich und zugleich durchdringend, als ob sie die Geheimnisse meines Herzens lesen konnte.

Ich nickte, fasziniert von der Anmut, die diese seltsame Grotte und ihre Bewohnerin ausstrahlten. Ich konnte einfach nicht meinen Blick von ihr lassen.

Das Wesen, das vor mir stand, war die pure Verkörperung von Anmut und Übernatürlichem. Ihr Gesicht strahlte eine unnatürliche Schönheit aus. Lange, silberne Haare fielen in fließenden Wellen über ihre Schultern und ihre Augen schimmerten in einem intensiven Licht, das in allen Farben des Regenbogens schimmerte.

Ihr Körper pulsierte in einem mystischen Glanz, der die Konturen zwischen Menschlichem und Übernatürlichem verschwimmen ließ. Ihre Gestalt wirkte elfenhaft und doch jenseits aller Sterblichkeit. Jede Bewegung, jeder Blick schien von einer zeitlosen Weisheit durchdrungen zu sein, die mich faszinierte und gleichzeitig in eine Art Trance versetzte.

Doch als die Gestalt lächelte, zuckte ich abrupt zurück. Ihre Lippen teilten sich und spitze, lange Zähne zeigten mir ihr wahres Ich.

Ein kalter Schauer lief meinen Rücken hinunter und das pulsierende Licht ihres Wesens verwandelte sich augenblicklich in etwas Bedrohliches. Sofort wich meine Faszination einem Gefühl der Angst.

Mit einem Schlag kam ich wieder in der Realität an. So abrupt, dass ich laut nach Luft rang. Panisch blickte ich mich um.

Erst jetzt bemerkte ich, wie nahe ich der Gestalt gekommen war. Ein unheimliches Lächeln umspielte noch immer ihre Lippen, während ich versuchte, mich rückwärts zu bewegen.

Doch bevor ich einen Schritt zurückmachen konnte, spürte ich, wie sich lange, algenähnliche Pflanzen aus dem Boden des Raumes erhoben. In Windeseile wanden sie sich um meine Arme und Beine. Ein unerbittlicher Griff, der mich an Ort und Stelle festhielt, egal wie sehr ich mich dagegen wehrte.

Was hatte ich getan? Furcht durchdrang meinen Körper und mein Herz raste so schnell, dass

aus meiner Brust zu springen drohte.

Die Schönheit des Wesens verschwand vor meinen Augen, und damit auch ihre menschliche Gestalt.

Die Pflanzen, die mich umklammerten, waren kalt und unnachgiebig. Panik durchzog meine Gedanken, als ich realisierte, dass ich mich in den Fängen dieses übernatürlichen Wesens befand.

Kleine Königin, säuselte das Wesen mit geschlossenen Lippen und ich erschauderte.

Wie hat sie mich da genannt? Ich riss meine Augen auf. Mein Atem ging schnell und stoßweise.

Das grelle Licht, das von der übernatürlichen Gestalt ausging, zwang mich dazu, die Augen zusammenzukneifen, um die Blendung zu mildern. Ein stechender Schmerz durchfuhr meinen Kopf und der Raum verschwand vorübergehend in gleißendem Weiß.

Ich schluckte schwer und als sich das Licht wieder zurückzog, spürte ich, wie sich ein dicker Kloß in meinem Hals bildete.

Vor mir hatte sich die einst elfenhafte Gestalt vollständig transformiert. Statt der anmutigen Erscheinung stand nun ein großes, schlangenartiges Wesen vor mir, das beinahe den gesamten Raum füllte. Die Haut des Wesens schimmerte in düsteren Farben, von tiefem Purpur bis zu schwarzem Onyx und war von schuppigen Mustern überzogen. Seine Augen glühten wie Kohlen. Einzig die spitzen Zähne hatten sich nicht verändert. Nun ragten sie allerdings aus seinem Maul hervor, das sich zu einem gefährlichen Grinsen verzog.

Die schuppenbedeckte Schlange richtete sich auf, ihr ebenfalls geschuppter Kopf wirkte bedrohlich und gierig und ein dumpfes Zischen entwich seinem Schlund.

Der Raum, der einst so magisch und geheimnisvoll erschienen war, hatte sich in einen Ort des Schreckens verwandelt.

Hilflos blickte ich dem schlangenartigen Ungeheuer direkt in die Augen.

Ein Grollen, das wie ein tiefes Knurren klang, ertönte aus der Kehle des Wesens.

Du hassst dich in mein Reich verirrt, Mensch. Und deine Neugier wird dir teuer zu stehen kommen.

Ihre Worte hallten durch meine Gedanken und hatten nichts mehr mit der Stimme gemein, die ich zuvor singen gehört hatte.

Ich wollte etwas erwidern, sagen, dass ich wegen des Schwertes der Seelen hier war und sie bestimmt nicht stören würde, wenn es nicht wirklich wichtig wäre. Doch mein Mund versagte mir den Dienst.

Der schlangenartige Körper bewegte sich langsam durch den Raum, den es er mittlerweile komplett ausfüllte.

Falls ich bis zu diesem Moment geglaubt hatte, irgendwie fliehen zu können, wurde spätestens jetzt jegliche Hoffnung erstickt.

20

Der Kloß in meinem Hals wurde zu einem stummen Schrei, als ich die Wirklichkeit dieses albtraumhaften Wesens erkannte. Ich befand mich in der Umklammerung einer Kreatur, die mir die wahre Natur meiner Reise enthüllte – ein gefährliches Spiel zwischen Licht und Dunkelheit, zwischen der verführerischen Schönheit und der unerbittlichen Gefahr.

Der Körper der gigantischen Schlange schien immer länger und größer zu werden. Einzig ihr Kopf hatte mich stets fest im Blick. Der Rest von ihr verschwand in einem ständigen Auf und Ab der schlängelnden Schuppen.

Ich bekomme nicht häufig Bessuch, kleine Königin, säuselte die Stimme des Wesens in meinem Kopf.

Kleine Königin. Selten hatten zwei Worte einen solchen Schmerz in mir ausgelöst. Eine solche Sehnsucht. Wie konnte dieses Ding wissen, wie Gewin mich immer nannte? Oder war das nur reiner Zufall?

Das Grinsen der Schlange wurde breiter.

Der Drache hat esss dir ziemlich angetan, wasss?, wisperte sie und ich zuckte bei jedem Wort zusammen.

Ja, ganz Recht. Ich weisss über ihn Bessscheid. Wasss dachtessst du denn? Ihr großer Kopf wog leicht von einer Seite zur anderen.

Ich glaubte, immer wieder die Zunge einer Schlange sehen zu können. Doch sicher war ich mir nicht.

Ich schluckte nochmals und nahm all meinen Mut zusammen.

»I-ich bin wegen des Schwertes hier«, brachte ich stotternd hervor.

Ein dunkles Lachen durchfuhr meinen Geist. So laut, dass es selbst in meinen Gedanken schmerzte.

Nicht ssso eilig, kleine Königin, sagte das Wesen. *Ich war ssso lange allein. Gönn uns doch etwasss mehr Zeit.*

Ich biss mir auf die Lippe.

Vor meinem inneren Auge sah ich bereits mein gesamtes Leben vorbeilaufen. Sollte das das Ende gewesen sein?

Reiß dich zusammen, Ella!

Ich schluckte und versuchte die Contenance zu wahren.

Es half nichts, ich musste da durch.

Insgeheim redete ich mir ein, dass es sich hierbei nur um eine Art Prüfung handelte, um meine Angst herunterzuspielen.

Die Schlange lachte erneut. *Du hassst wirklich überhaupt keine Ahnung, kleine Königin.*

Ich zerrte noch einmal an den Pflanzenfesseln, jedoch erfolglos.

Weissst du überhaupt, wo du hier bissst?, fragte sie süßlich.

»Auf dem Grund des Sees der Seelen«, antwortete ich und versuchte dabei, nicht zu zittern.

Das Wesen nickte zufrieden. *Und wer glaubssst du, bin ich?*

Ich hatte das Gefühl, dass die Schlange Zeit schindete. Dass sie mit mir spielte. Doch mir blieb keine andere Möglichkeit, als mitzuspielen.

Ich atmete tief ein. »Ich vermute, dass du eine Art Prüfung bist? Jemand, der das Schwert der Seelen beschützt?«

Als hätte ich das Ding mit meinen Worten geschlagen wich es mit seinem Kopf ein Stück zurück.

Es stieß einen Laut aus, der wie eine Art eingeschnapptes Schnauben klang. Seltsam genug, dass dieses Wesen so etwas überhaupt tun konnte.

Wasss hassst du blosss mit diesssem Schwert, züngelte sie in meinen Gedanken. Dann schüttelte sie den Kopf. *Nein. Ich bin kein armssseliger Bewacher einer Waffe.*

Angestrengt dachte ich nach. Ich kramte in meinem Kopf nach jeder Geschichte, die mir meine Eltern einmal erzählt hatten.

Gewin. Hatte Gewin mir nicht vor ein paar Tagen von der Seehexe erzählt?

Wie Schuppen fiel es mir von den Augen.

Jetzt beginnssst du langsssam die richtigen Fragen zu ssstellen, kleine Königin.

»Hör auf, mich so zu nennen«, glitt es mir aus meinem Mund, bevor ich länger darüber nachdenken konnte. Es machte mich wütend, dass sie die gleichen Worte verwendete wie Gewin. Egal, ob sie es mit Absicht tat oder nicht.

Die Schlange grinste wieder. *Ganz wie du wünssschssst, Eleonor.*

Erneut glitt ein Schaudern über meinen Rücken. Die Art, wie sie meinen Namen aussprach, machte die Situation nicht gerade besser.

Ich bin die Hexe des Ssseesss, wisperte sie und bevor sie weitersprechen konnte wusste ich, was das bedeutete.

Sie war es, die Gewins Seele hatte. Die ihn verflucht hatte. Und ich war genau dort, wo er vor vielen Jahrhunderten auch gewesen war.

»Du hast Gewins Seele«, flüsterte ich. Es klang ehrfürchtig, was aber vor allem daran lag, dass ich noch immer wahnsinnige Furcht verspürte.

Das erste Mal, seitdem sie mich gefesselt hatte, bewegte sich ihr Kopf zum Wasser hinauf. Ein sehnsüchtiger Blick huschte über ihre Augen.

Der Junge, der von ssseinen Freunden verraten wurde, sagte sie.

»Du wusstest es?« Das überraschte mich.

Sie wandte sich mir wieder zu. *Natürlich. Ich weisss so gut wie allesss.*

Der Gedanke an Gewin machte mich etwas mutiger. »Und trotzdem hast du ihm seine Seele genommen? Obwohl er unschuldig war?«

Wer bissst du, über mein Verhalten zu urteilen, Menssch? Ihr Kopf schnellte zu mir heran und ich schluckte.

»Verzeih, das wollte ich nicht.« Ich senkte meinen Blick.

Die Schlange schnaubte erneut. *Jeder Mensssch hat esss verdient, bestraft zu werden. Ich bin mir sssicher, dasss Gewin da keine Ausssnahme war.*

Plötzlich erkannte ich in den Augen des Wesens noch etwas anderes. Ja, Wut und Hass waren auf den ersten Blick klar erkenntlich. Doch in Momenten wie diesen blitzte auch etwas auf, das mich an eine tiefe Traurigkeit erinnerte.

Und ich bekam Mitleid. Trotz meiner Angst, trotz dem Tod, der mir bevorstand. Ich konnte mir einfach nicht vorstellen, dass ein Wesen grundlos böse war. *Jeder Mensch hat es verdient, bestraft zu werden*, hallten die Worte in meinen Gedanken wider. Und ich war mir sicher, dass diesem Geschöpf etwas Grausames passiert war.

Du bissst viel zu weich, säuselte die Schlange. *Zerbrichssst dir den Kopf über jemanden, der dich sssowiessso bald töten wird.*

»Wirst du das?«, hakte ich nach und spürte, wie sich dabei mein Puls wieder beruhigte. Ich dachte an Gewin, daran, dass er mir gegenüber zu Anfang auch skeptisch war. »Jeder hat es verdient, dass man sich um ihn sorgt.« Eine Woge der Sicherheit durchströmte mich, als ich diese Worte aussprach. Ich fühlte mich plötzlich, als wäre Gewin direkt an meiner Seite. Wärme drang in meine Knochen und löste das grässliche Zittern ab.

Du kannssst dir ssso viel auf deine Verbindung mit dem Drachen einbilden, wie du willssst, Mensch. Sie issst auch nur das Ergebnisss desss Fluches, den ich persssönlich ausssgesssprochen habe.

Ich war mir sicher, dass hinter der Bosheit des Wesens mehr steckte, als es zugab. Einen Moment lang vergaß ich mein Vorhaben und das Schwert.

»Kann ich dir irgendwie helfen?«, hörte ich mich selbst fragen. Der neue Mut, den mir die Gedanken an Gewin gegeben hatten, war wohltuend, trotzdem war ich noch immer gefangen.

Gewin?, startete ich einen ersten Versuch, unsere Verbindung zu erreichen.

Wieso hatte ich nicht früher daran gedacht?

Die Schlange lachte grollend. *Hier unten hört dich niemand. Aber helfen kannssst du mir tatsssächlich.*

Die grünen Pflanzen schnitten mir so langsam ins Fleisch. Mit jeder Bewegung, die ich machte, zogen sie sich fester um meine Haut.

Die Schlange glitt um mich herum. *Esss gibt etwasss, dasss du mir freiwillig geben mussst. Etwasss, dasss ich nicht einfach ssso durch deinen Tod erhalte.*

Ich nickte langsam. Das Wort Tod versuchte ich, dabei nicht allzu nah an mich heranzulassen.

Ich biete dir ein Tauschangebot an, dasss du nicht ablehnen kannssst, Eleonor Sssilverwing.

»Das heißt, du bist bereit, mir das Schwert der Seelen zu geben?«, hakte ich vorsichtig nach.

Das Wesen fauchte. *Naiver, dummer Mensssch. Esss exissstiert kein Ssschwert der Ssseelen.*

»Aber –«

Esss sssieht ssso ausss, alsss hätte dich jemand reingelegt. Der Körper des Wesens schlängelte sich so weit, dass ihr Kopf wieder direkt vor meinen Augen war.

»Aber der Magister hat mir das Buch gezeigt ...«, warf ich ein. Nein, das konnte nicht wahr sein. Mein Blick wanderte ziellos umher und die Kälte kroch zurück in meinen Körper.

Ssso naiv und leichtgläubig, zischte das Wesen.

»All die Jahre, er hat uns immer gedient.« Meine Worte klangen hol und fremd. »Er hat gewusst, dass du hier unten lebst, nicht wahr?«

Die Schlange nickte. *Da bin ich mir sssicher. Doch weine der Vergangenheit nicht nach, Mensssch. Ich kann dir etwasss geben, dasss dir den Sssinn deiner Existenz wieder zurückgibt.*

Gebannt lauschte ich ihren Worten. *Etwas, das mein Königreich wieder vereint? Etwas, dass verhindert, dass der Magister und die Edelleute allein an die Macht kommen?* Meine Gedanken überschlugen sich.

Ich gewähre deinem Drachenfreund die Freiheit, erklärte das Wesen. *Er bekommt sssein lächerlichesss, mensschliches Leben zurück und wird von dem quälenden Fluch befreit.*

Ich öffnete den Mund bereits zu einer Antwort, doch die Gedanken der Schlange trafen mich mit einer Wucht, auf die ich nicht vorbereitet war.

Doch im Gegenzug dafür will ich etwasss, dasss ähnlich wertvoll ist. Für mich sssogar wertvoller ist.

Ihre Augen begannen zu leuchten.

Deine Sssseeele.

Ich zuckte zusammen und japste nach Luft.

Wasss issst denn? Hat esss dir die Sssprache versssschlagen?

Ich schluckte, versuchte den Kloß aus meinem Hals zu bekommen. Doch es gelang mir nicht.

Natürlich wollte sie meine Seele dafür, was auch sonst.

»Warum kannst du sie dir nicht einfach nehmen?«, fragte ich, statt eine Antwort zu geben. »Bei Gewin hat es doch auch funktioniert, oder nicht?«

Hat er dir dasss nicht erzählt? Er hatte sssie mir freiwillig gegeben. Die Schlange lächelte dreckig. *Als er erfuhr, dasss ssseine Freunde ihn zum Sssterben der Ssseehexe vorwerfen wollten, hatte er sich gewünsssscht an ihnen Rache nehmen zu können. Er gab mir ssseine Ssseele für die Möglichkeit, alle zu vernichten. Doch nicht ssso unssschuldig, dein Held, nicht wahr?*

Der Kloß, der sich in meinem Hals gebildet hatte wurde zu einem regelrechten Knoten. Gewin hatte mir nie erzählt, dass er Rache nehmen wollte. Doch wenn die Seehexe eine Seele nur in einem Tausch nehmen konnte, ergab das durchaus Sinn.

Wenn ich ihn doch nur selbst fragen könnte, dachte ich wehmütig.

Alssso, wasss issst? Willssst du ihn immer noch befreien? Oder sssoll esss doch etwasss anderesss sein? Die Schlange züngelte erneut.

Ich wusste nicht sicher, dass Gewin dieses Tauschgeschäft tatsächlich eingegangen war. Dass es diese Gegenleistung war, die er gewollt hatte. Doch selbst wenn. Ich hatte ihn als gütigen, hilfsbereiten Menschen – oder Drachen, kennengelernt. Ich wollte darauf vertrauen, dass das Wesen log. Dass Gewin seine Freunde nicht ermordet hatte. Dass er den Bann des Fluches nicht verdient hatte.

Weil jeder es verdient hatte, dass man sich um ihn sorgte.

Doch Gleiches galt auch für mein Volk.

»Ich kann dir nicht meine Seele geben«, sagte ich leise. »Mein Volk braucht mich, ich kann es nicht einem manipulativen Gelehrten überlassen!« Meine Stimme brach und ich zitterte am ganzen Körper.

Die Seehexe fauchte wütend. *Dann wirssst du sssterben!*

Mein Atem ging stoßweise und ich versuchte, mich von den Ranken, die mich noch immer fest umschlungen hielten, zu befreien.

Erfolglos. Alles, was ich damit erreichte, war, dass sie noch fester in mein Fleisch schnitten.

»Bitte, ich appelliere an das Gute in dir, verschone mich«, flehte ich und suchte ihren Blick.

Ich habe dich gewarnt, dasss deine Naivität dir noch deinen Tod bringen wird. Jetzt wird dir auch dein ach ssso mitfühlendes Herz nichtsss mehr bringen.

Die Seehexe zog immer engere Kreise um mich und ich spürte, dass ihr langer Körper mich immer weiter zusammenpresste. Erst schlängelte sie sich um meine Beine, dann meine Mitte.

Ich schnappte angestrengt nach Luft und überlegte fieberhaft, welchen Ausweg ich hatte.

Doch es war sinnlos. Ich würde sinnlos sterben und alle, die mir wichtig waren, würden darunter leiden.

Ein dumpfes Pochen breitete sich in meinen Schläfen aus und der Druck des Schlangenkörpers steigerte sich ins Unermessliche.

Nein, so durfte es nicht enden.

»Aufhören!«, presste ich schmerzerfüllt hervor. »Ich tue es.«

Augenblicklich hielt die Seehexe inne. Sie war bereits an meinen Schultern angelangt, doch der Druck auf meinem Körper ließ nicht nach.

Was hassst du gesssagt, kleine Königin?, fragte sie süßlich.

Ich war mir sicher, dass sie mich sehr wohl gehört hatte.

»Ich gebe dir meine Seele, wenn du dafür die von Gewin freigibst.« Die Worte gingen mir schwer von den Lippen und das nicht nur, weil ich kaum Luft zum Atmen hatte. *Ich musste mein Volk zurücklassen, doch der Tausch würde wenigstens Gewin retten.*

Dann würde ich nicht völlig umsonst sterben.

Auch, wenn mein Volk dadurch seine Königin verlor, so bräuchte es sich nicht mehr vor einem Drachen fürchten. Und so wie ich die Adligen kannte, würden sie schon bald einen Nachfolger für mich finden.

Vermutlich wird der Magister alles an sich reißen, drang es durch meinen Kopf.

Doch ich hatte keine andere Wahl. Entweder ich ging das Tauschgeschäft ein oder die Schlange würde mich bei lebendigem Leib verschlingen. Bei dieser Sache war ich mir sicher.

Erneut leuchteten die Augen des Wesens auf. Diesmal vor Freude.

Die schlangenartige Kreatur begann zu zischen, ein klangvolles Rauschen, das wie menschliches Entzücken klang.

Ah, kleiner Mensch. Ssso sssei esss. Deine Ssseele im Tausssch für die Befreiung deinesss geliebten Gewin und die Aufhebung des Drachenfluchsss. Ein kluger, wenn auch ssschmerzlicher Tausssch.

Ihre Augen glühten vor Gier. Sie fixierten mich, während sie sich langsam näherte.

Ein eisiger Schauer durchfuhr mich, als ich mich der Realität dieses düsteren Paktes bewusst wurde. Der Raum verdunkelte sich und der wellenartige, dicke Leib des Wesens umschlang mich weiter mit bedrohlicher Präzision.

Deine Ssseele ist der Ssschlüsssel, zischte die Schlange und öffnete ihr mächtiges Maul.

Ein blendendes Licht strahlte aus ihrem Inneren heraus, als sie begann, die Essenz meiner Seele in sich aufzusaugen.

Ich spürte einen ziehenden Schmerz, der einem verzerrten Tanz aus Agonie und Erlösung glich. Ich fühlte, wie etwas Essenzielles aus mir herausgetrennt wurde und hatte das Gefühl, dabei von oben herab zuzusehen. Und dann verließ sie mich.

Meine Identität, meine Lebenskraft, meine Existenz.

Ein finsteres Flüstern umhüllte meine Gedanken, als die Schlange die letzten Überreste meiner Seele verschlang. Der Raum pulsierte vor meinem inneren Auge und die Welt um mich herum verblasste in ein schier endloses Dunkel. Schwäche übermannte mich und meine Beine gaben plötzlich nach. Und während meine Sinne dahinschwanden, glitt ich zu Boden.

Die Kreatur zischte triumphierend, während ich mich in einem Zustand zwischen Bewusstsein und Ohnmacht befand.

Ein Gefühl der Leere machte sich in mir breit. Der Schmerz des Opfers, das ich für die Befreiung von Gewin und die Aufhebung des Fluchs gebracht hatte, war allgegenwärtig.

Ich war ein lebloses Gefäß, verlassen von der Essenz, die einst mein eigenes Selbst gewesen war. Verlassen von der eigenen Identität.

Die gläserne, runde Kuppel verschwamm und ich fühlte mich, als ob ich in den Abgrund meiner eigenen Entscheidungen stürzte.

Die Kälte der Einsamkeit umgab mich, während ich mich in meinem schwindenden Bewusstsein fragte, ob dieser verzweifelte Handel wirklich die Erlösung für Gewin und mein Königreich bringen würde.

21

Als ich meine schweren Lider endlich wieder öffnen konnte, fand ich mich in meinem vertrauten Schlafgemach im Schloss wieder. Ich lag auf dem Federbett und starrte an die Decke.

Ein flüchtiger Moment des Zweifels überkam mich und ich fragte mich, ob all das, was ich erlebt hatte, nur in meinem Geist existierte.

Wie ein bizarres Traumgespinst.

Ich blickte auf meine Hände und drehte sie ungläubig hin und her.

Nein, das fühlte sich real an.

Vorsichtig setzte ich mich auf.

Das Gespräch mit der Seehexe hallte noch in meinen Ohren. Ich hatte meine Seele verkauft, also war ich tot, richtig?

Ein Klopfen riss mich aus meinen Gedanken.

»Herein«, rief ich etwas zögerlich und erwartete eine meiner Kammerzofen.

Doch als sich die Tür öffnete, traute ich meinen Augen kaum.

Es war meine Mutter.

Ich schluckte. *Mutter war doch vor vielen Jahren verstorben, wie konnte das sein?*

Ihr Gesicht trug die Spuren vergangener Jahre, die allerdings eher Geschichten erzählten als Zeichen des Alterns zu sein. Ihre Augen waren von einem warmen Braun, in denen die Tiefe ihrer Erfahrungen und ihre unendliche Liebe gegenüber mir zu lesen waren.

Ihre langen, grauen Haare fielen in sanften Wellen über ihre Schultern, wobei einzelne Strähnen im hellen Licht der Sonnenstrahlen schimmerten, die durch das Fenster drangen. Eine Krone aus filigranem Gold zierte ihr Haupt, nicht nur als Symbol der Macht, sondern als Zeichen ihrer königlichen Herkunft.

Ihr Gewand war von zeitloser Eleganz, mit fließenden Stoffen und kunstvollen Mustern. Auch das Wappen von Layowin konnte ich darauf erkennen. Ein Hauch von Lavendel und Rosen hing in der Luft, als sie sich mir näherte.

Das konnte nicht wahr sein.

***

Ihre Anwesenheit schien unwirklich und ich rieb mir die Augen, um sicherzugehen, dass ich nicht noch immer in einem Traum gefangen war. *Sieht so das Leben nach dem Tod aus?*

Sie lächelte ein warmes, vertrautes Lächeln, das ich seit Jahren nicht mehr gesehen hatte. Sofort verwandelte sich meine Überraschung in Erleichterung. Tränen füllten meine Augen und ich sah durch einen verschwommenen Schleier hindurch, wie sie näher kam.

»Mein Kind, wie habe ich dich vermisst«, sagte sie mit einer Stimme, die ich fast vergessen hatte.

Und wie ich sie erst vermisst hatte.

Die Verwirrung in meinen Gedanken verstärkte sich. »Mutter, bist du das wirklich? Bin ich ... bin ich tot?« Meine Worte klangen wie ein Flüstern, kaum hörbar. War das hier real?

Sie setzte sich sanft an meine Seite und strich mir eine Strähne aus dem Gesicht. »Ja, du bist wirklich hier, mein Liebling. Aber nicht so, wie du denkst.«

Ich fiel ihr um den Hals und presste mein Gesicht an ihren Hals. Inhalierte ihren vertrauten Geruch. Am liebsten hätte ich mich nicht mehr von ihr gelöst.

Sie legte ihre Arme um mich und strich mir liebevoll über den Rücken, während ich bitterlich schluchzte.

»Du hast ein Opfer gebracht und einen Weg gefunden, den Frieden im Königreich zu wahren. Das war äußerst tapfer.« Nur langsam drangen die Worte meiner Mutter in mein Bewusstsein.

Ein beklemmendes Gefühl der Endlichkeit durchzog mich. »Ich bin nicht tot?«, flüsterte ich erneut und sie nickte mit einem stillen Lächeln.

»Du hast einen Tausch geschlossen, ein Opfer gebracht, um die Last des Drachenfluchs zu brechen und dein Volk zu retten. Doch jede Tat, ob im Leben oder im Tod, hinterlässt ihre Spuren.«

Sie wich etwas von mir zurück und schaute mir in die verheulten Augen. »Doch die Seehexe und der Magister sind nicht die einzigen Personen, die Magie beherrschen.«

Ich starrte auf meine Hände, die auf der Bettkante ruhten, und fühlte mich mit einem Mal schrecklich leer. Als würde das, was meinen Körper und Geist normal zusammengehalten hatte, fehlen.

Ich versuchte zu begreifen, dass mein Schloss, meine Mutter und meine Welt nicht mehr dieselben waren. Dass ich nicht mehr Dieselbe war, da ich meine Seele verloren hatte.

»Was meinst du damit, Mutter?«, fragte ich und blickte auf.

»Die alten Drachen mein Kind, die Drachen sind dir wohlgesonnen.«

Ich schluckte schwer. Dem war ich mir bisher nicht so sicher gewesen. Schließlich war ich so etwas ähnliches wie tot.

Ich zog mich von ihr zurück und erhob mich vorsichtig. Die Umgebung, obwohl vertraut, trug den Schleier des Jenseits.

Meine Mutter stand ebenfalls auf und trat behutsam an meine Seite. Ihre Augen strahlten noch immer grenzenlose Liebe und Verständnis aus. Wie hatte ich sie doch vermisst.

»Die Grenzen zwischen Leben und Tod sind verschwommen«, erklärte sie mit sanfter Stimme. »Du hast ein Opfer gebracht, das die Schicksalsfäden deines Königreichs neu gewoben hat. Doch bedenke, dass es immer Konsequenzen gibt, wenn man zwischen den Welten wandelt.«

Ich blickte aus dem bunten Fenster auf das vertraute Land meines Königreichs. Die Landschaft war verändert und doch gleich. Ein Schatten lag über den Feldern und Bergen.

Ein schwerer Seufzer entrang sich meiner Brust.

»Was geschieht nun? Wird der Magister die Macht an sich reißen?«, fragte ich, meine Augen wieder auf meine Mutter gerichtet.

»Dein Königreich ist in Frieden und dein Freund ist befreit. Doch deine Aufgabe ist noch nicht beendet. Die Drachen haben mehr für dich vorgesehen, meine Tochter. Es ist an der Zeit, dass du deine wahre Bestimmung erkennst und die Fäden der Geschichte weiterwebst.«

Sie sprach in Rätseln, doch das kannte ich bereits von Gewin. Was mich allerdings stutzig machte, war die Tatsache, dass sie keineswegs besorgt klang.

Wir verließen mein Zimmer und meine Mutter führte mich durch die Gänge des Schlosses, das wie eine Mischung aus Vergangenheit und Gegenwart erschien. Ein geisterhafter Schimmer lag über den Räumen, während ich mich zwischen den Welten bewegte.

Die Menschen meines Königreichs bemerkten meine Anwesenheit nicht. Ihre Blicke glitten durch mich hindurch. Ich war für sie wie ein Schatten, wie eine Erinnerung aus einer anderen Zeit.

»Können alle Verstorbenen die Lebenden jederzeit so begleiten?«, fragte ich staunend.

Meine Mutter nickte und ich erschauderte. Das war keine angenehme Vorstellung. Zu Lebzeiten hatte ich mir wenig Gedanken darüber gemacht, wie ein Leben nach dem Tod aussehen würde. Ich ging immer davon aus, dass wir nach dem Sterben kein Bewusstsein mehr hätten, ganz wie vor unserer Geburt.

Da hatte ich mich wohl getäuscht.

Als wir in der großen Eingangshalle des Schlosses angekommen waren, drehte sich meine Mutter noch einmal zu mir um.

Sie drückte mich fest an ihre Brust, ihre Umarmung ein schützender Kokon, der Vergangenheit und Zukunft umspannte. Ihr Herzschlag verschmolz mit meinem und ich spürte die Wärme ihrer Liebe, die mir in diesem Augenblick Trost spendete.

»Mein geliebtes Kind«, flüsterte sie leise, während sie sich langsam von mir löste. »Deine Reise ist nicht zu Ende. Du trägst die Bürde der Zwischenwelt, aber auch die Kraft, die Brücke zwischen den Reichen zu sein.«

Hörte ich nun doch etwas Besorgnis aus ihren Worten heraus?

Sie deutete mit einem sanften Blick auf die großen Schlosstüren, die sich majestätisch vor uns aus einem weißen Nebel erhoben. Sie sahen exakt aus wie die in der Realität.

»Geh hindurch, meine mutige Tochter. Die Welt der Lebenden erwartet dich.«

Ich hielt inne.

Sollte das heißen, ich konnte doch noch die Königin sein, die ich schon immer sein wollte?

Mein Herz zog sich krampfhaft zusammen. Ich hatte meine Mutter gerade erst wieder gesehen. Gerade erst wieder ihre Stimme gehört. Ich wollte sie nicht schon wieder verlassen.

Meine Mutter ließ mich los und trat einen Schritt zurück. Die Beklemmung, die sich in meiner Brust breitgemacht hatte, fraß sich mit jedem Moment tiefer in mein Inneres.

»Es ist deine Bestimmung, Eleonor«, sagte sie sanft und lächelte mir aufmunternd zu.

Zögernd sah ich zwischen der Tür und meiner Mutter hin und her.

Ich spürte, wie sich meine Hände automatisch zu Fäusten ballten.

Noch vor nicht allzu langer Zeit hätte ich es kaum für möglich gehalten, dass Magie und Drachen noch immer existieren. Jetzt befand ich mich in der Geisterwelt, hatte mich einer Seehexe gestellt und einen Drachen befreit.

Das alles konnte kein Zufall gewesen sein. Meine Mutter hatte Recht.

Ich nickte langsam und machte einen Schritt auf die Türen zu. Ich musste mehrfach blinzeln, um die Tränen, die mir erneut in die Augen schossen, zurückzuhalten.

Ich wollte zurückgehen. Die Aussicht darauf, Gewin wiederzusehen, ließ mein Herz schneller schlagen. Doch meine Mutter zurückzulassen, schmerzte bitterlich.

Vor der Tür drehte ich mich noch einmal zu ihr um.

Sie hatte die Hände aneinandergepresst und senkte den Kopf. »Ich werde hier auf dich warten«, formten ihre Lippen.

Doch die Worte spendeten mir keinen Trost.

Die Wahl, die ich hatte war grausam. Ich war dankbar für die Möglichkeit, überhaupt wieder in mein Königreich zurückkehren zu können. Wie auch immer die alten Drachen es geschafft hatten, den Pakt mit der Seehexe zu lösen. Ich wusste, dass noch immer eine Menge Arbeit dort auf mich wartete.

Der Magister. Die Edelleute. Und auch etwas Schönes: Gewin.

Hierzubleiben und fernab aller Probleme mit meiner Mutter zu existieren, war verlockend.

Leicht.

Aber so war ich nicht. Ich nahm nie den einfachen Weg.

Meine Hände umschlossen den kühlen Knauf und ich schloss meine Lider, dann öffnete ich die Tür und trat hindurch.

Augenblicklich spürte ich, wie etwas an mir zog. Wie an einer Art Seil wurde ich in meinen Körper zurückgeholt. Der Raum um mich herum schimmerte, bis er letztendlich völlig verblasste. Ich merkte, wie eine unsichtbare Kraft mich emporzog und hielt nicht dagegen.

Meine Aufgabe war noch nicht beendet.

***

Als ich meine Augen öffnete, fand ich mich am Ufer des Sees der Seelen wieder. Das schimmernde Licht des Mondes spiegelte sich an der Oberfläche des Sees und ich hielt mir etwas benommen den Kopf.

Ich war zurückgekehrt. Dann zuckte ich zusammen.

Über mir kniete Gewin, seine goldbraunen Augen durchdringend und voller Sorge. Sein menschliches Antlitz war müde und angespannt, zeigte aber auch eine unverkennbare Erleichterung über meine Rückkehr. Gewins dunkle Haare fielen ihm wild ins Gesicht. Einige Wassertropfen perlten an den Strähnen hinunter und tropften auf mein Gesicht.

Es störte mich nicht.

»D-du bist wieder ein Mensch«, stammelte ich und sofort beschleunigte sich mein Herzschlag.

Er legte seine Hand an meine Wange und lächelte. Ein Lächeln so zart und ehrlich, dass es in meinem Magen angenehm kribbelte. Wärme durchflutete meinen Körper und drang in jede einzelne Zelle. Obwohl ich noch immer völlig durchgenässt war, war Gewins Gegenwart alles, nachdem sich mein Körper im Augenblick sehnte.

»Du bist zu mir zurückgekehrt«, sagte Gewin leise. »Du hast die Brücke zwischen den Reichen überquert und bist wieder ins Leben getreten.« Ein leichtes Lächeln umspielte seine Lippen, während er mir half, mich aufzurichten.

Noch immer etwas schwummrig nahm ich seine Hilfe dankend an.

Ich hatte es geschafft, oder? Ich hatte Gewin und mein Königreich gerettet und war gleichzeitig zu den Lebenden zurückgekehrt, um es angemessen zu regieren.

Soll das meine Aufgabe sein, Mutter?, fragte ich sie im Stillen.

Der See der Seelen funkelte im Schein des Mondes und lag so still da, als wäre nie etwas gewesen. Die Luft war erfüllt von einem Vibrieren der Magie und ich spürte die Energie, die durch meinen Körper pulsierte.

Gewin reichte mir seine Hand, und ich griff danach. Ich keuchte, als ich aufstand.

»Vorsicht, mach langsam«, sagte er. Sein Blick ruhte dabei auf meinem Gesicht.

Gewin wich mir in der Zwischenzeit nicht von der Seite. Seine starken Arme gaben mir Geborgenheit und ließen mich vergessen, dass es noch immer wie in Strömen regnete.

Einen Moment lang sahen wir uns schweigend an. Es war keine unangenehme Stille, ganz im Gegenteil.

Ich nieste und fluchte. »W-wenn mich die Seehexe mich nicht umgebracht hat, dann w-wird es d-diese Nässe«, sagte ich nach einiger Zeit bibbernd und Gewin lachte laut auf.

»Da ist sie wieder, meine kleine Königin.«

Ich erschauderte bei seinen Worten. Wenn er es aussprach, klang es weder bedrohlich noch anmaßend.

Hatte er gerade meine *gesagt?* Mein Herz machte einen schnellen Hüpfer.

»I-ich muss dir e-etwas sagen«, erwiderte ich.

»Wir bringen dich erst einmal zurück zum Schloss, dort kannst du mir dann in aller Ruhe alles erzählen.« Er hielt einen Augenblick inne. Sein Blick verdunkelte sich. »Ich hoffe inständig, dass die Konsequenzen meiner Rückverwandlung uns letztendlich nicht mehr kosten werden, als wir ertragen können. Was auch immer sie sein mögen.«

Ich nickte und stützte mich auf ihm ab. Sobald es mir etwas besser ging, würde ich ihm alles erzählen. Und damit auch die Sorgen nehmen.

Das hoffte ich zumindest.

Dann machten wir uns auf den Weg zum Schloss.

***

Als er bemerkte, dass wir in meiner Geschwindigkeit kaum vorankamen, blieb er stehen.

»Darf ich dich tragen, Ella?« Es lag so viel Fürsorge in seinen Worten, dass mein Herz vor Freude überquoll.

»Natürlich«, hauchte ich und legte einen Arm um seinen Hals.

Mit einem leichten Ruck griff er unter meine Beine und hob mich problemlos hoch.

Ich presste die Lippen zusammen, als ich bemerkte, wie nahe ich ihm war. Der Geruch nach aufgeheizten Steinen hing noch immer an ihm und gab mir das vertraute Gefühl unserer früheren Unterhaltungen wieder.

Er senkte den Kopf und sah mir direkt in die Augen. Ein Lächeln zupfte an seinen Mundwinkeln und es war mir egal, dass der Regen unaufhörlich auf mich niederprasselte.

Ich spürte die feinen Tropfen, die rhythmisch an meinem Körper ankamen und ihren Weg nach unten auf den Boden fanden.

Gewins warme, braune Augen strahlten eine Verwirrung und gleichzeitig Dankbarkeit aus, die mich erzittern ließ.

Das Wasser, das sich an seinen Lippen gesammelt hatte, ließ sie kaum merklich schimmern und zog mich unweigerlich an. So lange hatte ich darauf gewartet, wieder bei ihm zu sein. Auch, wenn es nur wenige Tage gewesen waren, so hatte es sich doch angefühlt wie ein ganzes Leben. Ihn jetzt so zu sehen, menschlich, befreit, glücklich, gab mir das Gefühl, dass sich jede Tortur gelohnt hatte.

Ich schlang meinen Arm fester um seinen Hals und kam seinem Gesicht ein Stück näher. Ich blinzelte und seufzte, als sein bekannter Duft mich völlig einnahm. In diesem Moment gab es nur uns. Gewin und mich. *Wie seine Lippen wohl schmeckten? Ob sie so warm waren wie der Rest seines Körpers?*

Gewin überbrückte das letzte bisschen Abstand zwischen uns und ich schloss sanft die Augen, als er seine Lippen endlich auf meine legte. Zärtlich, vorsichtig. Seine Berührung schickte kleine, schnelle Blitze durch meinen Körper und ich stieß einen weiteren, leisen Seufzer aus, während er sich wieder zurückzog.

Nein, dachte ich erschrocken. *War das bereits alles?* Sehnsucht breitete sich in mir aus, da spürte ich wieder eine Bewegung unter mir.

Als ich die Augen wieder öffnete, bemerkte ich, dass er wieder losgelaufen war.

Ich sah das Wasser, das an seinem Kinn hinab lief und widerstand dem Drang, es fortzuwischen. Gewin starrte gebannt nach vorne, egal, wie lange ich ihn ansah. Hatte ich mir den Kuss nur eingebildet?

Der Moment zwischen uns war viel zu schnell verstrichen. Am liebsten hätte ich Gewin gesagt, dass er wieder anhalten sollte. Dass er mich noch einmal küssen sollte. Doch meine Gedanken wirbelten so wild umher, dass ich kaum wusste, wo vorne und hinten war.

22

Die Umgebung schimmerte im sanften Licht des Regens, der noch immer in strömenden Bächen vom Himmel fiel. Die Wachen eilten herbei, ihre Schritte im Einklang mit dem rhythmischen Trommeln des Regens. Als sie uns erreichten, öffneten sie die Tore des Schlosses und Gewin trug mich hindurch, während die Wachen uns in die trockene Sicherheit begleiteten.

Zuerst wollten sie Gewin fortschicken, doch ich bedeutete ihnen mit einer Handbewegung, dass er bleiben durfte.

Ich zitterte am ganzen Körper, als ich sah, wie nur wenig später Tala auf uns zustürmte. Ihre Stimme war blechern und ich nahm sie nur in Fetzen wahr.

Ihr Gesicht spiegelte Sorge und Erleichterung zugleich wider.

Mein Blick glitt zu ihren Händen, die eine große, schwere Wolldecke für mich bereithielten.

Was würde ich jetzt alles für ein warmes Bad geben, dachte ich.

»Setzt sie hier ab«, sagte Tala zu Gewin, doch er schüttelte den Kopf.

»Ich glaube nicht, dass sie weit laufen kann. Sie braucht dringend ein warmes Bad und etwas zu essen.«

Seine Worte klangen schön. So malerisch und poetisch, doch irgendwie auch weit weg.

Moment einmal, weit weg?

Die Erschöpfung breitete sich rasend schnell in meinem Körper aus und wollte mir bereits erneut das Bewusstsein nehmen. Schwarze Punkte tanzten vor meinen Augen und versperrten mir Stück für Stück die Sicht.

Tala breitete die Wolldecke über meinen Schultern aus und ich erschauderte bei der Berührung.

»Willkommen zurück, meine Königin«, flüsterte sie mit einem besorgten Lächeln. Dann wandte sie sich an Gewin.

»Ich werde Euch zu ihrem Schlafgemach bringen, dort könnt Ihr sie absetzen. Wir werden so schnell wie möglich alles Weitere für sie vorbereiten.«

Er nickte und wir folgten Tala bis zu meinem Zimmer. Gemeinsam schritten wir durch die Flure des Schlosses, während das Wasser von unseren Gewändern auf den Boden tropfte.

Nur die Wärme der Decke und die Gewissheit, von lieben Menschen umgeben zu sein, verbreiteten in mir ein Gefühl von Geborgenheit.

Der Regen prasselte gegen die Fenster, als wir endlich in meinem Zimmer ankamen.

Mein Herz schlug noch immer so schnell, dass ich Angst hatte, die anderen könnten es hören. Der Ohnmacht nahe zog ich die Decke enger um mich.

Gewin setzte mich vorsichtig auf den Stuhl an meinen Tisch, auf dem der große, runde Spiegel stand. Als er von mir zurückwich, begann ich bereits, seine Nähe schmerzhaft zu vermissen. Das Gefühl der Sicherheit, das ich bei ihm wahrnahm, hatte ich so bei keinem zuvor gespürt.

Er hatte mich geküsst. Und obwohl in mir ein wahrer Sturm herrschte, wusste ich, dass ich das wiederholen wollte.

»B-bitte s-sorgt auch f-für Gewin«, sagte ich zitternd und schlang meine Arme um meinen Körper.

Tala machte einen Knicks. »Natürlich, Eure Hoheit, ich lasse sofort einen Kammerdiener kommen.« Damit wandte sie sich an Gewin. »Er wird Euch in ein anderes Zimmer geleiten und dafür sorgen, dass Ihr frische Kleidung und etwas zu essen bekommt.«

»U-und ein Bad«, ergänzte ich.

Gewin grinste.

»Natürlich, Eure Hoheit. Auch ein Bad.«

Tala reichte mir einen Becher mit warmem Wasser und half mir dabei, einige Schlucke zu trinken. Ich spürte, wie die angenehme Wärme meine Speiseröhre hinabglitt und fühlte mich sofort etwas besser.

»D-danke«, bibberte ich.

Tala verbeugte sich und eilte schnell davon. Dann war ich mit Gewin alleine. Meine Wangen waren vom Regen gerötet und mein Hemd sowie die Hose klebten mir eng am Körper.

»I-ich hab mich g-gar nicht d-dafür bedankt, dass du mich hierher g-getragen hast«, sagte ich und lächelte ihn zaghaft an.

Er legte seinen Kopf schief. Aus irgendeinem Grund schien er nicht zu frieren, obwohl auch seine Kleidung klatschnass war.

Gewin kam einen Schritt auf mich zu. Jetzt war er mir wieder so nahe, dass ich seinen Atem an meinem Kopf spüren konnte.

»Ich habe mich noch gar nicht dafür bedankt, dass du mir das Leben gerettet hast. Ein weiteres Mal, kleine Königin«, raunte er mir ans Ohr und ein angenehmer Schauer lief mir über den Rücken. Mein Blick fiel wieder auf seine perfekt geschwungenen Lippen. Und ehe ich mich versah, nahm er mein Gesicht in seine Hände und küsste mich. Das Kribbeln, dass sich zuvor in meinem Magen eingenistet hatte, brach in alle Richtungen aus. Ich öffnete leicht meinen Mund und gewährte ihm Einlass. Sogleich spürte ich seine fordernde Zunge, die mir ohne Scham ein leises Stöhnen entlockte. Er schmeckte nicht nach Feuer. Er schmeckte nach Honig. Süß und zartschmelzend. Gewin küsste mich diesmal so stürmisch, dass ich atemlos nach Luft schnappte, als sich seine Lippen von meinen lösten.

Ich wollte nicht, dass das jemals wieder aufhörte.

Auch, wenn mein Körper da anderer Meinung war. Ich musste einen weiteren Schluck Wasser nehmen, um dem aufkommenden Schwindel entgegenzuwirken.

»Eure Hoheit, ich, oh–«, sagte Tala, als sie wieder hereintrat und Gewin schnell von mir zurückwich.

Mit noch immer verklärten Augen versuchte ich das eben Geschehene einzuordnen.

»Tala«, sagte ich und schaute verwirrt zwischen ihr und Gewin hin und her.

Überhaupt nicht unangenehm, dachte ich ironisch. »Ich, ähm.« Mir wurde schwindelig. Aufregung und Erschöpfung waren keine gute Kombination.

Zum Glück klopfte kurz darauf der Kammerdiener an meiner Tür und Gewin ging mit ihm zu seinem neuen Zimmer. Ihn gehen zu lassen, fühlte sich lächerlich schwer an. Obwohl er nur wenige Räume von mir entfernt sein würde, hatte ich Angst, dass er mich wieder verlassen könnte. Dass ich aufwachte und das alles nur ein Traum gewesen war.

»Eure Hoheit, Minerva hat bereits das Wasser heiß gemacht. Ich werde Euch jetzt das große Badefass und etwas Lavendelseife holen. Ich bin sofort zurück.«

Und schon blieb ich alleine in meinem Zimmer zurück. Allein mit meinen Gedanken und Gefühlen die so verworren waren, dass ich glaubte, sie nie wieder sortieren zu können.

Ich blickte in den Spiegel und löste zitternd die Haarklammern und Haarnadeln, die meine sorgfältig geflochtene Frisur zusammenhielten. Den Zopf zu entwirren, gab mir ein seltsames Gefühl der Ruhe. Meine Hände hatten etwas zu tun und mein Kopf fühlte sich mit jeder offenen Strähne besser an.

Ich musste den Magister stellen und dringend die Wachen vor meiner Tür verstärken. Ersteres musste definitiv bis morgen warten. In diesem Zustand war ich zu rein gar nichts mehr in der Lage.

Als ich merkte, dass mir wieder schwummrig wurde, lehnte ich mich zurück und schloss erschöpft die Augen.

Kurz darauf kam Tala mit dem großen Fass auf Rollen zurück und Minerva hatte die ersten beiden Eimer Wasser mitgebracht.

»Eure Hoheit«, sagte sie und knickste leicht. »Es ist schön, Euch wieder hier zu haben.«

Ich nickte und legte eine weitere Haarnadel auf den Tisch.

»Wartet, ich helfe euch«, sagte Tala, als sie bemerkte, was ich tat.

»Ist schon in Ordnung«, erwiderte ich lächelnd.

Tala holte weitere zwei Eimer warmes Wasser und schüttete sie ins Fass. Danach half sie mir, einzusteigen.

Ich trat behutsam in das Fass und spürte, wie die Wärme mich sofort umfing. Ein Stöhnen entwich meinen Lippen, als meine müden Muskeln die angenehme Temperatur des Wassers aufnahmen. Die Seife, die Tala ins Wasser gemischt hatte, verströmte einen beruhigenden Duft nach Lavendel, der sich wie ein zarter Schleier um mich legte.

Tala stand neben mir, einen weiteren Eimer mit Wasser in der Hand. Sie goss es behutsam über meine Schultern und ich spürte, wie die Anspannung aus meinem Körper wich. Immer weiter gaben Minerva und Tala das warme Nass in mein Bad und schon bald erreichte das Wasser meinen Hals.

Ein Gefühl der Erleichterung durchzog mich, als die Wärme jede Faser meines Inneren erreichte. Die Spannung der vergangenen Ereignisse löste sich auf und ich fühlte mich, als ob die Zwischenwelt von mir abgewaschen wurde.

Ich tauchte immer tiefer ein, bis das warme Wasser mir bis zur Nase ging. Die Welt draußen schien für einen Moment zu verblassen und ich atmete erleichtert aus.

Tala wich mir nicht von der Seite. Sie wusch und entwirrte meine Haare, bis sie wieder seidig glatt an meinen Schultern herunterfielen. Es war ein Moment der

Ruhe, ein Zwischenspiel zwischen den Stürmen der Vergangenheit und den Aufgaben, die die Zukunft bringen mochte.

Was Gewin wohl gerade macht?, überlegte ich, während Tala mir mit einem Schwamm angenehm über den Rücken fuhr. Ich spürte sofort, wie mein Kreislauf angeregt wurde und rieb mir erschöpft mit den Handflächen über das Gesicht.

Plötzlich drangen mir wieder die Worte der Seehexe ins Gedächtnis.

Er hatte seine Seele für die Rache an seinen Freunden verkauft.

Ich zuckte zusammen.

Die bis eben herrschende Erleichterung mischte sich mit Unsicherheit. Ich würde ihn zur Rede stellen müssen, morgen. Es gab sowieso so vieles, das ich Gewin sagen wollte. So vieles, dass ich von ihm wissen wollte.

Als ich mein Bad beendet hatte, half mir Tala aus dem Fass, während Minerva ein großes, breites Handtuch für mich bereithielt. Der flauschige Stoff reichte mir von den Schultern bis zu den Fußknöcheln und ich genoss den Moment, als Minerva mich von oben bis unten damit abrubbelte.

Ich bat meine Zofen, die Wachen vor meiner Tür zu verstärken und war dankbar, dass niemand weitere Fragen stellte. Morgen würde ich mit Gewin sprechen und mit ihm und den Wachen zusammen den Verräter Sortex zur Rede stellen.

Erst, als ich mit frischer Kleidung und einem ordentlichen Abendessen wieder im Bett lag, spürte ich, wie müde ich überhaupt war.

Ich war an diesem Tag mehrmals dem Tod entkommen, sogar wortwörtlich. Ich hatte den Drachen – nein, Gewin geküsst. Und er hatte mich geküsst. Zweimal.

Automatisch berührte ich bei diesem Gedanken meine Lippen.

Doch bevor ich weiter darüber nachdenken konnte, umfing mich der überfällige Schlaf.

23

Ich stand vor Gewins Tür und wippte nervös auf meinen Füßen hin und her. Mein Herz flatterte vor Aufregung in meiner Brust.

Die vergangenen Ereignisse hatten Spuren hinterlassen und ich suchte nach Antworten. Nach Nähe und irgendwie auch nach dieser Verbindung, die wir durch das Erlebte miteinander hatten.

Ich zögerte kurz, doch dann entschied ich mich, zu klopfen.

Ich hörte ein paar dumpfe Schritte auf der gegenüberliegenden Seite, dann öffnete sich die Tür und Gewin stand vor mir. Seit ich ihn vom Fluch befreit und wieder in seiner menschlichen Gestalt gesehen hatte, machte mein Herz Purzelbäume.

Seine Haare waren nass und er trug lediglich ein Handtuch um seine Hüften. Sein Körper war nicht übermäßig muskulös, aber doch definiert genug, dass mein Blick länger darauf verweilte.

Ich erkannte die Kette mit dem Anhänger meiner Mutter, die er um den Hals trug und eine angenehme Wärme breitete sich in meinem Inneren aus.

Er trug sie noch immer, obwohl er nun die menschliche Gestalt zurückerlangt hatte. Das bedeutete, dass sie ihm wichtig war. Dass ich ihm wichtig war.

Sein Blick traf meinen und er lächelte, als er bemerkte, dass ich ihn anstarrte.

»Hallo, kleine Königin. Möchtest du hereinkommen?«, säuselte er.

Mein Herz schlug schneller und ich spürte, wie meine Wangen sich mit einem leichten Rot färbten. Die Aufregung vermischte sich mit Verlegenheit als ich zustimmte.

Reiß dich zusammen, mahnte ich mich. *Das ist nicht das erste Mal, dass du dich mit ihm unterhältst.*

Aber das erste Mal, dass ich ihn so sehe, schwärmte eine Stimme in meinem Inneren.

Gewin ging beiseite und ich trat ein. Allerdings nicht ohne zuvor noch einmal nach links und rechts zu schauen. Ich wollte nicht, dass Gerüchte im Schloss die Runde machten.

Nicht mehr als sowieso schon.

Die große Kammer war von einem sanften Kerzenlicht erhellt, das auf das polierte Holz und die edlen Stoffe fiel. Der Duft von Tannen lag in der Luft und ich fragte mich, ob er eine andere Seife als ich bekommen hatte.

Gewin schloss die Tür hinter uns und ich versuchte, mich mit der Einrichtung des Raums abzulenken. Niemals würde ich ihm gegenüber eingestehen, dass er mich aus der Fassung brachte.

Das Zimmer war gemütlich eingerichtet, mit einem bequemen Sessel und einem kleinen Tisch in der Mitte. Nicht so prunkvoll wie meines, aber doch schön genug, um eines Gästezimmers würdig zu sein.

Gewin lief zu einer hölzernen Kommode und holte sich ein frisches Leinenhemd sowie eine Hose heraus.

Die Diener mussten sie ihm gestern bereits gebracht haben.

»Hast du mich schon vermisst?«, durchbrach seine kehlige Stimme die Stille und ich spürte, wie die Röte in meinen Wangen weiter anstieg.

Da war er wieder, der Klang seiner Worte, nach denen ich mich so sehr gesehnt hatte.

Er streifte sich das Hemd über und ich ließ meinen Blick traurig über den Stoff gleiten, der mir nun die Sicht auf seine glatte, feste Brust nahm.

Als ich mich losreißen konnte und wieder in sein Gesicht schaute sah ich, dass er seine Augenbrauen hochgezogen hatte.

Ich zupfte nervös an meinem Kleid herum. »N-nein«, brachte ich kleinlaut hervor und selbst ich konnte hören, dass es gelogen war.

Wo waren meine sonst so taffen Kommentare, wenn ich sie einmal brauchte?

Er lachte und kam näher.

Würde er mich wieder küssen? Hoffnung keimte in mir auf. Wie auf Kommando beschleunigte sich mein Herzschlag und ich hielt den Atem an.

Kurz vor meinem Ohr blieb er stehen. »Ich für meinen Teil nämlich schon«, flüsterte er und Gänsehaut breitete sich auf meinem verräterischen Körper aus.

Wieso bei den großen Drachen reagierte ich plötzlich so extrem auf ihn?

Ich drehte mich ihm zu und schaute ihm direkt in die Augen. In wunderschöne, braune Iriden, die mit den mir inzwischen gut bekannten, goldenen Sprenkeln geschmückt waren.

Gewin kam näher und ich biss mir nervös auf die Lippe. Die Spannung, die in der Luft hing, war unerträglich.

Ja, ich wollte, dass er mich küsste. Jetzt. Hier.

***

Er öffnete seinen Mund leicht und ich schloss automatisch die Augen, voller Erwartung und Sehnsucht. Zwischen unsere Lippen passte kaum mehr ein Blatt Pergament. Gleich würde er mich küssen.

»Vergiss nicht zu atmen, kleine Königin«, flüstere er und riss mich damit aus der Trance.

Er zog sich etwas zurück und grinste schief.

Erschrocken zuckte ich zurück und mein eben noch hoffnungsvoller Gesichtsausdruck wich Ärger.

Das ist nicht sein Ernst!, schoss es mir durch den Kopf.

Schon wollte ich etwas erwidern, da legte er seine Hand um meine Hüfte und zog mich mit einem kräftigen Ruck zu sich heran.

Ich wusste nicht, wie mir geschah, als er längst seine andere Hand an meine Wange legte und seine Lippen fest auf meine presste.

Ich sackte in mir zusammen, als die Wärme seiner Zunge meine Lippen berührte. Fort war der Ärger, der eben aufgekeimt war.

Ohne lange nachzudenken, gab ich mich dem Kuss hin und erwiderte ihn innig. Ich fuhr mit meiner Hand über sein stoppeliges Kinn und drängte mich weiter an ihn heran. Hitze schoss durch meine Mitte und ich wusste, dass ich mehr als nur diesen Kuss haben wollte. Ich wollte ihn, ganz und gar. Ein Gefühl, das ich so noch nie zuvor hatte. Das Kribbeln breitete sich aus und innerhalb kürzester Zeit bemerkte ich, dass mein ganzer Körper vor Erregung bebte.

Doch Königinnen war es verboten, vor der Hochzeit mit einem Mann zu schlafen. Und dieses Wissen brachte mich mit einem unangenehmen Krachen zurück in die Realität.

Widerwillig löste ich mich von Gewin und bemerkte, wie er mich fragend ansah.

»Alles in Ordnung, kleine Königin?«, raunte er mit dieser unfassbar tiefen Stimme.

Atemlos strich ich mir eine lose Strähne hinter das Ohr und schluckte. »Ich muss mit dir über etwas reden.«

Er hob eine Augenbraue, aber nickte. »Wenn ich kurz meine Hose anziehen darf?«, erwiderte er mit einem schiefen Grinsen und deutete auf das Handtuch, dass noch immer das Einzige war, was mich vom Anblick seiner Männlichkeit trennte.

»N-natürlich«, sagte ich stotternd und drehte mich verlegen um.

Ich hörte, wie das Handtuch zu Boden fiel und meine Gedanken gingen sofort auf Wanderschaft. Die Geschichte, die mir die Seehexe erzählt hatte, wollte mich einfach nicht in Ruhe lassen.

Beinahe hätte ich erleichtert geseufzt, als er mir sagte, dass ich mich wieder umdrehen könnte.

»Was liegt dir auf dem Herzen, kleine Königin?«, fragte er und ich bereute, dass ich den Kuss unterbrochen hatte.

Ich setzte mich auf den Stuhl und wartete, bis Gewin sich niedergelassen hatte. Dann erzählte ich ihm die ganze Geschichte.

Alles, was ich von Magister Sortex wusste, die Begegnung mit der Seehexe und auch den Tausch, den Gewin angeblich mit ihr gemacht hatte.

»Das hast du ihr hoffentlich nicht geglaubt, oder?«, fragte Gewin. Er ballte seine Hände zu Fäusten, doch seine Stimme blieb völlig ruhig.

»Nein«, entgegnete ich. »Wobei ich mich schon gefragt hatte, wie sie sonst an deine Seele gekommen ist.«

Er sah auf den Boden. »Ich habe den Tausch angenommen, weil ich so überleben konnte. Sie hätte mich getötet, hätte ich abgelehnt.«

So wie bei mir, dachte ich mitfühlend. Warum war ich nicht selbst darauf gekommen?

Ich nickte. »Es tut mir leid.«

»Das braucht dir nicht leidtun. Sie ist eine Hexe, ich habe nichts anderes von ihr erwartet.« Sein Blick wurde weicher. »Doch viel wichtiger ist, wie bist du aus dem Pakt wieder herausgekommen? Es ist äußerst ungewöhnlich, einem Seelenpakt zu entrinnen. Nicht mal Magie könnte so etwas auflösen.«

Ich lächelte etwas unbeholfen. »Ehrlich gesagt weiß ich es nicht genau. Ich habe, nachdem dieses Wesen meine Seele aus mir herausgesaugt hat, in einer Art Zwischenwelt meine Mutter gesehen. Sie meinte, dass die alten Drachen einen anderen Weg für mich vorherbestimmt haben. Und das meine Aufgabe noch nicht beendet ist. Danach fand ich mich am Ufer des Sees wieder.«

Gewin dachte nach. »Das ist sonderbar. Ich lebe schon viele Jahre und du kannst sicher sein, dass ich nach jeder Möglichkeit, den Fluch zu brechen, gesucht habe.« Er seufzte. »Doch die Wege der großen Drachen sind unergründlich und ich bin froh, dass du wieder hier bist.« Seine Finger gruben sich fester in das Polster des Stuhls. »Als du in diesem gleißenden Licht verschwunden bist, war ich drauf und dran, mein Leben für dich aufs Spiel zu setzen. Ich hätte dich von der Seehexe zurückgebracht. Ich hätte alles dafür gegeben. Doch dieses Monster ist nicht umsonst magisch. Sie hat den Zugang zu ihrer Grotte nach deinem Betreten verschlossen.«

Ich blickte ihn fragend an. *Alles? Wieso?*, stand in meinen Augen.

»Ich habe in all den Jahren niemanden kennengelernt, der so ein großes Herz hat wie du. Der so aufopferungsvoll ist, Ella.« Sein Blick wurde so weich, dass ich förmlich dahinschmolz.

»D-danke, Gewin«, sagte ich kaum hörbar. Es fiel mir schwer, ihm zu glauben, auch, wenn ich es wollte. So lange hatte ich gedacht, dass ich niemandem außer mir selbst vertrauen konnte. Dass die Verbindung zu meinen Freundinnen Tala und Minerva so schwierig war, dafür hatte mein Vater gesorgt. Und selbst Berater waren in diesen Zeiten keine glaubwürdigen Menschen mehr. Das hatte ich am eigenen Leib erfahren.

Doch bei Gewin war es anders. *Oder?* Ja, er hätte mich gerettet. So wie auch ich ihn gerettet hatte. *Und ich würde es immer wieder tun.*

»Dafür musst du dich nicht bedanken, das ist nur die Wahrheit.« Seine Worte trafen mich direkt ins Herz.

***

Ich nickte und wir schwiegen einen Moment.

Dann rutschte er mit seinem Stuhl näher zu mir heran und nahm behutsam meine Hand in seine. Sofort glitt seine Wärme auf mich über und mein Herzschlag beschleunigte sich erneut.

»Doch da ist es noch ein anderes Problem, nicht wahr?«, fragte er und ich wusste genau, was er meinte.

»Ja, das andere Problem. Es geht um Sortex«, flüsterte ich in seine Richtung.

Er nickte, ohne dass ich mehr dazu sagen musste. Ich würde Magister Sortex aus dem Reich verbannen müssen und jeden, der ihm geholfen hatte. Wenn ihm überhaupt jemand geholfen hatte. Ja, die Lords waren scharf auf meinen Thron. Dennoch konnte ich mir nicht vorstellen, dass jemand wusste, dass der Magister ein Magier war. Und dass er meinen Tod gewollt hatte.

Ich konnte es ja selbst kaum glauben.

Vorsichtig drückte Gewin meine Hand und zeigte mir damit, dass er für mich da war. Ich war dankbar, denn zum ersten Mal in meinem Leben hatte ich jemanden an meiner Seite, der alles für mich geben würde.

Ich sog scharf Luft durch meine Lippen, da beugte er sich zu mir und küsste mich sanft auf die Stirn. Eine Berührung so flüchtig, dass sie der einer Feder glich.

Ich erschauderte, jedoch auf eine angenehme Art.

Wir blickten uns direkt in die Augen. »Weißt du, du hast mich nie aufgegeben. Egal, wie abweisend ich zu dir gewesen bin.«

Ich lächelte zaghaft. »Tja, ich weiß auch nicht«, entgegnete ich mit gespielter Naivität. »Irgendwie bist du süß, wenn du grummelig bist.«

Gewins Mund verzog sich zu einem schiefen Grinsen, doch mein Blick wurde ernster.

»Außerdem warst auch du da, als ich dich am See brauchte. Du warst an meiner Seite, obwohl der Ausgang der Situation für dich ungewiss war. Ich glaube, das ist es, was eine Freundschaft ausmacht.«

Er hob eine Augenbraue. »Nur eine Freundschaft?« Sein raues Flüstern schickte feine Blitze durch meinen Körper. »Ich war dir vom ersten Moment an verfallen«, raunte er. »Von dem Zeitpunkt, an dem ich deine Stimme im See der Seelen gehört hatte. Auch, wenn ich das zu Anfang nicht wahrhaben wollte.«

Eine Welle der Hitze breitete sich in meinem Magen aus und flutete in kürzester Zeit jeden Winkel meines Seins.

Wie gerne würde ich diesen Augenblick festhalten. Mich mit ihm einsperren und erst wieder herauskommen, wenn sich die Wogen der Welt geglättet hatten.

Ich seufzte schwer.

Doch das ging nicht. Ich war die Königin von Layowin und ich hatte meinem Volk versprochen, für seine Sicherheit zu sorgen.

Auch, wenn es nicht mehr um den Drachen ging, der augenscheinlich das Königreich in Gefahr brachte. Der verräterische Magier musste gestellt werden.

24

»Tala, schicke nach Magister Sortex. Sag ihm, ich treffe ihn im Versammlungssaal«, trug ich meiner Zofe auf, als ich mit Gewin zusammen vor meinem Gemach angekommen war. Ich war fest entschlossen, den Magister endlich zu konfrontieren.

Sie knickste und verschwand ohne zu zögern hinter der nächsten Ecke.

»Wachen, ihr kommt mit mir!«

Die vier Wachen, die die letzte Nacht vor meinem Zimmer positioniert waren, standen sofort stramm und nickten knapp.

Es war mein Schicksal, rief ich mir in Erinnerung. Ich musste auf die Worte meiner Mutter vertrauen. Musste drauf vertrauen, dass es gut ging. Die alten Drachen wachten über mich.

Ich war froh, dass Gewin noch immer meine Hand hielt, als wir zusammen in Richtung Versammlungssaal liefen.

Die Flammen der Kerzen in den Fluren tanzten im sanften Windzug, der durch die wenigen, geöffneten Fenster strömte.

Was würde er sagen? Würde er seine Taten zugeben? Meine Gedanken rasten und die Anspannung steigerte sich mit jedem Schritt, den wir in Richtung des Versammlungssaals machten.

Starr blickte ich auf das Ende des Ganges, an dem die Tür ins Ungewisse lauerte.

Ich spürte in diesem Augenblick mehr denn je, wie die Last der Verantwortung auf meinen Schultern ruhte. Doch ich war entschlossen, mein Volk und das Königreich zu schützen.

Und diesmal war ich nicht allein.

Wir begegneten einigen Dienern, die uns verstohlen Blicke zuwarfen. Die Nachricht von Gewin schien sich im Schloss rasch zu verbreiten. Vielleicht war es doch keine so gute Idee gewesen, Händchen zu halten. Doch im Augenblick war mir das egal. In diesem Moment waren meine Gedanken zu sehr mit der bevorstehenden Konfrontation von Magister Sortex beschäftigt, als dass ich mich damit auseinandersetzen könnte.

Kurz vor dem Versammlungssaal blieben wir stehen. Meine Handflächen waren mit kaltem Schweiß überzogen und doch hielt ich Gewins Hand so fest ich konnte.

Auch er ließ nicht los und zeigte mir damit, dass ich das hier nicht alleine durchstehen musste.

Erneut war ich ihm unfassbar dankbar. Er müsste das nicht tun. Er hätte in seinem Zimmer auf mich warten können und sich die ganze Tortur ersparen können. Er hätte ebenso gut fortlaufen können, denn ich war mir nicht einmal sicher, ob wir die Begegnung überhaupt überleben würden.

Doch er war da.

Ich atmete einmal tief durch und nickte dann den Wachen zu, die vor der Tür positioniert waren.

In einer schier endlos andauernden Bewegung öffneten sie diese und der Raum empfing uns mit einem lauten Knarzen der Scharniere.

Magister Sortex saß auf seinem Platz. Er trug einen dunkelroten Mantel und ein schwer durchschaubarer Ausdruck lag auf seinem Gesicht. Ich spürte, wie sich meine Muskeln anspannten, doch ich zwang mich, ruhig zu bleiben.

»Eure Hoheit«, begann Sortex und stand eilig auf. Dann blieb sein Blick an Gewin hängen und ich sah, wie Überraschung in seinem Gesicht aufblitzte. Hatte er nicht erfahren, dass Gewin mich zum Schloss gebracht hatte?

»Erspart Euch die Förmlichkeiten, Magister«, warf ich ihm bissig entgegen und stellte mich ans andere Ende des Tisches. Ich wollte so viel Abstand wie möglich zwischen uns haben.

Meine Wachen hatten sich links und rechts von uns positioniert.

Gewin wich mir nicht von der Seite.

»Ich weiß, dass Ihr mich zum Sterben auf den Grund des Sees geschickt habt.« Meine Worte hallten an den Wänden des großen Saales wider. »Zweimal.«

Magister Sortex zog beide Augenbrauen nach oben. »Ihr kommt gleich zur Sache, was?« Seine Stimme veränderte sich schlagartig und ich verschränkte meine Arme vor der Brust. Mein Herz pochte mir bis zum Hals und ich drückte Gewins Hand so fest, dass das Weiß aus meinen Fingerknöcheln hervortrat.

Er jedoch ließ sich davon nichts anmerken.

»Nun gut. Die Königin und ihr ... Haustier, wie unerwartet«, sagte Sortex mit einem falschen Lächeln.

»Weshalb habt Ihr nach mir geschickt? Doch nicht wegen dieser kleinen Sache im See.« Seine Augen verweilten einen Augenblick zu lange auf meinem Dekolletee. »Und wo habt Ihr Eure schöne Kette gelassen?«

»Ihr wisst genau, warum wir hier sind, Magister Sortex«, erwiderte ich mit fester Stimme. Innerlich jedoch zitterte ich so stark, dass ich mich setzen musste. »Und es geht Euch einen Dreck an, wo und wann ich meinen Schmuck trage.

Sortex hob eine Augenbraue, als ob er die Ernsthaftigkeit meiner Worte anzweifelte. Doch ich ließ mich nicht beirren.

Der Moment der Wahrheit war gekommen und ich war bereit, die Wahrheit ans Licht zu bringen – koste es, was es wolle.

Einen Moment später wich sein Unglauben einem wissenden Lächeln.

»Die Zeit deines Verrats ist vorbei«, erklärte ich und schaute ihn finster an. »Ich will die Wahrheit hören. Was verbindet dich mit den dunklen Mächten der Hexe und warum hast du dich gegen mich und mein Volk gewandt?«

Sortex lächelte scheinheilig und erhob sich. »Meine Königin, die Wahrheit ist vielschichtig und manchmal muss man das Unverständliche tun, um das Große zu erreichen.«

Ich schnaubte. »Wie konntet Ihr mir so etwas nur antun? Wenn Vater das wüsste ...«

Der Magister verschränkte die Hände, während er um den Tisch herumlief. Ich ließ ihn dabei nicht aus den Augen. »Euer Vater war alt und hätte Euch niemals zur Thronerbin erklären sollen«, sagte er mit einer

Ruhe, die mich völlig aus der Fassung brachte. »Ich konnte ja nicht ahnen, dass der Drache eurem Charme zum Opfer fällt«, ergänzte er abfällig und wedelte mit der Hand.

»Ich bin weder ihr Haustier noch ein Opfer. Ihr allerdings seid ein hinterlistiger Verräter«, mischte sich Gewin ein. Jedes seiner Worte spuckte er förmlich aus. Er machte einen Schritt nach vorne, sodass er zwischen dem Magister und mir stand.

Sortex lächelte dreckig und hob beschwichtigend die Hand. Bei jeder seiner Bewegungen zuckte ich unweigerlich zusammen. Ständig fürchtete ich, dass er Magie anwenden würde.

»Aber, aber«, erwiderte er unschuldig. »Kein Grund, ausfallend zu werden.« Der Magister zog ein kleines Döschen aus seiner Manteltasche und ich hielt sofort den Atem an. Erst als ich bemerkte, dass es sich bei dem Inhalt um normalen Schnupftabak handelte, gestattete ich mir, wieder Luft zu holen. »Alles was ich tue, tue ich nur dem Königreich zuliebe«, sagte er und ich konnte ein erneutes Schnauben nicht unterdrücken.

»Mich töten lassen gehört auch dazu?«, erwiderte ich giftig. Ein Schauder lief mir über den Rücken als ich daran dachte, dass er mein ganzes Leben lang an meiner Seite gewesen war.

Er musste die ganze Zeit gehofft haben, dass mein Vater ihn als Nachfolger wählte. Doch ich wurde seit ich denken kann auf die Thronfolge vorbereitet. Und wieso hatte er mich nicht zuvor längst selbst aus dem Weg geschafft?

Er nickte unbehelligt. »Töten ist so ein starkes Wort. Sagen wir, ich habe Euch auf eine Mission geschickt, die über Euer Schicksal entscheiden sollte.«

»Zweimal«, korrigierte ich, ließ Gewins Hand los und ballte meine eigenen zu Fäusten.

Der Magister zuckte mit den Schultern. »Das erste Mal hat das Schicksal nicht richtig entschieden.«

Ich lachte freudlos. »Dann solltet Ihr es vielleicht endlich akzeptieren.«

»Sonst was?«, hakte er unbeeindruckt nach. »Sonst werdet Ihr mich aus dem Reich *verbannen*? Da hab ich aber Angst!« Er lachte sarkastisch.

Tja. Ich hatte gehofft, dass die alten Drachen mir diesbezüglich ein Zeichen schicken würden. Mein Schicksal lenken würden. Ich war davon ausgegangen, dass ich den Magister tatsächlich *einfach* verbannen könnte. Auch, wenn ich mir durchaus bewusst war, dass ich keine Chance gegen ihn haben würde.

Sein faltiges Gesicht verzog sich zu einem noch breiten Grinsen. Er wusste, dass ich ihm absolut nichts entgegenzusetzen hatte.

»Ich weiß nicht, wie Ihr der Seehexe entkommen konntet, aber das tut jetzt nichts mehr zur Sache. Es scheint nämlich, als hättet Ihr Euren Schutz verloren.« Er schloss die Augen und murmelte etwas Unverständliches, dass sofort Unbehagen in mir auslöste.

Was meint er damit? Panisch sah ich zu Gewin, doch auch er wusste nicht, was der Magier damit sagen wollte.

Unsicher presste ich mich an Gewins Arm und überlegte fieberhaft, was ich tun konnte.

»Wachen! Nehmt ihn gefangen, tot oder lebendig!«, schrie ich verzweifelt und sah, wie meine Wachen sofort auf den Magier zuschritten.

Ein finsteres Lächeln umspielte Sortex' Lippen. Seine Augen glühten intensiv, als er mit einer geschmeidigen Geste einen uralten Zauber heraufbeschwor. Die Luft im Versammlungssaal verdichtete sich und ein unheilvolles Vibrieren durchzog den Raum.

Ich sah, wie die Wachen nur sehr mühsam vom Fleck kamen, je näher sie Sortex kamen. Ihre Füße bewegten sich wie durch zähen Morast.

Ein tiefschwarzer Nebel kroch über den Boden, dicht und undurchdringlich. Der Raum wurde von Dunkelheit verschlungen und die flackernden Kerzen erloschen, als wäre ihre Flamme von einem unsichtbaren Schatten erstickt worden.

Gewin und ich gingen instinktiv einen Schritt zurück. *Rennen, wir müssen rennen,* schrien mir meine Gedanken zu. Doch meine Füße waren wie in Stein gemeißelt.

Plötzlich brach ein bläuliches Leuchten aus der Dunkelheit zwischen Sortex Händen hervor. Er hatte eine glühend blaue Kugel heraufbeschworen, die bedrohlich in der Mitte des Versammlungssaals schwebte. Die Blitze, die sie umzuckten, warfen schattenhafte Reflexionen an die Wände, während der Raum von einem gespenstischen Licht erfüllt war.

Schreie durchbrachen die Stille.

Ich zuckte erschrocken zusammen. Es waren die Schreie meiner eigenen Leute.

Bevor ich wusste, wie mir geschah, sah ich die Wachen der Reihe nach vor mir leblos zu Boden fallen.

Nein!

Der Nebel, der sich über den Boden ausgebreitet hatte, nahm mir jede Sicht. Die Schemen der Möbel und der Umgebung verschwammen in einem undurchdringlichen Grau. Es war, als hätte die Finsternis selbst den Saal verschlungen und die Realität in einen Schleier der Unwirklichkeit gehüllt.

Meine Hand suchte instinktiv nach Gewins, um in dieser düsteren Kulisse Halt zu finden. Der rätselhafte Nebel schien die Sinne zu trüben und die Sicht zu verzerren.

Mein Herz schlug mir bis zum Hals, während ich den Blick auf die blau leuchtende Kugel richtete, die wie ein Auge des Unheils über uns wachte.

Magister Sortex' bedrohliches Lächeln wurde breiter, als er die Kontrolle über die magischen Energien verstärkte.

Ohne ein Wort zu sagen, spürte ich Gewins feste Entschlossenheit neben mir. Seine Anwesenheit gab mir Kraft und ich fühlte, dass er mir nicht von der Seite weichen würde. Ganz egal, was jetzt passierte.

Während der magische Nebel die Umgebung verhüllte und Magister Sortex seine dunklen Kräfte entfesselte, strahlte Gewin noch immer eine sonderbare Aura von Sicherheit aus.

»Lauf, Ella«, flüsterte er gerade laut genug, dass nur ich es hören konnte.

Die Augen des Magisters leuchteten immer heller. Ich gab meinen Beinen den Befehl zu rennen, aber sie verweigerten mir die Treue. *Mist!*

Ich hatte Angst, so große Angst.

Mit aufgerissenen Augen starrte ich in die Richtung, aus der in diesem Augenblick eine gleißend helle Kugel auf mich zugeflogen kam. Die blauen Blitze, die von ihr ausgingen, zuckten in alle Richtungen. Wie hypnotisiert folgte ich ihrem Weg.

Dann schüttelte ich den Kopf. *Das wird mein Ende sein*, dachte ich und presste die Augen fest zusammen.

Mein Ende, doch zumindest war ich nicht allein. Ein letztes Mal drückte ich Gewins Hand, dann stieß ich ihn ein Stück von mir weg. Ich wollte ihn nicht mit in den Tod ziehen. Vielleicht würde der Zauber ihn verschonen?

Aber das war unwahrscheinlich. Gewin hatte sein Schicksal ebenso gewählt wie ich.

»Nein!«, hörte ich Gewin rufen, bevor ich die Luft anhielt und den Schmerz des Todes erwartete.

Doch er kam nicht.

Ein markerschütternder Schrei durchbrach stattdessen die Dunkelheit des Versammlungssaales.

Und es war nicht mein eigener.

Hektisch riss ich die Lider wieder auf und sah, wie Gewin vor mir auf den Boden sank.

NEIN! NEIN, BITTE NICHT! Alles in mir schrie, doch meine Zunge und Lippen waren zu schwer, um die Verzweiflung nach außen zu tragen.

Ich kniete mich nieder und legte eine Hand sanft auf Gewins Brust. Mit der anderen berührte ich seine Wange.

Das hat er nicht getan, dachte ich panisch. *Er hatte sich nicht für mich geopfert, dieser Trottel!*

Heiße Tränen schossen mir in die Augen und suchten sich ihren Weg an meinen Wangen hinab.

Kopflos suchte ich seinen Körper nach Wunden ab, doch ich konnte nichts erkennen. War das normal bei Magie?

Da! Seine Lider bewegten sich! Oder täuschte ich mich?

Ein weiterer, grauenvoller Schrei wand sich durch das Knistern der Magie und ich blickte auf.

Erst dann bemerkte ich es. Der Magister krümmte sich auf dem Boden in alle Richtungen. Sein schmerzverzerrtes Gesicht entgleiste ihm bis in die Unkenntlichkeit und ich schluckte schwer.

Eine Hand berührte mein Gesicht und ich zuckte erschrocken zusammen. Vorsichtig strich sie mir über die Wange.

»Es geht mir gut«, presste Gewin hervor und ächzte.

Ich nahm seine Hand in meine und sah verwirrt zwischen den beiden Männern hin und her.

Was passierte hier?

»DU!«, fauchte die Stimme des Magisters. »Du hast sie IHM gegeben!«

Ich blickte Sortex fragend an. Die Worte kamen nicht aus seinem Mund, denn dieser war völlig entstellt. Und doch hallte seine Stimme durch den gesamten Raum.

Gänsehaut überzog meinen Körper und ich rutschte näher zu Gewin, welcher sich bereits neben mir aufsetzte.

»DU HAST IHM DEN STEIN GEGEBEN!«, rief Sortex erneut und erst jetzt begriff ich.

Vorsichtig zog ich die Kette, welche Gewin um den Hals hatte, aus seinem Hemd.

Der Rubin! Er war zerbrochen! Meine Gedanken überschlugen sich. *Gewin musste sich vor mich geworfen haben, kurz bevor der Zauber des Magisters mich getroffen hätte.*

»Das Erbstück deiner Mutter hat uns gerettet«, vervollständigte Gewin meinen Satz, bevor ich meine Gedanken zu Ende denken konnte.

»IHR NARREN!« Die Stimme des Magisters wurde immer dünner, während seine Gestalt ebenso verblich. »Dieses Königreich wird nicht bestehen!«, zischte er wütend, bevor sich mit der letzten dunklen Nebelwolke auch mein einstiger Berater in Luft auflöste.

25

Ich stand am Geländer meines großen Balkons und blickte auf mein Land hinunter.

Von mir erstreckte sich ein malerischer Ausblick über die herbstlichen Felder und das kleine Dorf, das ich mit Tala vor wenigen Tagen besucht hatte.

Der Herbst hatte die Landschaft in sein farbenprächtiges Gewand gehüllt und ein Teppich aus bunten Blättern bedeckte den Boden im Schlosshof.

Die warmen Rottöne, leuchtenden Gelb- und Orangetöne mischten sich zu einer Symphonie der Farben, die den Übergang von der Fülle des Sommers zur Besinnlichkeit des Herbstes verkündeten. Die Bäume zeigten stolz ihr Laub in den unterschiedlichsten Nuancen und der sanfte Wind trug vereinzelte Blätter davon, die im Sonnenlicht glänzten.

Unten auf den Feldern konnte ich die Bauern sehen, die emsig ihre Felder bestellten, während der Schein der goldenen Sonne ihre Silhouetten als Schatten nachzeichnete. Der Duft von frischem Heu und reifen Äpfeln stieg zu mir empor.

Ein schwerer Seufzer entglitt meinen Lippen.

Die Erinnerungen an gestern waren noch frisch. Der Kampf mit Magister Sortex, der das Schloss in einen Schauplatz der Magie und des Chaos verwandelt hatte, bescherte mir noch immer grausige Tagträume. Die Bilder der Dunkelheit und der stechend blauen Magie hallten in meinen Gedanken wider, als ich auf die friedlichen Felder hinunterblickte.

Wie auf ein Kommando spannte sich mein gesamter Körper an. Die Bilder von Gewins Opfer, die Worte des Magisters und die Wirkung des zerbrochenen Rubins formten eine sonderbare Melodie in meinem Kopf.

Die Drachen haben ein anderes Schicksal für dich erwählt, hallten die Worte meiner Mutter durch meinen Geist. War es das, was sie meinte? *Ich würde es nie erfahren.*

Ich nahm einen tiefen Atemzug und dachte an den Magister.

Vielleicht war es doch so, dass wir alle unser eigenes Schicksal formen.

Plötzlich spürte ich Wärme an meinem Rücken und ich drehte mich um.

Gewin schlang liebevoll seine Arme um mich und legte sein Kinn auf meinem Kopf ab.

»Du hast es geschafft«, raunte er und ich wusste, dass ihm der gestrige Tag ebenso zugesetzt hatte wie mir.

»Wir haben es geschafft«, verbesserte ich ihn und lächelte. Der Duft von Tannennadeln umhüllte mich und ich schloss verzückt die Augen. Gewins Nähe umschloss mich wie ein schützender Kokon, aus dem ich nie wieder ausbrechen wollte.

»Und was hast du jetzt vor, kleine Königin?«, murmelte er in meine zerzausten Haare hinein.

Ich schlang die Arme um meinen Körper und berührte dabei seine. Sofort stellten sich die feinen Härchen auf meiner Haut auf.

»Ich glaube, einen Fluch von einem Drachen nehmen, einem Königreich den Frieden bringen und einen hinterlistigen Magier ins Jenseits befördern ist erst mal genug für die nächste Zeit«, erwiderte ich kichernd.

»Das ist genug für ein ganzes Leben«, flüsterte er und drückte mir liebevoll einen Kuss auf den Hals.

Mein gesamter Körper erschauderte, aber diesmal vor Glück.

Glück, jemanden wie ihn gefunden zu haben.